菰蒲深处说汪老

金实秋 著

中国书籍出版社

图书在版编目（CIP）数据

菰蒲深处说汪老 / 金实秋著 . —— 北京 : 中国书籍出版社 , 2020.4
　　ISBN 978-7-5068-7755-8

　　Ⅰ . ①菰… Ⅱ . ①金… Ⅲ . ①散文集－中国－当代 Ⅳ . ① I267

中国版本图书馆 CIP 数据核字 (2020) 第 004686 号

菰蒲深处说汪老

金实秋　著

图书策划	成晓春　崔付建
责任编辑	刘　娜
责任印制	孙马飞　马　芝
出版发行	中国书籍出版社
地　　址	北京市丰台区三路居路 97 号（邮编：100073）
电　　话	（010）52257143（总编室）　（010）52257140（发行部）
电子邮箱	eo@chinabp.com.cn
经　　销	全国新华书店
印　　刷	三河市华东印刷有限公司
开　　本	650 毫米 ×940 毫米　1/16
字　　数	275 千字
印　　张	20
版　　次	2021 年 1 月第 1 版　2021 年 1 月第 1 次印刷
书　　号	ISBN 978-7-5068-7755-8
定　　价	68.00 元

版权所有　翻印必究

目 录
CONTENTS

序：只因菰蒲写本事　　// 001

文学史上的遗憾
　　——汪曾祺与《汉武帝》之始末　　// 005
禅风禅韵
　　——汪曾祺佛教机缘漫议　　// 023
一把辛酸泪　谁解其中味
　　——《天鹅之死》别议　　// 045
浅读汪曾祺的诗论　　// 052
说诗之炼字　　// 060
说诗中之"梦"字　　// 063
说数字入诗　　// 065
散论汪曾祺与楹联　　// 069
才子性情　诗人本色
　　——读汪曾祺画跋札记　　// 080
略说汪曾祺为三位书画家写的序文　　// 099

当年为汪曾祺治印的两位篆刻家　　　　　　// 107

汪曾祺与宋佳林交谊侧记　　　　　　　　　// 112

书画家忆说汪曾祺　　　　　　　　　　　　// 118

汪曾祺与高邮民歌　　　　　　　　　　　　// 132

水边的抒情诗人

　　——说说汪曾祺与故乡水　　　　　　　// 139

五柳先生的影子

　　——汪曾祺与陶渊明断想　　　　　　　// 145

近访汪曾祺　　　　　　　　　　　　　　　// 161

梦断茈蒲晚饭花

　　——忆汪曾祺先生　　　　　　　　　　// 165

琐忆汪老　　　　　　　　　　　　　　　　// 171

令我难忘的汪老五封信　　　　　　　　　　// 181

菌子的气味还在　　　　　　　　　　　　　// 191

汪曾祺缘何老泪纵横　　　　　　　　　　　// 194

《汪曾祺全集》求疵小札　　　　　　　　　// 205

谁是知情者

　　——汪曾祺佚事　　　　　　　　　　　// 209

闲侃汪曾祺　　　　　　　　　　　　　　　// 212

试解汪公梦	// 224
善意的谎言，不足取也	
——"拔高"汪曾祺两事辨正	// 236
汪曾祺幽默摭谈	// 242
汪曾祺与美食家	// 247
汪曾祺的豆腐情结	// 261
点击作家中的"汪迷"	// 269
后　记	// 294
附　录：《永远的汪曾祺》后记	// 296
《汪曾祺诗联品读》序	// 299
《补说汪曾祺》序	// 305
明月清风一囊诗	
——《汪曾祺诗联品读》后记	// 309

序：只因菰蒲写本事

费振钟

汪曾祺先生的高邮乡党中，长期跟踪研究他的，一为陆建华，二为金实秋。两人都深爱汪曾祺并引为家乡的文化骄傲，而据我个人所知，陆、金也是汪曾祺晚年真正信赖的为数不多的家乡人。与陆建华全面的汪曾祺研究相比，金实秋较专注于汪曾祺的个人性情与趣味。陆建华大处着手，从文学史角度，探讨和阐发汪曾祺文学创作的当代价值，金实秋则从汪曾祺的才艺与知识中，钩沉汪曾祺身上的中国文人精神。陆建华追求学术的严整，金实秋则类似古人杂记，往往从小事与细节上发明幽微。两人之作，虽有差别，但对于汪曾祺研究无疑可以相得益彰。金实秋在过去三十年，已成书并出版的有《永远的汪曾祺》《补说汪曾祺》《汪曾祺诗联品读》等，这本《菰蒲深处说汪老》尤似一部汪曾祺"本事"。

回顾金实秋研究汪曾祺的时间经历，1981年10月10日，对他特别重要。如他在《琐忆汪老》中所写，这一天，汪曾祺别离高邮后四十二年首次回乡，高邮城西运河边汽车站，金实秋在一同迎接汪曾祺的亲朋中翘首而望，心生企慕。在此之前，金实秋对汪曾祺几无了解，尽管高邮金家与汪家世交，汪曾祺有一位同父异母妹妹还嫁给了金家，汪曾祺对于他仍然只是一个传说。但这一天，金实秋不仅看到真实的汪曾祺，而且由此确认了他与汪曾祺之间一种文化血脉亲缘。显然在与汪曾祺回乡十来天时间早晚闲谈的密切接触中，金实秋已经为他日后记录式地写作汪曾祺设下基调和主题：一个文学晚辈对前贤所能表达的全部理解与敬意。

了解高邮文游台及秦观的地方魅力，就能了解金实秋之于汪曾祺写作内外的"本事"何以倾情关注。一种含蕴于心的乡土之情怀，事实上更容易在文化共在性上带来叙事写人的款曲深致。所谓"菰蒲深处"，既指称金实秋对作为"乡贤"的汪曾祺怀有的地方情思，同时也表明汪曾祺展示的个人形象，如何在文化上给予金实秋一种"秋风故园"式亲切而绵邈的感受，亦如作者书中所引汪曾祺的话，那种"菌子的气味"，常让他深深陶醉。按我所排顺序，如下一些篇章中，可悉见悉闻：《梦断菰蒲晚饭花》《禅风禅韵》《琐忆汪老》《试解汪公梦》《水边的抒情诗人》《才子性情诗人本色》《汪曾祺与高邮民歌》《汪曾祺的豆腐情结》《汪曾祺为什么被西南联大开除别解》《汪曾祺的书画艺术》。

关于"本事"，有历史学与文学前后两种解释。《汉书·艺文志》："丘明恐弟子各安其意，以失其真，故论本事而作传，明夫子不以空言说经也。"这是指历史叙事的真实；唐·吴兢《乐府古题要解·乌生八九子》："若梁·刘孝威'城上乌,一年生九雏',但咏乌而言,不言本事。"这里指文学作品隐情背后或虚构之中的原来事实。唐代即有孟棨的《本事诗》这样的笔记作品,"以诗系事",记录与诗歌内容相关的人物事实。五代至宋,模仿孟棨的也不少。明·胡应麟《少室山房笔丛·艺林学山三》中总结当代诗论,也说:"近世论乐府,必欲求合本事。"金实秋写汪曾祺,其叙述"本事",当为后者。但他不是"求合本事",不属于那种诗文"索隐派",他的立意只在汪曾祺的文学写作与其个人生活之间建立一种共生关系,从而还原出一个真实而独具个性的汪曾祺形象。这个形象,由于具有突出而鲜明的"故乡"背景,因而可以看作汪曾祺的"菰蒲"之传。《受戒》中明子"原型"即作者自己的青春之梦,《晚饭花》中李小龙也是作者生活记忆,《故乡人·钓鱼的医生》中的人物王淡人即作者父亲汪菊生的剪影。这些在金实秋《禅风禅韵》等篇章里都有可靠的叙说。这种复原个人生活和历史真实的写法,恰与"论本事而作传"相近,只不过传主仅仅为一位文学家。此外,除传主自己的"本事",在"故乡"这个熟悉的空间里,不少汪曾祺所写风物人事,无论小说还是散文,在金实秋的考释中皆有出处,无须"求合"而"本事"俱真。

贾平凹说汪曾祺是"文狐",未见十分确当,打个比方,有如鲁迅评《三国演义》刻画诸葛亮,"状诸葛之智而近妖"。其实汪曾祺作为传统意义上的文人,他的多才多艺,以及"倜傥博物,触类多能",在当代文坛自是异数,但汪曾祺性情定慧,思想通达,趣味唯美,以及学识博洽,文字风流,其精神立场、知识态度则一仍中国文人的雅正传统,而自然表现出一种单纯高尚的人格,这些才是我们对汪曾祺的认知,也是金实秋写作汪曾祺"本事"的初衷,以及取材与主题命意所在。所以,这部书凡涉笔汪曾祺的文作艺事,如写字,如画画,如作诗作词,撰联题额,凡此种种,虽有渲染但无粉饰,虽有称扬但无阿谀,虽有隐曲但无遮藏,宁有未及之处,不作溢美拔高,更不拉大旗作虎皮,但质朴真切,以正传正而已矣。

《菰蒲深处说汪老》编竣,不久将要付梓,急作是序,以为金实秋张目。惟书中各篇均为报刊散发,合集后题目即见类同,文字内容亦间有重复,似此尚请修正,再为版行,可乎?

文学史上的遗憾
——汪曾祺与《汉武帝》之始末

汪曾祺无论如何也不可能料到会有两个笔墨官司与他相关——一个是在世时的现代京剧《沙家浜》,一个是去世后的长篇历史小说《汉武帝》。这两个官司有本质上的区别。前一个是真官司,后一个是笔者借用这两个字而已。前一个官司涉及的署名权与稿酬等问题,更由于媒体的介入而在社会上风风雨雨、沸沸扬扬,所幸的是,虽经周折但终就达成一致意见了。与前一个官司相比,后一个官司既与实际利益无关,其影响也仅限于文学圈子内,媒体也几乎未介入。然而,所不同的是,汪老已经去世十五周年了,这个官司依然悬而未决。

我认为,后一个官司也应当厘清,也应当有个合乎事实的结论,不仅对读者、对社会有个交代,而且这对于我们认识和汪曾祺也当不无裨益。汪老生前,笔者曾两次与汪老谈到过《汉武帝》,

新近又从汪老子女处获悉到一些新资料,我觉得,此文可能为第二个笔墨官司画句号能起到一定的作用。

一、京剧与小说

汪曾祺要写《汉武帝》,一开始并不是历史小说,而是历史剧。

根据汪朗的回忆,汪曾祺在1978年后曾"打算写几个剧本,一个《汉武帝》,一个《荆轲》。为此,他把《史记》《汉书》仔细看了一遍,并整理了许多卡片。"(汪朗、汪明、汪朝《老头儿汪曾祺——我们眼中的父亲》(以下简称为《老头儿汪曾祺》)汪曾祺在1983年9月8日致陆建华的信中,也说:"我因写戏故,曾翻阅过有关武帝的材料。"(陆建华《私信中的汪曾祺》)

汪老在北京京剧院的同事梁清濂的回忆也说得很清楚:"那时,他(指汪曾祺)已开始收集《汉武帝》的资料,自己做卡片,想分析汉武帝的人格,后来体力不行,住房太小,没有条件写下去。"(陈徒手《汪曾祺的文革十年》)我以为,这里所说的《汉武帝》也是指的剧本。因为,七十年代后期,他尚未有小说发表,头脑里和实际工作中考虑的与接触的基本上是戏,况且还是处于接受审查这个特殊阶段呢。

在《从戏剧文学的角度看京剧的危机》一文中,汪曾祺于论及传统等剧人物性格的简单化时说:"汉武帝这个人的性格就相当复杂。他把自己的太子逼得造了反,太子死后,他又后悔,盖了一座宫叫'思子宫',一个人坐在里面想儿子。"。

在《京剧杞言——兼论荒诞喜剧〈歌代啸〉》一文中,汪曾祺又一次谈到了汉武帝，他说："汉武帝就是一个非常复杂、充满戏剧性的心理矛盾的人物。他的宰相和皇后没有一个是善终的。他宠任江充，相信巫蛊，逼得太子造了反。他最后宠爱钩弋夫人，立他的儿子为太子，但却把钩弋夫人杀了，'立其子而杀其母'。他到底为什么要把司马迁的生殖器割掉？这都是很可捉摸的变态心理。"

这两篇评论传统京剧的论文中都谈到了《汉武帝》，可见，剧本《汉武帝》在他脑海中盘旋了好长时间的，至少在七十年代末，他想写的是京剧剧本《汉武帝》而非历史小说《汉武帝》，因为，尚未发现在此之前他要写历史小说《汉武帝》的任何资料。

既然最初汪曾祺是打算写剧本的，而且也做了许多准备工作，后来为什么不写了呢？我以为主要原因有二：

一是他对写剧本已经越来越厌倦了。他认为："大部分剧种（昆剧、川剧除外）都不重视剧本的文学性。导演、演员可以随意改动剧本。《范进中举》《小翠》《擂鼓战金山》都演出过，也都被修改过。《裘盛戎》彩排过，被改得一塌糊涂。"（《汪曾祺全集》第六卷）汪夫子来气是事出有因，理所当然的。因为汪曾祺一贯重视戏剧的文学性，并主张戏剧必须改革，跟上时代的发展步伐。他"想把京剧变成一种现代艺术，可以和现代文学作品放在一起，使人们承认它和王蒙的、高晓声的、林斤澜、邓友梅的小说是一个水平的东西，只不过形式不同。"（汪朗、汪明、汪朝《老头儿汪曾祺——我们眼中的父亲》）然而，汪曾祺剧本的命运并不佳，尤其是汪曾祺认为，"被改得一塌糊涂"的地方，正是他的一些得意的地方，也是突破陈规的地方。大约是在1983年吧，他曾和在中国京剧院当过编剧的徐城北发牢骚说："在京剧中想要试验一点新东西，真是如同一拳打在城墙上！"（见《汪曾祺全集》第八卷第210页）用汪朗的话说，"这让爸爸很丧气，却又无可奈何。"（见汪朗、汪明、汪朝《老头儿汪曾祺——我们眼中的父亲》）所以，汪曾祺在1993年5月曾明言："有人问我以后还写不写戏，不写了！"这是汪曾祺为江苏文艺出版社新出五卷本《汪曾祺文集》自序所说的最后一句话，可见先生的愤怨之情深矣久哉！

二是人民文学出版社的约稿。由于他在小说上的创作成就，不少报刊、出版社向他约稿、索稿的均以小说为多。有几个出版社还想约写长篇，几乎没有一家报刊、出版社向他约剧本的。他在1983年9月8日致陆建华的信中说了写《汉武帝》的动因："明年，将试试写一历史题材的长篇《汉武帝》，这也是人民文学出版社约的。他们来要我写长篇，……就随便说了一句：'现实题材的长篇我没有，要写除非汉武帝'。不想他们当了真，累来催促。"（《私信中的汪曾祺》）同年9月16日，他在写给妹妹、妹婿及弟弟的信中也提到了此事，他说："明年我要写一部历史长篇小说《汉武帝》，我随便和人民文学出版社的编辑说了说，不想他们认了真，已列入1985年的发稿计划……"

当然，汪曾祺所说的"随便"，并不是真的是脱口而出，随而便之。其实，汪曾祺对此是很认真的，是有所准备的，因为，他那些原本打算写京剧《汉武帝》的资料和构想，为他写历史小说《汉武帝》奠定了一定的基础，而出版社的约稿，又为着手写历史小说《汉武帝》产生了相当的动力。此时的汪曾祺，确确实实地是在准备花力气写历史小说《汉武帝》了。

作家石湾与汪曾祺是老熟人、好朋友，1975年曾与汪曾祺于北京京剧团创作组一道工作过，并于1980年将汪曾祺《黄油烙饼》发表于刚刚复刊的《新观察》第2期，这是汪老于"四人帮"垮台后发表的第一篇小说。1984年夏秋之交，石湾参与了中国作家协会主办的大型刊物《中国作家》的创办工作，他向汪曾祺约稿，汪曾祺爽快地答应："花力气给你写一部有分量的东西——历史小说《司马迁》！"（石湾《送别汪夫子》）他在1984年8月16日致陆建华的信中也下决心地说，"今年内一定要先搞出有关司马迁的部分。"这个"司马迁"，就是《汉武帝》构思中的一部分。

我们清楚地看到，这一段时间，汪曾祺在对写《汉武帝》这件事上，是经过反复的、慎重的思考的，他当时的基调是"试试"。1986年12月14日，他在《汪曾祺自选集》自序中说："我没有写过长篇，因为我不知道长篇小说为何物。长篇小说当然不是篇幅很长的小说，也不是说要有繁复的人和事，有纵深感，是一个具有历史性的长卷……这些等等。我觉得长篇小说是另外一种东西。什么时候我摸得着长篇小说是什么东西，我也许会试试。"这是汪先生第一次向社会、向读者宣称他想写长篇小说了，打算写长篇小说了。虽然未说这个长篇即是《汉武帝》，但朋友圈子的人都清楚。以前他只是和朋友们、出版社编辑们在交谈中、通话中说说而已，而这次，是升格了。他说也许会试试，实际上，他已经做"试试"的前期准备了。

二、契因与企求

汪老为什么要写《汉武帝》，要写什么样的《汉武帝》呢？第一个问题，汪老本人未有任何论述，倒是汪老的哲嗣汪朗透露了这样一个信息，他说："这可能是他在'文革'之后对伟大人物一点感触。"（见《老头儿汪曾祺》）至于要写什么样的《汉武帝》，汪朗也谈到了，汪朗认为，"爸爸写《汉武帝》，有自己的想法。他不打算总把汉武帝写成具有雄才大略的明主，而是将他写得复杂一点，用布莱希特的手法，既写一个历史人物的伟大，也写出他不过是那样一个人而已。"不过汪朗这里所说的《汉武帝》，是历史剧《汉武帝》，而不是历史小说《汉武帝》。汪老为什么要写历史小说《汉武帝》，要写什么样的《汉武帝》，其实与写历史剧《汉武帝》是一脉相承的，只不过在写历史小说上，汪老的追求更加明确、更加清晰。

汪曾祺认为，小说里最重要的是思想，"是作家自己的思想，不是别人的思想。"在1984年8月16日给陆建华的信中，他明确地讲到了，要写历史小说《汉武帝》在艺术上的原因和追求，他说，"历史小说最难作心理描写，而我所以对汉武帝有兴趣，正因为这个人的心理很复杂。我想在历史小说里写出'人'来。"（《私信中的汪曾祺》）

我以为，汪老之所以如此执着地想写长篇历史小说《汉武帝》，其深层次的原因，那就是他企求艺术上的超越——对自己小说创作的超越、对长篇小说创作的超越。汪朗回忆说，汪老"几次讲过一件事，说姚雪垠的《李自成》的第一部（有几十万字）写出，反响很大。

他拿给沈从文看,沈从文说了一句话,这些东西写成一个十万字的中篇就够了。对此爸爸深以为然。"(《老头儿汪曾祺》)而且,汪老认为"长篇小说从形式上来说已经落伍"。(同上第178页)因此,汪老希望通过对长篇历史小说《汉武帝》的创作,对长篇小说有一个质的突破,有一个艺术上的超越。

三、曲折与执着

汪曾祺是一个自信心很强、做事很认真、很执着、说话算数的人。在人民文学出版社"当了真"后,汪曾祺便从剧本《汉武帝》的创作准备转入了小说《汉武帝》的创作准备。尽管汪曾祺自感把握不大——"这个所谓长篇的希望是很缥缈的。"他说:"几位师友都劝我别写,说很难写,但我要姑且试试。不成,就算了。"(《私信中的汪曾祺》)根据目前所看到的资料来分析,汪曾祺最迟于1981年下半年就开始"姑且试试"了。

他在1981年6月7日给朱德熙的信中预告近期行程时说:"我两三日后可能要到承德去。《人民文学》约请一些'重点作家'到避暑山庄去住个把月,我拟同意。北京热得如此,避一避也好。去了,也许会写一个中篇历史小说《汉武帝》初稿,……"(《汪曾祺全集》)

然而,1981年汪曾祺并没有能写出《汉武帝》。之所以未能写出,主要在于实在难写,在于他对历史小说要求甚高。从1982年初到1993年初11年间,汪曾祺一直在持续不断地思考和酝酿着《汉武帝》的创作,一直在和难字作不间断的较量。1983年9月8日在给陆

建华的信中说:"因为要写《汉武帝》,明年我大概还不能走动,将钻进故纸堆里。"(《私信中的汪曾祺》)

1984年8月16日,他在给陆建华的信中又说:"《汉武帝》尚未着手,很难。《汉书》《史记》许多词句,看看也就过去了,认起真来,却看不懂。比如汉武帝的佞臣韩嫣、李延年,'与上同卧起',我就不能断定他们是不是和武帝搞同性恋,而这一点在小说里又非写不可。诸如此类,十分麻烦。"(《私信中的汪曾祺》)

记者萧燕立在1986年访问过汪曾祺,他在1986年7月20日的《北京晚报》"作家近况"专栏发表了一篇题为《三栖作家汪曾祺》的文章,文章中说:那时,汪老"正在北京京剧院一间小屋里啃剧本(指《一捧雪》)",当萧燕立问及他长篇小说时,汪老"悄悄透露说,心中酝酿写一部《汉武帝》久矣!此人性格复杂,一生功过纷繁,把历史人物写得简单化万万要不得。另外,汉代语言习惯、典章制度、起居跪拜均需细细考察,因此动笔还无定期。"后来,萧燕立在《大家风范》一文中又回忆了这件往事。

为了写《汉武帝》,一段时间,汪老真的钻进故纸堆里了,同时也围绕故纸堆进行思考了。汪老女儿汪朝那里至今还留有不少当年汪老手抄的资料卡片,既有抄自《史记》《汉书》《西汉会要》《通鉴》这类大型史书的,也有录自《容斋随笔》等笔记类杂书,既有相关郊祀、食货、地理、刑法等方面的内容,也有鲁迅关于虐刑的论述,可见其时所涉书之广博、所思虑之深细。如他在一卡片中抄的是一些关于汉代城门的资料,涉及到材质、形制、色彩等方面,还提到了考古发掘后所见到的红墙颜色依然非常鲜艳。资料虽未注明出处，应出于当代人之著述耳。再如，因司马迁是受了"宫刑"的，为了弄清"宫刑"究竟是怎么回事，他查了一些辞书，但辞书上都说得不明白，故他特地致函给医学权威吴阶平请教，主要有六个方面的问题——

宫刑是去掉阴茎还是睾丸？还是两者都去掉？

受过宫刑的人被称为"刀锯余人"，想必是用刀割掉的（我想不会当真用锯子去锯），是不是这样？

宫刑又称为"腐"，那么又似用药品把生殖器烂掉，是这样吗？中国汉代有什么药能烂掉生殖器官？

受宫刑或称"下蚕室"。据记载，受了宫刑须住进养蚕的房子，因为蚕室温暖潮润，受刑之后，住在这里，才不致有生命危险。这是什么道理？这有科学根据吗？

受宫刑想必是很痛苦的。那时不知用不用麻药？传说中的"麻沸散"之类可信吗？受了宫刑的人，在生理上、心理上会发生什么变化？

吴阶平先生于1984年9月26日给汪老回了一函，其信回答了汪老所询问的部分问题，现在信还存于汪朝处。

为了弄清某些细节，汪老不仅仅只是请教了吴阶平，他还请教过其他人。

1992年2月，汪老在《猴年说命》有所透露，"有人劝我一定要留下一个长篇，说一个作家不写长篇总不能算个真正的作家。我也曾经想过写一个历史题材的长篇小说《汉武帝》，但是困难很多。汉朝人的生活、饮食、居处、礼节跪拜……我都不清楚。举一个例，汉武帝和邓通究竟是什么关系？《史记》云邓通'其衣后穿'究竟是什么意思？我问过文史专家，他们只是笑笑，说：'大概是同性恋。'

我也觉得大概是同性恋,但是'其衣后穿'未免太过分了。这些,我都没有把握,但又不能瞎编,因此长篇的计划很可能泡汤。"

由此看来,汪老深感《汉武帝》之难,在写的开始还不甚在意,但随着考虑的深入和打算进入实质性的创作时,诸如如何解决宫刑、同性恋这类问题之难就把他的创作给拦住了。就汪老的创作习惯而言,他是把小说大致酝酿到几乎差不多的成熟的程度上才会动笔的,匆忙、草率、马虎、油滑都不属于汪曾祺。

汪老对历史小说的要求是很严的。1993 年他曾说,"现在的传记、历史题材的小说,都空空廓廓,有事无人,而且注入许多'观点',使人搔痒不着,吞蝇欲吐。历史连续电视剧则大多数是胡说八道!"(《文游台》)他怎么可能让自己的历史小说有上述的毛病呢?

笔者也和他至少聊过两次《汉武帝》。第一次是在 1981 年 10 月,汪曾祺离乡后第一次回高邮,笔者那时在高邮文教局创作组供职,写了一个关于越王勾践的历史剧《千秋功罪》。我到汪老下榻的县招待所去拜望他,也将《千秋功罪》带去请他看看。他看过谈了他的看法后说,他想写个汉武帝的长篇,拟了提纲,还没有考虑成熟,分寸如何把握,还得斟酌。第二次是在北京,时间是 1996 年 5 月,我在汪老家里曾问及《汉武帝》,我问他:"还打算写《汉武帝》吗?"汪老说:"写不成了!"有一次他把烟搁在笔记本上,笔记本是塑料皮的,烧起来了,而《汉武帝》的提纲就在这个笔记本上。那天还有人民文学出版社的赵水金与龚玉两位女士。我们和汪老从上午十点多钟一直聊到中午。

至于汪曾祺的《汉武帝》,究竟是想写中篇呢,还是长篇呢?

根据汪朗的说法,"起初是想写中篇,但后来又想写长篇"。(顾村言《专访汪曾祺之子汪朗》)其实,汪先生自己对写中篇还是长篇,一直未有定见,也是有所变化的。1986年暮春,江苏作家叶兆言为一家出版社去北京组稿时,也到汪老家去了。跟汪老说,"长篇短篇散文,什么都要。汪笑着说他写不了长篇"。(叶兆言《我所知道的高晓声与汪曾祺》)1987年,汪曾祺与王安忆等人曾在香港一起乘游艇休憩,闲谈中,王安忆问汪老,写不写长篇。汪老说:"我不写长篇,从来不写长篇。"王安忆感觉到他好像对于长篇是鄙夷的态度。(《王安忆、张新颖谈话录》)汪老大概是一时忘了他在自选集序中所说的话了。前所引资料中,汪老自己也有不同的说法,山西作家乌人一次在汪先生家做客,"偶然问起汪先生,'您的长篇《汉武帝》写得怎么样了?'汪先生说:'嗐!别提了——辛辛苦苦积累起来的所有资料,搬家时候全丢了。'我不免为汪先生感到惋惜。汪先生说:'这倒不必,我写不成长篇,还可以写中篇嘛。'"汪曾祺认为,汉武帝错综复杂的历史"能写三篇系列中篇"。(乌人《我和汪老的忘年交》)

四、明智与无奈

顺便说一下,关于写长篇小说,汪老除想写《汉武帝》外,至少还有过两部长篇的打算:一是写运河的变迁的长篇。1983年9月8日,他在给陆建华的信中说:"我想回高邮,是有一点奢望的,想写个长篇,题材连一点影子都没有,我想是想写写运河变迁。……到我七十岁时,也许能写出一部反映高邮的'巨著',

上帝保佑!"(《私信中的汪曾祺》)二是写一部自传体的长篇,1996年5月10日上午,笔者去汪老家拜访,那天,人民文学出版社的赵水金、龚玉也在座。在聊起创作时,汪老说他计划要写一部自传体的长篇小说,但要等到创作欲望像饱蘸了墨汁的笔,笔尖上的墨汁就快滴下来的时候才动手写。想写自传体长篇小说的事,汪老还和龙冬说过,龙冬在《怀念汪曾祺先生》一文中回忆道:"他(指汪老)数次与我谈到的那部写自己一生情感的、像普鲁斯特那样写的,又不那么长的长篇小说,……"

一段时间,汪曾祺对写历史小说《汉武帝》是充满信心的。他曾告诉过乌人:"凌子风对我说,写嘛,写出来,改成电影,我来拍这部片子。"(乌人《我和汪老的忘年交》)可是,在1993年初,他却公开宣称,要放弃《汉武帝》的写作了。

1993年初,汪曾祺于《祈难老》一文中告诉人们,"写长篇小说,我现在怕是力不从心了。曾有写一个历史题材的长篇的打算,看来只好放弃。"文末,汪曾祺标明——"癸酉年元宵节晚六时 七十三年前这会我正在出生。"这篇文章发表于1993年的第四期《火花》,我当时未见过此文,所以1996年5月在汪老家还问及《汉武帝》,所以,汪老回答我说:"写不成了"。那时,我只道是因为记着《汉武帝》提纲的笔记本烧了,而不知道其根本原因之一乃汪老自感"力不从心"矣!早知如此,当年我就不会问汪老小说《汉武帝》这事了。

放弃了写《汉武帝》,汪曾祺是无奈的,当然也是明智的。之所以放弃,我以为主要原因有三,首先是力不从心,因为年事已高,体质下降,此时的汪曾祺他坦言不能进行长时期的持续思索，尤其不能长时期的投入、激动。（见《汪曾祺全集》第五卷第492页）其次难度太大。这个难度，既有诸如典章制度、起居跪拜，又有分寸如何把握之难，更难的是，汪曾祺为自己树立了一个很高的标准。第三是干扰太多。这是名人们在所难免的通病，不言自明，无须赘述。

不过，汪老说他"只好放弃"，前面还有"看来"两个字。其实，他对《汉武帝》的写作并未彻底打消念头。就在1993年，他的妹婿金家渝去北京看他，他还问："那些房子（指他家祖居的房子，高邮县有关领导应承诺按政策退还）怎么说啦？"又说"我要回去写《汉武帝》，在北京，干扰大。"（焦正安《在"汪曾祺家里做客"》）

甚至在汪曾祺即将告别人间之前，他也未能忘怀《汉武帝》。1997年5月12日上午，在京的扬州籍记者高蓓对汪老进行了一次"最后的采访"。在采访中，他还对高蓓说，岁数大了，凌晨四点多钟就睡不着了，有时在床上还想着《汉武帝》的情节和细节。高蓓说：这样太累了吧。汪先生说：不碍事，中午要睡一会儿的。

可能是在1996年吧，汪曾祺还曾与山西作家乌人详细谈过他拟写《汉武帝》的提纲。那时，汪老已把"辛辛苦苦积累起来的所有资料，搬家的时候全丢了"，但他居然与乌人"谈了他这三部中篇的构思，约有两个半多小时"。（乌人《我和汪老的忘年交》）两个半多小时，要说多少话啊，可见汪老此时对《汉武帝》构思之细致、酝酿之成熟了，也可见他对汉武帝资料掌握之丰富，运用之自如了——当然，这是长时间的积累与思考了。亦可想见，汪老当年对拟写《汉武帝》是何等的执着，何等的勤苦，经历了多少次反反复复的思索！这个思索，从1981年左右起到1996年，竟然长达十五年之久！汪曾祺曾云："思索是非常重要的。接触到生活，往往不能即刻理解这个生活片段的全部意义。得经过反复的，一次比一次深入的思索，才能汲出生活的底蕴。作家和常人的不同，无非是对生活想得更多一点，看得更深一点。"（《汪曾祺全集》第六卷）

行文至止，我们可以大致理顺有关《汉武帝》创作的脉络时序了：

1978年前后　打算写京剧《汉武帝》，见《老头儿汪曾祺》。

1981年下半年　打算写中篇历史小说《汉武帝》，见汪曾祺给朱德熙的信。

1986年12月　第一次向社会宣称也许会试试写长篇小说《汉武帝》，见汪曾祺《汪曾祺自选集》自序。

1992年2月　声称《汉武帝》"长篇的计划很可能泡汤"，见汪曾祺《猴年说命》。

毋庸讳言，汪曾祺在写《汉武帝》的进程中，有变化，有反复，有时自信，有时沮丧……心态和情绪复杂而矛盾。我以为，作为一位作家，一位著名作家，他不可能一点不受到现实的浸染，不可能丝毫不受到舆情的影响，这是正常的，也是不难理解的。正如汪曾祺本人所言，他不是一个"不食人间烟火"之人。他一方面不屑长篇小说，一方面又想写长篇小说，他既想创作长篇小说，又不能放下正在写、正在酝酿的短篇小说、散文随笔，他虽惦记着、思虑着并打算着安静一阵子专心写《汉武帝》，但难以拒绝、放弃八方邀约的讲学、笔会等活动……。诸多因素，造成了汪曾祺的变化与矛盾，造成了长篇历史小说《汉武帝》的流产，而这个变化与矛盾，也反映出汪曾祺的真，说明了汪曾祺是一个尘世中人、性情中人，是一个可爱的、平凡的老头儿！

汪朗在回忆文章中说："爸爸要写《汉武帝》，倒不全是瞎掰。他在70年代末赋闲时，看了不少书，曾经想写一出汉武帝的京剧，写出他的心理上的复杂性。爸爸和传统观点不一样，对汉武帝评价不太高，认为他好大喜功，做了许多不合常情的事情，只能用心理变态来理解。戏没有写成，因为这样写在当时有影射之嫌，于是他计划把自己的读史所得，就这个题目写一个中篇小说。但是真正要写起来，才发现空缺的东西太多了，当时的政治经济、官职典制、民情习俗，都得明白个差不多，人物之间的关系也要弄个清楚才行。由于年代久远，许多问题很少有人明白。像史记记载汉武帝的一个宠臣，'其衣后穿'，这到底是怎么回事，爸爸以为是同性恋，托人找北大的历史学家请教，也没有明确答应。如此一来，小说也不好落笔了。爸爸有好长时间一直没死这份心，也陆续积累了一些材料，后来成了名，稿债太多，加上年龄毕竟大了，觉得写起来太费力，才终于放弃了。"（《老头儿汪曾祺》）我以为，汪朗此说是比较客观的。

邵燕祥先生曾在《汪曾祺小记》中说："据报道，他说他如果写长篇，就写《尤利西斯》《追忆似水年华》那样的。然则他酝酿已久的长篇历史小说《汉武帝》，倘若真写出来，该是什么样子呢？现在，这跟鲁迅计议要写的《唐明皇》一起成为文学史上的遗憾了。"这遗憾二字，严谨而贴切，既充满情感又饱含理性，体现了对客观的尊重和对鲁迅、汪曾祺的尊重。在考量和议论汪曾祺与历史小说《汉武帝》时，这样的持论可以说是得体的，公允之说。

可以断言，汪曾祺放弃了历史小说《汉武帝》的创作，内心是很痛苦的，而且，这种痛苦是无法排遣难以释怀的，更是无须向人诉说的。他憋了那么长的时间，花了那么大的精力，准备要生下个大蛋，甚至连要生大蛋的预告都出去了，结果，憋了很久却没有生出来。这种被动"流产"，是个什么滋味？能不使汪老怅然若失么？想想汪老在七十岁时郑重其事地向世人说"活着……如有可能，把酝酿已久的长篇历史小说《汉武帝》写出来"，我们就不难理解汪老说放弃《汉武帝》创作时之"一把辛酸泪"了！

沈从文先生曾说过一段令人辛酸的话，他说："我的作品能够在市场上流行，实际上近乎买椟还珠，你们能欣赏我故事的清新，照例那作品背后蕴藏的热情都忽略了，你们能欣赏我文字的朴实，照例那作品背后隐伏的悲痛也忽略了。"借用沈先生的话来说，我希望人们在议论汪曾祺关于历史小说《汉武帝》时，也不要忽略他蕴藏的热情和隐伏的悲痛——那种着手创作的热情与无奈放弃的悲痛！

我认为，尽管汪曾祺未能写出《汉武帝》，但他希求和努力地去写，无疑是应当肯定和值得肯定的，特别是对写《汉武帝》的探索精神和严谨态度，更应值得我们继承和发扬。不久前，南京大学丁帆教授曾著文对时下历史题材的创作中的"历史的想象力"提出批评，他说：如今的历史题材创作已经到了不戏说和不杜撰历史就不能成书的地步了，其中一个最重要的原因就是作家们对于那种需要查阅大量史料，在基本史实的基础上有凭有据地展开"历史的想象力"功夫已经失去了耐心，那种"十年磨一剑""二十年磨一剑""一辈子磨一剑"的严肃创作态度，已然被消费文化时代的"快餐"制作法所取代。谁还愿意穷几十年的皓首来"磨铁杵"呢？传统意义上的历史题材的严谨创作已不复存在，为弄清楚一个历史细节花费巨大的经历的创作将会成为历史。我不知道这是文学的幸还是不幸呢？！对此，我深有同感！

汪曾祺最终没有能写出历史小说《汉武帝》，这是他的不幸，也是他的大幸。他的不幸，在于没有能写出他心目中的汉武帝，一个非常特别的、不同于别人所写的汉武帝。他的大幸，在于没有像有些作家那样，把历史小说写成了非历史小说、戏说历史人物或将历史人物概念化、脸谱化或神化、丑化。他太对读者负责了，他太对自己负责了，他太对历史负责了。说句似乎偏激的话，之所以汪曾祺没有能写出《汉武帝》，正是由于他不是别人，他是汪曾祺，如果写出来，他就不是汪曾祺了。

我们无从得知要写汉武帝，汪曾祺"劳其筋骨，苦其心志"耗费了多少精力，承受了多大压力，但至少有一点是清楚的，为写《汉武帝》，汪曾祺做出了最大努力。因为，他一直坚持认为"写作是我生命的一部分"，"甚至全部"。（苏北《一汪情深——回忆汪曾祺先生》）小说创作"那才是真正显示我生命的价值"。（舒非《汪曾祺侧写》）不久前，曾看到白岩松的一篇文章（《把平淡日子往幸福靠》），他说"跳高人的一个特点：越过了一个高度，就一定要摆上新的高度。即使当所有的竞争对手都没了，他已经是冠军了，他一定要再升一厘米，过了他就会还要再升，他就是说，他一定要以最后一跳的失败来宣告自己的成功。"我想，就长篇历史小说《汉武帝》创作而言，汪曾祺就是这样的跳高人。

2012 年 2 月

（刊 2016 年第 3 期《钟山风雨》）

禅风禅韵
——汪曾祺佛教机缘漫议

这是国内报刊至今未曾披露过的一则关于汪曾祺的信息：

1989年3月27日下午2时20分，由台湾佛光山星云大和尚率领的分别来自美国、加拿大、新加坡和中国台湾的佛教界人士组成的国际佛教促进会大陆弘法探亲团，抵达北京机场。3月31日下午，弘法探亲团拜访中国现代文学馆，并与北京知名作家举行座谈。汪曾祺与萧乾、冯亦代、冒舒湮、吴祖光、舒乙、冯牧等十余位作家参加了座谈会，汪曾祺即席赋诗一首赠星云。诗云：

　　出家还在家，含笑指琼花。
　　慈悲千万户，天地一袈裟。

为什么汪曾祺会出席这样的座谈会呢？是同乡的缘故么？星

云是江都人，汪曾祺是高邮人，江都高邮，近邻耳，古时曾同属于扬州府，今时亦并隶归扬州市。是扬州的琼花使星云、汪曾祺坐于一起的么？我想是的。是文学的缘故么？星云从小就喜爱文学，是巴金、冰心、老舍的小读者，他的若干佛学著作就常常运用文学创作的结构和技巧。至于汪曾祺，其时已是海内外著名的作家了。是文学的因缘把出家人与在家人联系在一起的么？我想也是的。然而，更贴切一点说、更客观一些看、更深一步想，却是佛教的机缘。应当说，汪曾祺的这首五言绝句相当"不丑"（汪先生很喜欢用这两个字表示肯定和赞赏）。四句话二十个字，语言极其简洁而蕴涵十分丰富，虽可视为应酬之作，但却阐明了佛家旨义，充盈着禅宗机趣，可誉为一首已臻圆妙之境的禅诗。当然，想以一首诗来说明汪曾祺与佛教的关系，这显然是不够的。让我们继续下去，让我们从汪曾祺的家世、汪曾祺的作品和相关方面，来梳理他与佛教的机缘及领略他作品内在的禅风禅韵吧。

一

汪曾祺从小生活在佛教化氛围很浓的家庭。他的祖父是一位虔诚的佛教徒，是被誉为中国净土宗第十三代祖师印光大师的弟子，他的桌上常有一本《南无妙法莲华经》。祖母一生信佛，家中设有佛堂，早晚必于佛像前敬香礼拜。祖母讲给汪曾祺听的故事，大多是佛家"善有善报、恶有恶报"之类的内容。汪曾祺的父亲虽不崇佛，但却与当地和尚颇有交谊，过从甚密。祖父和父亲经常带汪曾祺一起到佛寺与和尚们聊天。汪曾祺的继母张氏是诚实的信女，汪曾祺从小就听熟了她所念的《金刚经》《心经》《高王经》。就连在汪家帮佣的大莲也信佛，还受过戒。汪曾祺家里常做法事，他经常看和尚们布置道场，听和尚们敲击法器、唱颂经文，陪和尚们一起喝粥或吃挂面（汪曾祺：《关于〈受戒〉》）。汪曾祺在经声法号中度过了童年岁月和少年时代，佛教对他的潜在影响不言自明。

汪曾祺上小学、读中学，亦与佛门有缘。他就读的县五小旁就有一座佛寺——承天寺。他在《自报家门》中回忆说：

> 小学在座佛寺的旁边，原来即是佛寺的一部分。我几乎每天放学都要到佛寺里逛一逛，看哼哈二将、四大天王、释迦牟尼、迦叶阿难、十八罗汉、南海观音。

及读中学，他上学放学"天天从一个叫善因寺的寺边经过"，"寺里放戒，一天去看几回"。（汪曾祺：《罗汉》，载1998年第1期《收获》）。1937年，汪曾祺中学毕业，因侵华日军占领了江南，他随祖父、父亲一起到离高邮城较远的庵赵庄上的和尚庵住下，一住就是半年，与该庵的和尚们相处极好。其小说《受戒》中的荸荠庵原型即是此庵，人物原型亦大多取材于此。

1939年，汪曾祺只身一人从高邮往上海，再转道去昆明报考西南联大。那时，日本鬼子搜查很严，一位不相识的高邮和尚不仅主动帮他过了封锁哨卡，伴他一起到上海，还请他吃了一顿素餐，仔细告诉他去上海同学家住处的走法。尽管他不知道和尚的法号，此后也一直未见过面，但汪曾祺一直怀念这位一脸忠厚样子，却只有一面之缘的方外之人（陆建华：《汪曾祺传》，江苏文艺出版社）。

　　真正与汪曾祺有深交的是一位嘉兴寺的和尚——与汪曾祺一起参加土改的工作队队员，擅长治印，邓友梅曾见过他，谓之"称得上法相庄严，刻艺古朴"（邓友梅：《再说汪曾祺》，载《文学自由谈》1997年第6期）。他曾送汪曾祺一方"玉润冰肌，晶莹剔透"的田黄印章，汪曾祺"每有书画应酬，必郑重其事将其带上"（彭匈《汪是一文狐，修炼成老精》，载《新闻出版报》1993年5月31日）。我在与汪先生闲聊中，他曾提及这位和尚，只谈他字刻得不错，别的没有讲。汪先生似乎对出家人有特殊的好感，在他的笔下，和尚、尼姑总是那么可爱、那么有人情味，这也许是现实生活中出家人留给他的印象吧。

二

　　汪曾祺创作的小说中，有两篇是直接与佛教密切相关的，一是《复仇》，一是《受戒》，这也是汪曾祺小说创作中具有代表性的两篇重要作品。《复仇》虽然是汪曾祺创作的第二篇小说，但实质上，这是他正式创作的第一篇小说，是他早期小说的代表作。（因为所谓第一篇小说《灯下》，乃系汪曾祺于创作实习课上的习作，后虽经沈从文先生指导修改后发表，但汪本人以为不成熟，遂于1980年重写后再发表，《灯下》亦易名为《异秉》。）《受戒》亦是如此。尽管这是他于"文革"后发表的第二篇小说，然而在某种意义上说，却可以视之为"文革"后发表的第一篇小说。

因为,"文革"后汪曾祺发表的所谓第一部小说《骑兵列传》,不但不少喜爱汪曾祺小说的读者几乎忘记了,甚至连汪本人对此亦不当回事,一些出版社搜集出版的汪曾祺小说集、作品集、自选集,乃至五大卷的《汪曾祺文集》,都没有选这篇小说。而《受戒》则不同了。如果说《复仇》可认为是汪曾祺小说创作的第一个里程碑的话,那么,《受戒》则是标志着汪曾祺小说迈入第二个里程碑、进入质的飞跃的重要作品。两篇如此重要的作品都与佛教有密切的联系,这就需要我们认真地作一番研究了。

《复仇》是一篇很奇特的小说。1940年,汪曾祺就读于西南联大时写好了初稿,1945年底重写;1946年1月又重写;先后经历了6年时间,作了两次大的修改,可见汪本人对这篇小说的重视。小说有两个重要人物,一个复仇者,一个复仇者的仇人——和尚是也。有的论者认为,小说是受了萨特存在主义思想的影响,在作了大量的分析后得出结论说:复仇者之最终放弃复仇,是因为他发现仇人是他人复仇的工具,如果自己继续安于充当一个为他人而存在的复仇角色,即使杀了仇人,但作为复仇者已丧失了自我,没有了存在的价值。而放弃复仇,正说明他希望恢复作为一个生命存在的自由(详见解志熙《汪曾祺早期小说片论》)。这显然是误解。尽管汪曾祺曾说过:"那时(指在西南联大时)萨特的书已经介绍进来了,我也读了一两本关于存在主义的书。虽然似懂不懂,但是思想上是受了影响的。"(《美学感情的需要和社会效果》)但当时汪曾祺虽然受萨特存在主义思想的影响,并不意味着《复仇》就一定受萨特存在主义思想的影响。一个作品是否受某个思想的影响,要看作品本身,看作品的表现的内容与表达的形式。好像是有某种针对性似的，汪曾祺于1991年底在一篇题为《捡石子儿》的文章中特别地指出："《复仇》是现实生活的折射。""这篇小说是不很自觉地受了佛教'冤亲平等'思想的影响。"笔者认为，汪先生的话是客观的、坦诚的、中肯的。根据我手头掌握的资料来看，《复仇》乃脱胎（或借鉴）于流传于日本的一则佛教故事，这个故事题为《隧道》。鉴于中国读者可能知之甚少，且在评价《复仇》时尚无人道及，故将其内容简介如下：

　　武士善介是江户一位将军的内侍，与将军之妻勾搭成奸。将军发现后欲杀善介，不料善介在自卫中杀死了将军。善介携情人远走，后两人沦为盗贼。因发现其情人心毒贪婪，善介离开她乞讨四方，善介自觉有罪，决心在有生之年行善赎罪。其地有一悬崖隔断交通，不少人因此而丧命，善介遂白天行乞，晚上挖土，发誓于此辟一隧道以便利交通。三十年来，善介一直于此开凿隧道。此时，将军之子已成为一名剑道高手，寻访到善介处欲报杀父之仇。善介对将军之子说：我有罪愿死，但请让我完成这隧道。将军之子允诺了，并终日守在隧道口看守着善介。久之，将军之子复仇心切，遂助善介一同挖掘。一年过去了，将军之子对善介渐生钦佩之心。两年后，隧道通。善介请将军之子杀他，然而将军之子已放弃了复仇，却说：我怎么能杀我的老师呢。

　　应当没有人比作者本人更了解和理解自己的作品，除非是作者有所讳言，故意误导或有其他缘故。《复仇》描写了"两个仇人共同开凿山路"，寄托汪先生"对中国乃至人类所寄予的希望"，斯言如是。

《受戒》是汪曾祺创作的又一篇与佛教密切相关的重要小说。小说于1980年8月12日脱稿，发表于1980年《北京文学》第10期，并获1980年度"《北京文学》奖"。《受戒》一问世，立即引起了文坛的轰动。1980年12月11日，《北京日报》就发表了梁清廉题为《这样的小说需要吗——读〈受戒〉有感》。他说，"这篇小说实在太特别。它没有政治，没有革命，只写了新中国成立前的一个和尚庙里的生活。它距离新中国成立以来的文学正统较远，这样的作品见诸公开的刊物，好像还是第一次。"汪先生写新中国成立前一个和尚庙里的生活有什么意义呢？有的读者认为《受戒》反佛教，"绝不下于一篇宣传无神论的檄文"，这未免失之浮浅与偏颇，有点冤枉汪先生，误解这篇小说的意义了。在与台湾作家施叔青的对话中，汪曾祺非常明白地告诉人们：

> 我写《受戒》，主要想说明人是不能受压抑的，反而应当发掘人身上美的、诗意的东西，肯定人的价值。我写了人性的解放。
>
> 有很多人说我是冲破宗教。我没这意思。和尚本来就不存在什么戒律，本来就很解放。
>
> ——汪曾祺、施叔青《作为抒情诗的散文化小说——与大陆作家对谈之四》（载《上海文学》1993年第4期）

在《关于〈受戒〉》中，汪曾祺又一次强调：

> 我写的是美，是健康的人性。
> 我认为和尚也是一种人，他们的生活也是一种生活。凡作为人的七情六欲，他们皆不缺少，只是表现方式不同而已。

当然，和尚有各种各样的和尚，《受戒》写的是"本来就不存在什么戒律，本来就很解放"的这一类很有人情味、十分世俗化的苏北农村的和尚，而不是其他和尚。正如此，《受戒》中的受戒对和尚而言，不过是一种形式上的仪式而已，并无实际意义。汪曾祺在《受戒》中的描写丝毫没有轻侮和尚之心与亵渎佛教之意，相反，倒写出了和尚的可亲之处及佛教的世俗化之缘；否则，台湾佛光出版社就不会将《受戒》列为佛教小说了。

从某种意义上说，《受戒》实质上是20世纪80年代初中国文坛上的一次破戒。汪先生于彼时写几十年前的一个"梦"，借一个小和尚和一个小姑娘之间的恋情，"发掘人身上美的、诗意的东西"，善哉，善哉！

三

汪曾祺的散文很美，独具一格、别开生面，可谓当代散文创作中的精品。汪先生的散文面很广，亦有一些散文涉及佛门，虽笔墨不多，却颇有情趣。如《初访福建》中，他写了厦门南普陀寺一位敲木鱼的年轻和尚，还饶有兴致地描绘了福州涌泉寺和尚的僧鞋、寺里的大锅以及西禅寺里新建的宝塔。在《滇游新记》中，他写了喊撒以物献佛的场所——奘房，描绘了一位叫伍并亚温撒的佛爷，汪先生对他印象甚好，"佛爷并不是道貌岸然，很随和。他和信徒们随意交谈。谈的似乎不是佛理，只是很家常的话，因为他不时发出很有人情味的笑声"。

在汪曾祺的散文中，有几篇是专题写佛门的：《幽冥钟》《仁慧》《罗汉》《四川杂忆》中的《洪椿坪》《大足石刻》与《三圣庵》《沙弥思老虎》。《幽冥钟》，汪先生归入《桥边小说三篇》，我却以为划入散文更宜。拙见亦有共鸣者，如江苏文艺出版社出版的《菩提心语——二十世纪中国佛教散文》，就将《幽冥钟》视为散文而入选。正如汪先生所云："《幽冥钟》……几乎连人物也没有，只有一点感情。"（汪曾祺：《桥边小说三篇·后记》）这是什么感情呢？笔者以为这就是佛家的慈悲情怀，母性的爱。汪曾祺对幽冥钟钟声的赞美，其实也就是他对救苦救难的地藏菩萨的赞美。汪曾祺对母爱怀有圣洁的情感，他认为母爱是伟大的。1991年，汪曾祺在为作家黑孩的散文集《夕阳正在西逝》所写的序——《正索解人不得》中写道：

> 萧红有一次问鲁迅：你对我们的爱，是父性的还是母性的？鲁迅沉思了一下，说：是母性的。
> 鲁迅的话很叫我感动。
> 我们现在没有鲁迅。

《仁慧》的主人公是一位尼姑，一位名叫仁慧的既仁又慧且美妙的尼姑，文字禅味十足，笔触活泼飘逸，汪曾祺对她是那么充满怜爱——倘若汪曾祺将仁慧写成小说，则仁慧的可爱程度决不在《受戒》中的小英子之下，也决不在《大淖记事》中的巧云之下。文章的绝妙之处是它的结尾，如绕梁之音，余味无穷。

> 她离开了本地，云游四方，行踪不定，西湖住几天，邓尉住几天，峨眉住几天，九华山住几天。
> ……
> 她又去云游四方。西湖住几天，邓尉住几天，峨眉住几天，九华山住几天。
> 仁慧六十开外了，望之如四十许人。

这是作者对仁慧生活的仰慕呢？抑或是对仁慧生活的叹惜？还是两者兼而有之，甚至都不是，亦正索解人不得也！

《罗汉》及《四川杂忆·大足石刻》则行文平实质朴。《罗汉》一文中，汪曾祺将记忆中的寺刹罗汉塑像一一写来。他认为罗汉"是介乎佛、菩萨和人之间的那么一种理想的化身"。罗汉塑像"表现了较多的生活气息，较多的人性"，"这是一宗非常重要的文化遗产——不论是从宗教史角度，美术史角度乃至工艺史角度、民俗学角度来看。"《四川杂忆·大足石刻》写的对象是大足的佛教塑像——十二圆觉像、千手观音像、释迦涅槃像，观察精微而笔墨舒徐，面对一个个庄严肃穆的诸佛，汪先生感叹了："菩萨以上，就不复再是'人'了。他们不但摒弃了人的性格，连性别也不分清了。"一句"不复再是人了",其感情何其深沉,其蕴涵何其丰富!

写作于1993年9月28日的《沙弥思老虎》乃一篇妙文。文甚短,千余字耳。于引袁子才《续子不语·沙弥思老虎》(即民间传说中"女人是老虎"的故事)后议云:疑袁文出处(或来自)《十日谈》。尽管汪曾祺并未对禅师师徒之举发表什么议论,但倾向性已不言自明矣。

在《四川杂忆·洪椿坪》中,汪曾祺笔触细腻地写了他在洪椿坪遇见的和尚——"两个从五台山来的和尚"。这两个和尚坦率地承认他们吃肉、喝酒,并且还结过婚:他们曾于"文革"中被迫还俗;然而,他们也虔诚地拜佛——上山一步一拜,要拜一千八百拜!不过,一个和尚中途憋不住了,也可小解一下再去拜。破戒与礼佛并行不悖,颇有禅宗即心即佛的遗风。这并非是汪曾祺幽默之笔,而是现实生活的写照,是佛门真实生活的写照。

《三圣庵》写了一个叫三圣庵里的两个和尚:一个是老和尚指南,戒行严苦,曾在香炉里烧掉两个指头供佛;一个是指南的徒弟铁桥和尚。铁桥是个风流和尚,有才气,字学石鼓文,画宗吴昌硕,兼师任伯年,还有"一个相好的女人",且"是个美人,岁数不大",亦"好做一点对家乡有益的事"——出头修了东乡的一条灌溉水渠。然而,"高邮解放,铁桥被枪毙了,什么罪行,没有什么人知道。"字里行间,流露出汪先生对铁桥和尚的惋惜。指南、铁桥皆实有其人,即新中国成立前的高邮和尚也,汪曾祺曾见到他们,《受戒》中的石桥原型就是这个铁桥。

细读上面列举的散文——尤其是那几篇专题写佛门的散文,

我们不难发现，汪曾祺对佛门、对佛门弟子，尤其是对有才气、有人情味的佛门弟子，笔下总是那么宽容，写得那么富有美感，富有人情味；这当是汪曾祺与佛教亲近之情、认同之感和不解之缘的一种反映吧。汪先生对世俗化的佛门生活好像比较关注，很有兴趣，不仅从未有过非议，而且非常理解，甚至津津乐道之。其实，不二法门亦是大千世界，也是"林子大了，什么鸟都有"。佛门生活从来就是如此，既有严谨戒律的善男信女，亦有呵佛骂祖的徒子法孙，既有品行高洁之长老，亦有道德败坏之僧尼。只不过是，在汪曾祺的小说、散文中，大多数的佛门弟子皆以世俗化的形象出现，既没有那种出神入化、功德圆满的大德，也没有那些坏和尚、坏尼姑。我认为，这从侧面反映了汪曾祺对佛教世俗化客观的尊重和对世俗化僧人的理解，亦是弥勒佛的"大肚能容"之谓也。

四

汪曾祺不但写过佛教小说、佛教散文，而且还写过一本普及型的佛教专著——《释迦牟尼》，这是江苏人民出版社世界历史名人画传中的一种，是应江苏教育出版社的邀约而撰写的。

汪先生读的书很杂，其中也包括佛家的书。1987年，他随中国作家代表团赴云南访问，他曾对先燕云说：自己近期读《忤作洗冤录》《容斋随笔》《中国植物名实图考》和有关佛教的书（先燕云：《那方山水》，云南人民出版社）。那时，他还没有写《释迦牟尼》的打算。

1990年至1991年初，正是汪曾祺散文创作的高峰期，《多年父子成兄弟》《随遇而安》等一批"带有文化气息"、味如"春初新韭，秋末晚菘"的佳作陆续问世。然而，就在这一段时间里，汪曾祺为了写好《释迦牟尼》，不仅静下心来"读了一些佛经"（汪曾祺：《捡石子儿》，载《汪曾祺文集》，江苏文艺出版社），而且还特地请夫人施松卿翻译了一些国外相关的佛教资料供自己参考。《释迦牟尼》从释迦牟尼出生一直写到涅槃，行文优美，引经简要，全文5万字左右。文末，汪曾祺郑重地写下了日期：3月22日写讫。民国初年，曼陀罗室主人曾著章回体小说《释迦牟尼传》，将释迦牟尼一生以演义形式叙之；鹤寿居士为之序曰："'此子诚有心人哉。'夫愚顽者，诚不易化也。而释家之典籍，浩如烟海，又非愚顽所得而解也。以其不易解，乃为通俗之辞以解之。以其不易化，乃为曲喻之说以化之。叙其本末，阐其奥旨，行见此书之出，而遇顽者尽登觉岸，而辟佛者俱发深省也。是诚尘海之明灯，而佛家之功臣也。"汪先生之《释迦牟尼》虽非曼陀罗室主人之《释迦牟尼传》，然而有一点是相同的：俱是有心人也！汪曾祺之《释迦牟尼》当然不是旨在宣扬佛法，但是，其普及佛教文化、普及佛教知识之劳却是功不可没的。

汪曾祺写的一出戏也涉及佛教。1989年8月，《人民文学》发表了汪曾祺改编的京剧剧本《大劈棺》。《大劈棺》原系传统剧目，其剧情大致是：为试探妻子田氏是否贞节，庄子诈死，并幻化成楚王孙来吊唁。田氏见王孙年少美貌，顿生爱慕之心，欲嫁之。忽王孙头痛甚，然只有用人脑可救活。田氏乃劈棺欲取庄子脑。这时庄子突然复生；田氏极羞惭，遂自刎。因该剧宣传封建迷信，并有色情表演,故文化部于1950年便宣布,"全国各地均应暂停演"。汪曾祺为什么要改编这出明令停演的戏呢?这绝非一时心血来潮或偶有所感而致,他认为:"许多旧戏对于今人的意义除了审美作用外,主要是它有深刻的认识作用。(京剧《一捧雪》前言,《汪曾祺文集·戏曲》)"并说:"京剧的出路,就是要吸现代主义的东西。"那么,这出改编过的《大劈棺》的认识意义何在呢?现代主义的东西何在呢?我认为,《大劈棺》的认识意义在于:人应该认识自己。当然这是通过剧情来体现的。在剧本中,汪曾祺在第一场戏中观音的唱词里就把这层意思清清楚楚地阐明了,并在尾声的合唱中又加以强化。

第一场戏幕一拉开,观音便唱道:

  开辟鸿蒙,万物滋生;
  或为圣贤,或为蝼蚁。
  受气成形,
  偶然自己。
  你是谁?谁是你?
  人应该认识自己。

  霎时间九烈三贞,
  霎时间七情六欲。
  暮楚朝秦,
  人各有志。
  你是谁?谁是你?

人应该认识自己。

蝴蝶梦为庄生，
庄生梦为蝴蝶。
是梦是真，
疑非疑是。
你是谁？谁是你？
人应该认识自己。

尾声中，观音没有出场，但观音所唱的主题歌（我这么认为）已成为庄周、田氏等人合唱之咏叹调，观音的观点仿佛已成为庄周、田氏等人的共识。庄周与田氏"从今后，你是你，我是我"，于是"你也解脱，我也解脱"。解脱者，大自在也。《成唯识论述记》云："解谓离缚，脱谓自在。"《大乘义章》云："言解脱者，自体无累，名为解脱，又免羁缚，亦曰解脱。"庄周认识了自己，——"我原来也是好色不好德"，认识到"老夫少妻，岂能强凑合。倒不如松开枷锁，各顾各。"枷锁松开了，大家都解脱了。原来《大劈棺》中所谓"现代主义的东西"，乃是现代化了的佛家思想，或曰为佛家思想现代化也。

五

汪曾祺所作旧体诗词不多，然偶有所作，禅意盎然。有"一勺曹溪味可餐"（元·释雪峰《山居用韵》句）之余韵遗风。且拈出几首赏之：

如"题画诗"中的两首牡丹诗：

人间存一角，聊放侧枝花。
临风亦自得，不共赤城霞。（为宗璞画牡丹）

看朱成碧且由他，大道从来直似斜。
见说洛阳春索寞，牡丹拒绝著繁花。（为张抗抗画牡丹）

汪先生托物寓意，以境写心，一反历来画家诗人赞美吟诵牡丹之"富贵"繁荣花（华），其心幽微矣，其意悠远矣。

如旅游诗中的《桃花源记游三首》（1982年12月）：

红桃曾照秦时月，黄菊重开陶令花。
大乱十年成一梦，与君安坐吃擂茶。

修竹姗姗节子长，山中高树已经霜。
经霜竹树皆无语，小鸟啾啾为谁忙。

山下鸡鸣相应答，林间鸟语自高低。
芭蕉叶响知来雨，已觉清流涨小溪。

其诗以寂静之境得自然之趣，从沧桑之变悟人生之幻。虽无一禅字，但禅境悠然，读之令人得自在之趣，生清凉之意。

再如一首《泰山记游》诗：

我从泰山归，携归一片云。
开匣忽相视，化作雨霖霖。

从泰山"携归一片云"，这是何等的风流潇洒，又是何等的空幻虚无，若无禅心诗心，能得此句乎？"开匣忽相视，作化雨霖霖"至此，拥有没有了，连携归的空幻虚无的"云"也没有了，作者超然物外的心胸开拓了无限开阔的境界，并从中体味到"空"的禅悦，"无"的法喜。

再看汪曾祺的两首"生日诗"（或曰述怀诗）。

一是汪曾祺七十岁生日所作：

悠悠七十犹耽酒，唯觉登山步履迟。
书画萧萧余宿墨，文章淡淡忆儿时。
也写书评也作序，不开风气不为师。
假我十年闲粥饭，未知留得几囊诗。

二是汪曾祺七十二岁生日所作：

不觉七旬过二矣，何期幸遇岁交春。
鸡豚早办须兼味，生菜偏宜簇五辛。
薄禄何如饼在手，浮名得似酒盈樽。
寻常一饱增惭愧，待看沿河柳色新。

二诗皆直抒情怀，坦诚心迹，不假雕琢，不逞奇巧。既写尘世之无奈，又写诗酒之逍遥；既有旷达之情，而又有惆怅之感，反映了诗人的"平常心"。这种"平常心"是诗人对现实生活的观照，也是诗人对现实生活的升华，抒写了汪曾祺对人生体味的独到之"悟"。

六

佛家禅宗非常看重自我。释迦牟尼的"天上天下，唯我独尊"，缘观禅师的"寰中天子，塞外将军"，即是强调要认识自我，重视自我。作为有自己的追求，有自己的风格的作家，汪曾祺对"我"、对"自己"十分注重。他硬邦邦、响当当地说："你不能改变我。""我就是这样，谁也不能下命令照另外一种样子写。……除非把我回一次炉，重新生活一次。"（汪曾祺：《七十书怀》）汪曾祺晚年尝书一禅宗语录，辞曰：万古虚（长）空，一朝风月。汪先生对这八个字很欣赏。我觉得，这似乎是汪先生写作态度和艺术见解的注脚，颇有深意。此语出自唐代牛头宗崇慧禅师之口，其文云：

问："达摩未来此土时,还有佛法也无？"师(崇慧)曰："未来且置，即今事作么生？"曰："某甲不会，乞师指示。"师曰："万古长空，一朝风月。"僧无语。师复曰："阇梨会么？"曰："不会。"师曰："自己分上作么生，干他达摩来与未来作么？他家来，大似卖卜汉。见汝不会，

为汝锥破，卦文才生吉凶，尽在汝分上，一切自看。"（普济《五灯会元》卷二中华书局）

可以说，汪曾祺的创作就是"一切自看"，他的作品就是"一朝风月"。汪曾祺说："一个人要使自己的作品有风格，要能认识自己，发现自己，并且，应该不客气地说，欣赏自己。""一个人不能说自己写得最好，老子天下第一。但是就这个题材，这样的写法，以我为最好，只有我能这样写。我和我比，我第一！"（《谈风格》）汪先生的文学创作，不趋时风，不追时尚，如同百花园中的几朵淡淡的秋菊，"后先不与时花竞，自吐霜中一段香（诵帚祥师语）"。

综上所述，佛家思想不仅仅给汪曾祺提供了一些创作素材，而且在某种程度上也直接或间接地影响和滋润着他的创作思想，他的不少作品流动着禅家血脉、弥漫着禅宗气息，他的小说中空灵的意境，散文中冲淡的情致，书画中超然的神韵，无不给人们一种进入"禅境"的快感、融入"妙境"的愉悦。使读者"感受到一种欣欣然的生活气息"（《榆树村杂记·自序》）和"一种滋润生活的温暖"（凹凸：《文坛二老·汪曾祺》）。有人曾这样生动地描写过此种感受："长官不待见我的时候，读两页汪曾祺，便感到人家待不待见有屁用；辣妻欺我的时候，读两页汪曾祺，便心地释然，任性由她。"汪曾祺之禅风禅韵，云水泱泱，山高水长！

七

　　诚如费尔巴哈所言，世界上如果没有死这回事，那也就没有宗教。世界三大宗教之一的佛教，亦对死予以极度的关注，历来十分讲究生死事大，把了脱生死视作人生一个重大问题。明代名僧憨山清德曾说："从上古人出家本为生死大事，即佛祖出世，亦特为开示此事而已，非于生死外别有佛法、非于佛法外另有生死。（憨山《梦游集》）"关于死，好像是有预感似的，汪曾祺于生前多次谈论到死，不止一次地在自己的文章中或与友人谈话时涉及了这一人生的永恒话题。

　　1990年，汪曾祺70岁。他于《七十书怀》中说："我并不太怕死。但是进入七十，总觉得去日甚苦多，是无可奈何的事。""看相的说我能活九十岁，那太长了！不过我没有严重的器质性的病，再对付十年，大概还行。我不愿意当什么'离休干部'，活着，就还得做一点事。"汪先生73岁生日这一天，他写了题为《祈难老》的一篇散文，又一次向人们吐露了他对死的看法。他认为，"不要太怕死"，"老死是自然规律，谁也逃不脱的。唐宋时的宰相裴度云：'鸡猪鱼蒜，遇着则吃；生老病死，时至则行'，这样的态度很可取法。"当他因大量吐血而住院抢救时，一批又一批的朋友前来看他，他当然心知这意味着什么，他似乎已经听到了死神逼近的脚步声。然而，面对死神，他仍然像平时那样幽默和泰然，与来看他的老朋友林斤澜"坦然地谈到了死"，认为辞世是人生的第二种状态（陈其昌《辞世是人生的第二种状态——汪曾祺面对死亡》，载《服务导报》1997年5月22日）。汪先生于死亡面前如此从容旷达，如此超然洒脱，几乎没有丝毫对生的执着和对死的恐惧，表现了他对生命流程和生死规律的透彻了悟和深度认同，这岂不是深得佛家禅宗之精髓了么？

早在1987年，汪曾祺在《滇游新记》中写了自己在云南喊撒这个寨子里看到一家办丧事的情况，他说，"傣族人对生死看得比较超脱，……这也许和信小乘佛教有关"。汪先生认为，死亡是人生的第二种状态，应当说，至少是与他读佛经、读佛家的书是有关的。

八

1998年，作家舒非与汪曾祺在香港一同于中华文化促进中心看《石鲁回顾展》。舒非在《汪曾祺侧写》一文中写道："见到汪老对一幅小小的画会心微笑，我俯身一看，原来是石鲁晚年随心所欲之作，题款龙飞凤舞：'不知是何花'。"

作家的作品被人理解——比较准确或准确的理解并非易事。汪曾祺就常常感到他的作品往往不被人们所理解，甚至感到有的作品被一部分读者和评论家误读了、误解了。他常常有孤独之感、寂寞之叹，"知音少，弦断有谁听"？别人评价他作品的文章，只有少数能使他发出会心的微笑。

汪先生生前死后，曾有许多文章评介他和他的作品，其中，讲他受道家、儒家思想影响，甚至受西方萨特存在主义思想影响的都有，但专题评论他与佛家思想的文章却几乎没有，仅有杨剑龙的《论汪曾祺小说中的儒道佛》略加阐述而已。正如汪曾祺本人所言:"一个人写成一篇作品,是有一定的机缘的。"(《汪曾祺自选集》自序)汪曾祺那些关于佛教的小说、散文与专著,不正反映出他与佛教的某种机缘么?汪曾祺于《七十书怀》中云:写书评、写序,实际上是写写书评、写序的人自己……书评和序里总会流露出本人的观点,本人的文学主张。汪先生于《人之所以为人——读〈棋王〉笔记》中有这样一段话:

——有人告诉我,阿城把道家思想揉进了小说。《棋王》里的确有一些道家的话。但那是拣烂纸的老头的思想。甚至也可以说是王一生的思想,不一定就是阿城的思想。阿城大概是看过一些道家的书。他的思想难免受到一些影响。

我觉得,以汪先生的这一段话的意思,用于分析、认识汪先生的那些涉及佛家的作品,大体上是契合的。

为纪念汪曾祺先生逝世一周年而作。
(1998年第20期《东方文化周刊》、1999年第1期《出版广角》曾选载此文,两刊皆有删节)

一把辛酸泪　谁解其中味
——《天鹅之死》别议

　　《天鹅之死》几乎是一篇受到漠视和冷遇的小说，这在汪曾祺的小说创作生涯中是少见的。小说于一九八一年四月十四日《北京日报》发表后，一时并没有什么反响；也许，读者与专家们的目光仍聚焦在《异秉》《受戒》《大淖记事》上。《天鹅之死》仿佛死的不是时候，不仅此后出版的两个小说选集均未看中这篇小说，甚至连江苏文艺出版社1993年版的《汪曾祺文集》中的《汪曾祺年谱》、北京师范大学出版社1998年出版的《汪曾祺全集》中的《汪曾祺年表》也都未著一字。

　　在《北京日报》发表这篇小说七年后，汪先生应漓江出版社之请编《汪曾祺自选集》，这是汪先生的第一本自选集，他将《天鹅之死》编入书中，可见，汪先生本人对这篇小说还是很在意的。并在校稿时于小说末尾郑重地加了一行附注：一九八七年六月七日校，泪不能禁。

这一行附注很短，但很有分量，可惜关注的人很少。就笔者所能看到的汪老小说来说，以"泪不能禁"这四个字来抒发作者当时心境的，几乎仅此一篇。这四个字绝非先生信手所写，当是性之所至、情不能止所书。汪先生在创作时流泪是不多的。在写《大淖记事》时，他流了泪。汪先生说："写到这一句时，我流了眼泪。"（见《〈大淖记事〉是怎样写出来的》）：

> 巧云捧着一碗尿碱汤，在十一子身边说：
> "十一子，十一子，你喝了！"
> 十一子微微听进一点声音，他睁了睁眼。巧云把一碗尿碱汤灌进了十一子的喉咙。
> 不知道为什么，她自己也尝了一口。

汪先生未说过他在写《天鹅之死》时流了泪没有，但我以为他是流了泪的，在写到"孩子们的眼睛里有泪"时，他的心也在流泪。以至他在近七年后校稿时尚"泪不能禁"。汪老的哲嗣汪朗告诉我们："这篇小说是 1980 年 12 月 29 日清晨写成的，时隔近七年，他看到文章，还是泪不能禁。爸爸作息很有规律，写文章一般只到午夜，熬到清晨的时候不多。《天鹅之死》是个例外，如果不是到万分激动的程度，他也不会这样。"（《老头儿汪曾祺——我们眼中的父亲》）七年后尚且"泪不能禁"，于七年前写作时，难道能忍得住泪水么？

在写《天鹅之死》前一年，汪曾祺写了《受戒》，在《受戒》的文末，汪先生也有一行附注，文曰：一九八〇年八月十二日，写四十三年前的一个梦。

　　与《天鹅之死》相反，《受戒》不仅受到热捧，连附注也引起了人们的极大兴趣，种种揣度与议论一时沸沸扬扬。一开始，汪先生对此好像并未在意，但人们的反响却使他不得不加以诠释，这大概是汪先生所没有料到的。就这一行附注，陆建华先生曾驰信询问汪先生，汪先生回函云："四十三年前的一个梦，无甚深意，不必索解。"（《私信中的汪曾祺》）时一九八一年八月十一日也。然而，后来汪先生却不得不坦诚地说，这个梦，"是我初恋的一种朦胧的对爱的感觉"；还不得不一再声明：《受戒》中的明海"这不是我"！（同上）两篇小说及附注所受到的悬殊的反响，这大概也是汪先生所始料未及的。

　　我以为，《天鹅之死》与当时的文学界对他作品的评介不无关系。在写这篇小说时，正值汪先生创作精力旺盛、声誉鹊起之际。一批小说陆续发表，《受戒》获1980年度《北京文学》奖、《大淖记事》获1981年度全国优秀短篇小说奖。同时，这一批以旧社会平民生活为背景的作品也引起了一些责难和非议。对此，汪先生尽管仍然"我行我素"，但也绝非无动于衷。在继续以小说反映旧时生活的同时，他开始了描写现实生活的创作，他的笔锋指向了"文革"，创作了一批有异于时正流行的"伤痕文学"的套路的小说。一九九二年的第一期《中国文化》杂志上，汪先生特别提到了《天鹅之死》，他说："我写《天鹅之死》，是对现实生活有很深的沉痛感的。《汪曾祺自选集》的这篇小说后面有两行附注：

一九八〇年十二月二十九日清晨

一九八七年六月七日校，泪不能禁。

"我的感情是真实的。一些写我的文章每每爱写我如何恬淡、潇洒、飘逸，我简直成了半仙！你们如果跟我接触得较多，便知道我不是一个不食烟火的人。"（《汪曾祺全集》第五卷）

汪先生为什么要提《天鹅之死》，为什么要到"泪不能禁"这两行附注？显然是有所指的。在《受戒》《大淖记事》等一批小说发表后，有不少文章把他的作品归划为"淡化"一类，还有一些评论甚至指责汪先生只描写旧日时光而不反映现实生活……以及各种各样对他以及对作品的误解与误读；听得多了，汪先生自然不免要做一些回应，不得不作一些沟通。比如：

我不认为我写的是乡土文学。有些同志所主张的乡土文学，他们心目中的对立面实际上是现代主义，我不排斥现代主义。

我的作品不是悲剧。我的作品缺乏崇高的悲壮的美。我们追求的不是深刻，而是和谐。（载《汪曾祺自选集·自序》，见《汪曾祺全集》第四卷）。

有一个文学批评用语我始终不懂是什么意思，叫作"淡化"……我是被有些人划入淡化一类了的。……我的作品确实是比较淡的。但它本来就是那样，并没有经过一个"化"的过程。（载一九九〇年第五期《现代作家》见《汪曾祺全集》第四卷）。

从某种意义上说,《天鹅之死》是他创作的第一篇以"文革"为题材的小说,也是他带着强烈的责任感去关注、描写现实生活,融注了心血的一部作品。在继《天鹅之死》以后,汪先生先后又写了《讲用》《虐猫》《八月骄阳》《唐门三杰》《可有可无的人》《不朽》《当代野人系列三篇》《吃饭》《非往事》等小说。仅1996年这一年,汪先生就写了五篇之多,这是他去世前一年写的,是他用生命写的。

据汪先生哲嗣汪朗说,汪先生写《天鹅之死》的起因是这样的:

> 当时我们住在甘家口,离玉渊潭很近,爸爸已经不用按时上班,每天一早就到玉渊潭遛弯,到处看看,找各色人等闲聊,……那年冬天,公园的湖面上落下四只天鹅,这是多年没有过的事。大家都很兴奋,好多人从远道赶来看天鹅。爸爸每天遛早回来,都要汇报天鹅的最新情况。没想到,两个小青年晚上用枪把一只天鹅打死了,说是要吃天鹅肉。这件事让许多人感到气愤,爸爸更是如此。那两天他翻来覆去地念叨:"怎么能这样呢?怎么能这样呢?"他实在按捺不住,连夜写下了《天鹅之死》。(见《老头儿汪曾祺——我们眼中的父亲》,中国人民大学出版社2000年版)

大概是意犹未尽、此恨绵绵吧,汪先生在另一篇小说《八宝辣酱》里,又一次将《天鹅之死》中的重要情节写入其中,地点仍旧是玉渊潭,但作了几处改动——一是把《天鹅之死》中的四只天鹅改成了六只。二是把《天鹅之死》中打死天鹅的两个小青年改成了工宣队员老邱。三是减去了《天鹅之死》中的主人公白蕤。四是增加一位遛弯的秦老头。这个秦老头是在小说末尾出现的，篇幅不长，全文如下：

> 有一个秦老头每天绕玉渊潭遛弯。他家就在玉渊潭边住。他每天要遛两次弯。天不亮就起来，太阳落了才回来。他走到水闸附近，腿有点累，就找了两块土墼摞在一起，坐了坐。这地方离老邱打死天鹅的草丛不远。老邱打死天鹅是他亲眼看见的。他想起了一些事，很有感慨，自言自语：
> "嗑瓜子嗑出个臭虫，——什么（仁）人都有哇！"

对照前引汪朗所言，我们不难发现，此秦老头即汪先生之化身也。"秦"者，情也！在我印象里，如此以彼小说中某情节又改入此小说中的作品，在汪先生的创作生涯中，似乎是仅此一例耳。

男儿有泪不轻弹，只因未到伤心处。其实，汪先生也是一只天鹅，一只美丽的、受了伤的天鹅。先生"泪不能禁"，既抒发了他对"文革"中使"许多人失去爱美之心而感到深深的悲哀"（借用汪朗语），也蕴涵了他对自身遭际而郁结的忧伤与惆怅，似乎还隐隐地流露出某种无奈、寂寞和孤独。在写下《天鹅之死》附注"泪不能禁"之后十年，汪先生于1997年5月16日与世长辞。在汪老的追悼会上，播放的乐曲是世界名曲法国的圣桑大提琴协奏曲《天鹅》。在某种意义上说，小说《天鹅之死》仿佛是乐曲《天鹅》的文学版。人们应当对《天鹅之死》致以深深的礼敬，为"泪不能禁"奉上一瓣心香。

（刊 2016 年第 2 期《湖南文学》）

浅读汪曾祺的诗论

汪先生是诗人，其五言承陶潜之脉，七言有杜甫之风，但似乎还能称之为诗评家。汪先生关于诗的观点，散见于文章中或讲稿上，或只言片语，或一段二段，大多点到为止，既没有长篇大论专题说诗，也不讲求时尚的学术深度或体系构建。然而，在汪先生的这些言说中，却不乏其独特之见和经验之谈，有些话题甚至很少有人提及或阐发，这对于写诗与爱诗的人来说，无疑是可以从中获取到一定的启迪和教益的。本文仅就汪先生的某些诗论说一说读后感而已，非全面论述探究也。

谈诗与方言

在汪曾祺的诗中，用家乡话入诗的不少。诗中的家乡语，不过是两三个字或一两个词，但使作品弥漫着一种气场，一种氛围，产生了一种独特的韵味。如《赠杨鼎川》中的"雨洗门前石鼓子""闲游可到上河塥"。其"石鼓子",为旧时大户人家门前两旁之鼓形石质装饰物,高邮人都是以"石鼓子"称之。"上河塥",则是指高邮段的运河河堤。塥者,坝也。高邮人说去河堤,都是讲去河塥,若云河堤,那就是官话了,或是纸上的话了。《一九八三年除夕子时戏作》中之"何曾惆怅一丁儿",那"一丁儿"也是高邮土话,喻其数量极少、极微耳。在《我的家乡在高邮》一诗中,其"闷芋头""女伢子""不丑"也是流行于江淮一带的高邮土话。诗中的这些高邮土话虽然不多,但高邮人读了,便会产生一种特殊的亲切感和亲和力。

　　高邮文游台,是高邮的名胜古迹之一,传宋代大文豪苏轼曾与秦观、王巩、孙莘老聚会于此,时人于此筑四贤堂以作纪念,后人称之为文游台。1991年9月,汪曾祺于高邮文游台即兴写下了一首七绝《文游台》:"年年都上文游台,忆昔春游心尚孩。台下柳烟经甲子,此翁筋力未至衰。"然后,他又用乡音吟诵一遍,使在场陪同的高邮市的乡亲感动不已。为什么感动,其乡音当是不可少之因素也!

　　还看到一首诗,汪曾祺把乡音甚至用在了与高邮相隔万里的北方地区。在贺沈阳市文联主办的文学杂志《芒种》四十周年的这首五律中,他就是用乡音押的韵。其诗云:"芒种好名字,辛勤艺百谷。佳作时时见,陵树风簌簌。好雨亦知时,欣逢年不惑。尊酒细谈文,相期六月六。"诗之二、四、六、八句之末字,只有用高邮话"读起来才顺口,才有韵味,才会觉得非常和谐"。

　　汪老还十分关注家乡话的研究。高邮朱延庆先生对高邮话很有研究，是扬州市语言学会名誉会长，他在任高邮师范学校校长、高邮市副市长、高邮市政协副主席期间，多次接待汪老，与汪老交谊十多年。他们有一个共同感兴趣的话题，就是对"母舌"的研究。汪老在研究秦少游词中的高邮方言时，他还特地提到了朱延庆对"胳织"即"胳肢"一词的解释，"其说近似"。

汪曾祺甚至还花费了相当的时间和精力翻阅了明代王磐的散曲和宋代秦观的词，王、秦都是高邮人，汪曾祺就是想看看他们的作品里有没有高邮话。结果是，秦少游的词里有，王磐的散曲没有。汪曾祺不仅查阅融汇了前人的研究成果，而且还有新的发现，他认为，除两首《品令》中有高邮话外，秦少游的《醉乡春·唤起一声人悄》中，也有高邮话，这个高邮话，就是"半缺椰瓢共舀"的"舀"。汪曾祺认为："这个字不是高邮所独有，但少游是高邮人，对这个字很熟悉，故能押得自然省力耳。"而且，秦少游的《品令》中的高邮话也不止是"天然个品格"那一个"个"字，他指出，"《品令》这两首词通篇都是用高邮话写的。"（《词曲的方言与官话》）就我所了解到的学术动态而言，这在秦少游的研究著述中，汪老的研究道前人所未云，无疑是有价值的创见。汪老还认为，"毛主席的诗词大体上押的是'平水韵'，《西江月·井冈山》是个例外"，"是照湖南话押的韵。"汪老说，"毛主席用湖南话押韵大概是不知不觉的。""填词的人在笔下流出自己的乡音，便是很自然的事。"（《毛泽东用乡音押韵》）

汪曾祺之所以如此不忘高邮话，研究高邮话，一是出于乡情，因为他是高邮人。二是缘于写作，因为他是作家。出于乡情，他自然对家乡话不能忘怀。乡音，其实是乡情中一个最活跃的细胞，最容易被乡情"激活",也最容易"激活"乡情。无论是唐贺知章的"乡音无改鬓毛衰"(《回乡偶书》),宋范成大的"乍听乡音真是归"(《将至吴中,亲旧多来相迓,感怀有作》),清叶燮的"忽讶船窗送吴语"(《客发苕溪》),都形象地表达了乡音所蕴涵着的乡情,正如汪曾祺所说的"光是听见她(指汪曾祺的姐姐)的声音,就能想起高邮,想起小时候的好些事儿来"。缘于写作,汪曾祺则必须研究高邮话,因为"一个人最熟悉、理解最深、最能懂得其传神妙处的,还是自己的家乡话,即'母舌'"(《小说技巧常谈》)。"一个人的'母舌'总会或多或少地存在在他的作品里的。"(《林斤澜的矮凳桥》)他对方言还有这样一段精彩的论述。他认为,"每一种方言都有特殊的表现力,特殊的美,这种美不是另一种方言所能代替,更不是'普通话'所能代替的。'普通话'是语言的最大公约数,是没有性格的。"(《林斤澜的矮凳桥》)在不少文章和讲学中,他多次列举过鲁迅、沈从文作品中方言所表现出来的特殊的表现力,特殊的美,这对于初涉文坛、刚刚从事文学创作的文学青年来说,是非常有指导意义的。

论皇帝和总统的诗

在汪先生论及诗的文章中,还有两处是对皇帝和总统的诗给予评论的——并且是很高的评价,这在诗歌批评界是少见的。

论及皇帝的诗见《老学闲抄·皇帝的诗》(《汪曾祺全集》第五卷),说的是清代康熙的一首诗和乾隆的一首诗。这两位皇帝的诗于当代诗坛批评界评价较低，尤其是乾隆的诗，甚至常作为讥评奚落之对象。汪曾祺所引的两首诗，一是康熙的《高邮湖见居民田庐多在水中，因询其故，恻然念之》，二是乾隆之《高邮湖》；两诗皆为五言，都是关于高邮水患的作品。汪先生对两诗的总评价是："写得很有分量的。"他还说："我们在两三百年之后读这样的诗，还是很感动。"汪先生在文章结尾处还突兀地写上了这么一句："我希望我们的领导人也能读一点这样的诗。"

于此可见汪先生对这两首诗的别样心绪与极端看重。

长期以来，诗坛对作品之人民性非常重视，甚至视为作品价值高低的标志。依愚之见，作家作品之人民性固然重要，但领导人作品之人民性或许更为重要，因为这与人民的利益关系极大。

论及总统的诗，见于《汪曾祺全集》第四卷，是《漫话作家的责任感》中的一段话，汪先生云：

> 作家的责任感应该是独特的，与其他有所不同。我最近读了巴西总统写的一首诗，写的是渔民出海时亲人等他的心情。诗写得很好。我觉得他虽然是总统，但是写诗的时候不是总统，是诗人，是用诗人的眼睛看待世界，表达自己的感受。他当总统时是总统，不当总统时是诗人，不能用当总统的责任感写诗，也不能用写诗的办法治理国家。两者不是一回事。作家的责任感是在作品中体现出来的，而不应该游离于作品之外。

论诗的音乐美

汪曾祺很注重诗的韵律，即诗的音乐美。他在文章和讲学中曾多次强调。如：

> 中国语言的一个特点是有"四声"。"声之高下"不但造成一种音乐美，而且直接影响到意义。不但写诗，就是写散文，写小说，也要注意语调。语调的构成，和"四声"是很有关系的。（《中国文学的语言问题》）

我年轻时写过诗，后来很长时间没有写。我对于诗只有一点很简单的想法。一个是希望能吸收中国传统诗歌的影响（新诗全身是外来形式，自然要吸收外国的，——西方的影响）。一个是最好要讲一点韵律。诗的语言总要有一点音乐性，这样才便于记诵，不能和散文完全一样。（《〈汪曾祺自选集〉自序》）

由于有对仗，平仄就形成了中国话特有的语言美，特有的音乐感。有人写诗，两个字意思差不多，用这个字，不用那个字，只是"为声俊耳"（《对仗·平仄》）。就音乐感而言，汪曾祺还顺便说了一个"趣闻"——"郭沫若参加世界和平理事会，约翰逊主教就觉得郭说话好像在唱歌，就是因为郭老的语言有高低调值"（同上），说话尚如此，诗讲究了平仄韵律，岂不更具有音乐感、更具有听觉美哉！

没有入声，我觉得是一个很大的损失。唐宋以前的诗词是有入声的。没有入声，中国语言的"调"就从五个（阴、阳、上、去、人)变成四个(阴阳上去),少了一个。这在学旧诗词和写旧诗词的人都很不方便。老舍先生是北京人,很"怕"入声,他写的旧诗词遇有入声,都要请南方人听听,他说:"我对入声玩不转。"(《国风文丛总序》)

在《童歌小议》中,汪先生又说:"孩子对于语言的韵律有一种先天的敏感。他们自己编的歌都非常'顺',非常自然,一听就记得住。现在的新诗多不留意韵律,朦胧诗尤其是这样。我不懂,是不是朦胧诗就非得排斥韵律不可?我以为朦胧诗尤其需要韵律。"(《汪曾祺全集》第四卷)接着,汪先生便举例子说:"李商隐的不少诗很难'达诂',但是听起来很美。戴望舒的《雨巷》说的是什么?但听起来很美。"(同上)听起来很美,这个美,就是诗的韵律,诗的音乐感。用汪曾祺的话说,"听起来美,便受到感染,于是似乎是懂了。"卞之琳说《雨巷》有"一种回荡的旋律和一种流畅的节奏"(《戴望舒诗集》序)。发表这首诗的编者叶圣陶先生极为赞赏,读者的反应也极好。可见,诗的音乐感之魅力了。不管是新诗还是古诗,好的诗,都是需要韵律的,都是要具有音乐感的。

汪先生几乎和韵律打了一辈子交道,自然熟谙其中的甘苦,积累了一些"诀窍"。他希望"我们要熟练地掌握格律和韵脚,使它成为思想的翅膀,而不是镣铐"。在《用韵文想》一文中,他老人家还传授了王昆仑先生和他的经验之谈:"王昆仑同志有一次说他自己是先想好哪一句话非有不可,这句话是什么韵,然后即决定全段用什么韵。"

汪先生以身说法便是:"我写《沙家浜》的'人一走,茶就凉',

就是在韵律的推动下,自然地流出来的。"汪先生于韵律是一直比较讲究的。所以,无论是新诗还是旧诗,汪先生的诗吟诵起来,"都非常顺""皆朗朗上口"——这是借用他在《童歌小议》中的话。

他对韵律的讲究,不仅是对自己的诗,对别人的诗也不"放宽政策"。如翁偶虹先生为梁清濂之《鼓盆歌》写了一首诗,诗中有句云"一味清新耐咀嚼",汪先生以为欠妥,建议改为"一味清新韵最娇",原因是"一味清新耐咀嚼","嚼"字按平水韵是入声。"而翁先生按北方话作阳平押了,搞旧诗的人也许会挑刺。"(《致翁偶虹》)不过,汪先生也有"不合韵律"之处,"放宽政策"之时,而且,是对自己的诗。如《七十书怀出律不改》,其诗云:"悠悠七十犹耽酒,唯觉登山步履迟,书画萧萧余宿墨,文章淡淡忆儿时。也写书评也作序,不开风气不为师,假我十年闲粥饭,未知留得几囊诗。"这是汪先生于七十岁生日那天写的。他说:"《七十书怀出律不改》,'出律'指诗的第五六两句失粘,并因此影响最后两句平仄也颠倒了。我写的律诗往往有这种情况,五六两句失粘。为什么不改?因为这是我要说的主要两句话,特别是第六句,所书之怀,也仅此耳。改了,原意即不妥帖。"(《七十书怀》)

汪先生所言有理么?我以为是对的,而不是文过饰非;盖因辞害义,乃诗家之大忌也!

说诗之炼字

炼字、炼句、炼意历来为诗人所重。作为诗人，汪曾祺自然也非常注意。在他的文章中，提到炼字的有好几处；着重强调的是准、活和自然。在《关于小说的语言（札记）》中，汪曾祺引张戒《诗话》云："古诗'白杨多悲风，萧萧愁杀人'，萧萧两字处处可用，然惟坟墓之间，白杨悲风尤为至切，所以为奇。"至切者，准也。于《老学闲抄·诗用生字》中，汪曾祺在引用范晞文《对床夜语》中的一段话后说："'炼'字，可以临时炼，对着稿纸，反复捉摸，要找一个恰当而不俗的字。但更重要的是平时的'发现'。炼字，无非是抓到一种感觉。……最好还是用常见的字，使之有新意。姜白石说：'人所难言，我易言之，人所常言，我寡言之，自不俗。'我之所言，也还是人之所言，不是凭空杜撰出来的。'数峰清苦，商略黄昏雨'，此境人不易到，然而'清苦''商略'，固是平常的话也。"于《学话常谈》中，汪曾祺还以苏东坡、杜甫的诗为例，强调炼字要准。他写道："苏东坡作《病鹤》诗，有句'三尺长胫□瘦躯'，抄本缺第五字，几位诗人都来补这字，后来找来旧本，这个字是'搁'，大家都佩服。杜甫有句诗'身轻一鸟□'，刻本末一字模糊不清，几个诗人猜这是个什么字。有说是'飞'，有说是'落'……后来见到善本，乃是'身轻一鸟过'，大家也都佩服。苏东坡的'搁'字写病鹤，确是很能状其神态，但总有点'做'，终觉吃力，不似杜诗'过'字之轻松自然，若不经意，而下字极准。"

"诗要活一点，虚一点。"这是，汪曾祺在《致翁偶虹》信中曾提出这个观点，他认为翁偶虹在为梁清濂《鼓盆歌》写的诗中连用了"哲理""牢骚""雕凿""咀嚼"这四个实词，使诗"稍板一点"了。翁偶虹，著名的剧作家、戏剧理论家，曾为程砚秋、金少山、袁世海等编写过演出本，并与阿甲合作写过《红灯记》，且比汪曾祺差不多大二十岁，可谓是汪之长辈了；尽管如此，汪曾祺还是"斗胆"地向翁先生提了这个建议。当然，翁先生亦非初通文墨之人，大概是下笔匆促、有失推敲之故罢。

诗人石湾曾说，"汪曾祺是个在用字炼句上极为讲究的作家。"（《汪曾祺的诗心》）张滨江先生曾与汪曾祺一同前往西藏，同行同住中，他感到汪曾祺"对词句到了崇拜的地步。夜里睡不好觉，三五个小时才想出八句台词。……看看他写的词，好极了。"（陈徒手《人有病，天知否》）此言甚是。纵观汪曾祺之诗，即可窥其"炼"痕与"炼"果也，兹不赘。曾见宋词先生一篇题为《汪曾祺改唱词》的文章，文章说的是汪曾祺为他与黄宗江合作的现代京剧《贺家姐妹》改唱词，他由衷地赞叹道："经汪曾祺修改、润色、增删、重写的有十多处。改得我们心服，改得我们叫好！"

唱词"融进民歌,增加了泥土气息和地方色彩","更符合人物性格,更优美,演员好唱了,剧本的文学性提高了。"(《宋词文集》第四卷)宋词何许人也?此亦才子、诗人、剧作家也,黄宗江亦是;尤其是宋词,才气纵横,眼界甚高,一般人的诗他压根上瞧不上,他能对汪曾祺所改如此心服,可见汪曾祺之改"高,实在是高"也!尽管唱词不等同诗,但在"炼"的要求与标杆上是基本一致的。

当然,诗中字要炼得好,是很不容易的。在《文学语言杂谈》中,汪曾祺由衷地说,"有人说写诗要做到这种境界:'看是平常最奇崛,成如容易却艰辛。'你看着普普通通好像笔一下就来,这个可不大容易。你找到那个准确语言就好像是'众里寻他千百度,蓦然回首,那人却在灯火阑珊处'。"

说诗中之"梦"字

汪先生曾在一篇文章说,诗、散文里最好不要出现"心""梦""爱""诗意""激情"这样的字眼。这些意思只能使人意会,不能说出。如倪云林所说:一说便俗。(《再淡一些·文牧散文选序》)

然而,曾祺先生似乎亦未能免俗,就"梦"字而言,却也时时出现,他的诗中,如:

梦中喝得长江水(《致朱德熙》)

翻书温旧梦(《题丁聪画范用漫画头像》)

四十三年一梦中(《题美人与猫图》)

梦绕巴黔忆故枝(《贺政道校友六十寿辰宇称不守恒定律发现三十年》)

至今仍作儿时梦(《六十七岁生日自寿》)

梦里频年记故踪(《回乡书赠母校诸同学》)

梅花入梦水悠悠(《江阴漫忆》)

攀条寻旧梦（《樱花》）

大乱十年成一梦（《游桃花源三首之一》）

不过，再思量一下，觉得此处之"梦"字用得恰到好处，若易他字，反觉不妥，在这里，又有什么字比"梦"字更蕴藉委婉，更有意趣诗味呢？

唐代大诗人白居易的诗，亦多有"梦"字，且说几处人们比较熟知的吧：

夜梦归长安，见我故亲友。(《梦与李七、庾三十二同访元九》)

假使如今不是梦，能长于梦几多时。(《疑梦二首》)

来如春梦几多时，去似朝云无觅处。(《花非花》)

心函报书悬雁足，梦寻来路绕羊肠。(《初冬月夜得皇甫泽州手札并诗数篇因遣报书偶题长句》)

唯是相君忘未得，时思汉水梦巴山。(《洛下闲居，寄山南令狐相公》)

书意诗情不偶然，苦云梦想在林泉。(《以诗代书，酬慕巢尚书见寄》)

其实，字本身并无雅俗之分，所谓雅字，用滥了便觉陈腐；而所谓俗字，用巧了却见高妙。试问汪曾祺诸诗中之"梦"字，易作他字可乎？可见，汪老上述之意，非否定诗、散文中诸如"心""梦"这些字眼，而在批评时下有些写诗、写散文诗人"唯恐读者不把他的当作散文诗，于是变得装模作样，满身诗味"，他希望"诗要有未经人道语，须有别人没有的一双眼睛。"

说数字入诗

"算博士"本是唐诗人骆宾王的雅号。宋·尤袤《全唐诗话》卷一云:"宾王好以数对,如'秦地重关一百二,汉家离宫三十六',号为'算博士'。"数字入诗,是中国诗的一个特点,大多旧体诗诗人基本上都熟知和常用这一艺术技巧。清人陆鎣于《问花楼诗话》曰:"梦得、牧之喜用数目字。梦得诗'大艑高帆一百尺,新声促柱十三弦','千门万户垂杨里','春城三百九十桥'。牧之诗'汉宫一百四十五'、'南朝四百八十寺'、'二十四桥明月夜'、'故乡七十五长亭'。此类不可枚举,亦诗中之算博士也。"当然,以数字入诗,能称为"算博士"者,自然决非骆宾王、刘梦得、杜牧之数人耳。正如汪曾祺所言,"数字入诗,确也算得是中国诗的一个特点。"(《吴雨僧先生二三事》)"好像是中国诗的特有现象,非常普遍。"(汪曾祺《诗与数字》)他在《吴雨僧先生二三事》中就指出杜甫的"两个黄鹂鸣翠柳,一行白鹭上青天""窗含西岭千秋雪,门泊东吴万里船"为例以证,并指出:"诗里的数字大都宏观,所用数字也未必准确,有的诗里的数字倒可能是确数,如'故乡七十五长亭'。"(《诗与数字》)

从某种意义上说,汪曾祺也可谓是"算博士"。他十分喜欢以数字入诗。如:

一曲几千载,羊犹不下来。(《石林二景·肖牧童岩》)
叮咛千万语,何日是归期?(《石林二景·肖夫妻岩》)
桨声十二里,泉水出山清。(《川行杂诗·自清音阁至洪椿坪》)
我从泰山归,携归一片云。(《泰山归来》)
慈悲千万户,天地一袈裟。(《赠星云》)
二十四桥明月,二十三万人口,知否知否,不是旧日扬州。　二分明月,四面杨柳,拼得此生不悔,长住扬州。(《赠黄石盘·如梦令》)
屠苏已禁浮三白,生菜犹能簇五辛。(《辛未新正打油》)
尚有三年方七十,看花犹喜双眼明。……弄笔偶成书四卷,浪游数得路千程。……(《六十七岁生日自寿》)
功名一世余荒冢,野土千年怨不平。(《阴城》)
水厄囊空亦可赊,枯肠三碗磕葵花。昆明七载成何事?一束光阴付苦茶。(《一束光阴付苦茶》)
一鉴深藏锁翠微,移来三峡四周围。(《游宝峰湖》)
当日家园有五亩,至今文字重三苏。(《眉山三苏祠》)
瓦缶一枝天竺果,瓷瓶百沸去年冰。(《呈范用》)

百镒难求罪已诏，一钱不值升官图。(《七十一岁》)

半世未忘来旧雨，一堂今日坐春风。(《回乡书赠母校诸同学》)

岂惯京华十丈尘，寒星不察楚人心。一刀切断长河水，却向残红认锈针。(《读史杂咏》)

蛱蝶何能拣树栖，千秋难恕钱谦益。赵州和尚一杯茶，不是人人都吃得。(《读史杂咏》)

汪曾祺以数字入诗，甚至诗中数字有所重复亦不忌。尤其是"一"字。如《七十一岁》中就出现了三个"一"字："七十一岁弹指耳，一钱不值升官图，尚有风鸡酒一壶。"在《寿小姑爹八十岁》中，二句中连续各用了一个"一"字："扁舟一棹入江湖，一笑灯前认故吾。"于《宋城残迹》中亦连用"一"字："城头吹角一天秋，声落长河送客舟。留得宋城墙一段，教人想见旧高邮。"《年年岁岁一床书》中也是"一"字连用两处："年年岁岁一床书，弄笔晴窗且自娱。更有一般堪笑处，六平方米作郁厨。"还有《昆明的雨》："莲花池外少行人，野店苔痕一寸深。浊酒一杯天过午，木香花湿雨沉沉。"又《北温泉夜步》中，一首七律中两句中都有"一"字："红尘洗尽一身轻，一处杜鹃啼不歇……"

按常规而言，诗是忌重字的。但汪曾祺似乎却并无顾忌，不予修改。这为什么呢？汪曾祺自有说法。他曾在《七十书怀》中说："七十书怀出律不改。'出律'指诗的第五六两句失粘，并因此影响了最后平仄也颠倒了。我写的律诗往往有这种情况，五六两句失粘。为什么不改？因为这是我要说的主要两句话，特别是第六句，所书之怀，也仅此耳。改了，原意即不妥帖。"1986年12月17日，汪曾祺于黄昏酒后手书一帧立轴。书云："朱文公云：山谷诗云'对客挥毫秦少游'，盖少游只一笔写出，重意重字皆不问。然好处亦自是绝好。蔡正孙诗林广记后集。"看来，汪曾祺为何不改诗词中的重字，答案或许就在这里。

在汪曾祺的以数入诗的诗中，其以数字相对之句可谓工妙，别有意趣。如"战守经千载，丸泥塞万军"，以千对万，赋予全诗以空阔的意境和豪雄的气势，使人易产生对战争的悲壮的之情与历史的沧桑之感。如"百镒难求罪已诏，一钱不值升官图"，以百对一，用数字的巨大反差，表达了作者对某些不正之风的强烈不满及极度鄙视。而"半世未忘来旧雨，一堂今日坐春风"句，则巧妙地用数字抒发了他多年来对旧日同学的情怀与当时欢聚一堂的欣喜心情。至于"弄笔偶成书四卷，浪游数得路千程"一联，似乎是汪老为自己六十多年来所做的"概括"。其四卷、千程均非实指，乃着眼于宏观耳。

我粗略翻检了一下，在已发表的汪曾祺诗词中，以数字入诗的篇章，几乎占了他诗词作品的一半。这在现当代诗人中当是不多见的。我谓汪老为"算博士"，自以为是言之有据也。清诗人王士禛云："唐诗如'故乡七十五长亭'，'红阑四百九十桥'皆妙，虽'算博士'何妨。……高手驱使自不觉也。"（《带经堂诗话》），汪曾祺者，其高手乎！

2013年10月

（刊2016年第8期《文艺家》）

散论汪曾祺与楹联

中国当代作家中对楹联情有独钟的，汪曾祺应当于大陆名列前茅。他一生虽然创作的楹联仅 40 余副（不包括佚失之联），但他在小说、散文中写及楹联之多，在当代中国大陆作家中是少见的，而其中一些对楹联文化的述评言简意赅，别有卓见，无疑是楹联学术研究的精彩之论。

汪曾祺的小说喜欢和擅长用对联渲染和烘托环境与人。如 1945 年写的《老鲁》中，汪曾祺用了三副联，"贫居闹市无人问，富在深山有远亲""烟酒不戒哉，不可为人也""一夜连双岁，五更分二年"，借此生动地写出了主人公老鲁其时其地之心态。再如《徙》中的一联"辛夸高岭桂，未徙北溟鹏"，文中反复用了两次，该年是辛未年，高北溟先生在联中除嵌了辛未，还嵌了自己的名字。联语抒发了高先生清高怀抱和新年希望。然而，现实给他的却是一连串的打击和希望的破灭，高先生死了。小说的末尾两句话十个字,——还是这副联语,令读者回味主人公的无奈、酸楚与沉痛,也使"徒"这个字深深地嵌入读者的脑海之中。又如《云致秋行状》中写到一副挽联,这是写给云致秋的挽联,联云:跟着谁,傍着谁,立志甘当二路角;会几出,教几出,课徒不受一杯茶。这副联精当而生动地概括了云致秋为人的特点,小说借众人之口赞道:"大家看了,都说'贴切'。"汪曾祺巧妙地利用追悼会上的这副挽联,为云致秋的行状写了一个结论性的句号。

汪曾祺散文中写到的楹联就更多了,极为普遍。

《风景》中理发店的联,《跑警报》中防空洞的联,《和尚》中的铁桥联,《写字》中的昆明茶叶店联,《我的祖父祖母》中之保全堂、万全堂药房联,《四川杂记》中的武侯祠联,《名实篇》中的中药铺联、酒铺联,《一个暑假》中三姑父家的堂屋联,《大地》中的小饭店联……可谓是多乎哉,真多也!这些楹联在散文中如一串串珍珠、熠熠生辉,为文字增添了一抹怀旧色彩与一脉古典情怀,使汪老散文别具风采。

汪先生所撰楹联不多,一部分散见于他的散文中和书画中,一部分刊载于他人写的关于他的文章中。由于汪先生本人不留心保存联作,有的联作已很难寻觅了。笔者曾有意收集辑录他的联作,查阅了大量资料,好不容易才得到32副联,较之于《汪曾祺全集》中只有10副联,已经是很不错的收获了。

汪先生的联作大体可归纳为四类。一类为名胜古迹,一类为应酬亲友,一类为题赠单位,一类为喜庆哀挽。汪先生关于名胜古迹的联极少,仅8副,但皆佳构耳。如题高邮王氏纪念馆联:

一代宗师，千秋绝学；
　　二王余韵，万里书声。

　　上联表达了对乡贤清代音韵训诂学家王念孙、王引之父子的敬仰，下联寄托了对故乡后继有人的一片期望。联中还分别用了一、千、二、万这四个递进数目，既工整又巧妙。再如先生之题武侯祠联：

　　先生乃悲剧人物，
　　三国无昭然是非。

　　此联高明之处在于它立意高蕴涵深，用明人唐顺之的话说，是"有一段不可磨灭之见"也！武侯祠之联佳作多矣，此联别于他联，独抒己见，短短的十四个字所体现出的对历史的洞见卓识和对孔明的同情叹惜，耐人咀嚼而令人神远！
　　汪先生的名胜联更少，严格地说，只有两副，一是赞索溪峪的，一是赋大理的。联皆短，分别为五言、四言。其赋大理之联云：

　　苍山负雪，
　　洱海流云。

　　联语以"负雪"对"流云"，一静对一动，极具文采，一下子抓住了此处风光的特色，可谓达意而传神矣。
　　应酬亲友联在汪先生联作中占三分之一以上。汪先生出名后，各种社会应酬在所难免，且先生又为人随和，故此类联较多。亦缘于此，先生此类联散佚得也较多也。这类联语的主要特点是切合而雅趣。

如其赠蒋勋联：

春风拂拂灞桥柳，
落照依依淡水河。

蒋勋是一位台湾美术史教授、作家、画家。汪曾祺1987年9月应邀去美国爱荷华参加为期三个月的国际写作计划时，曾与蒋勋为对门紧邻，彼此相处甚洽。蒋勋也喜欢汪先生的作品，将汪先生的小说《金冬心》推荐给台湾杂志发表。蒋勋写了一篇小说，也请汪先生作序，两人还计议联袂在纽约开一个小型书画展览。蒋勋原籍西安，现居台湾之淡水河。此联用"灞桥折柳"典故表达依依惜别之情，确是再恰当不过了。

在应酬亲友联中，有的还嵌入了受赠者的名字，读来令人分外亲切，如赠许雪峰联：明月照积雪，猛雨暗高峰；赠李玲联：何物最玲珑，李花初拆候；赠龚文宣联：文章略似龚易简，处世当如文宣王。汪老赠笔者一联也是嵌入式的：大道唯实，小园有秋。短短八个字寄托了他对笔者的热忱勉励和殷切期望，无说教之嫌而有风雅之韵。

汪先生题赠单位的联有9副，人们特别欣赏这三联，一联是题五粮液酒厂的，两联是赠玉溪烟厂的。汪先生是出名的酒仙，刘心武对汪曾祺有一段精彩的描述："平常时候，特别是没喝酒时，汪老像是一片打蔫的秋叶，两眼昏花，跟大家坐在一起，心不在焉，你向他喊话，或是答非所问，或是置若罔闻。可是只要喝完一场好酒，他就把一腔精神提了起来，思路清晰，反应敏捷，寥寥数语，即可满席生风，其知识之渊博之偏门之琐细，其话语之机智之放诞之怪趣，真是令人绝倒！他妙语连珠，幽默到令你从心眼上往外蹿鲜花！"汪曾祺如此好酒，他给酒厂的题联还会丑么？在《汪曾祺书画集》中，有一联是题五粮液酒厂的，联为：

任你读通四库书，
不如且饮五粮液。

作为一位读书人，一位作家，把五粮液与四库书作如此比较，可见其对五粮液喜好之甚，推崇之极也！

1997年4月，他虽然已是七十七岁高龄，且患有严重的胆囊炎等病，但他还是应邀参加了"五粮液笔会"，大开酒戒。一个半月后，他就去世了，就在5月中旬住院期间，他还不无得意地"费力地抬起插着胶管的手，用拇指和食指比画着：'这样大的杯子，一共六杯。'"正如他的女儿汪明所言："爸爸注定了要一生以酒为伴。酒使他聪明，使他快活，使他的生命色彩斑斓。"此联落款为汪曾祺丁丑。丁丑年，1997年也，此联当是先生生前所书的最后的联墨了！

汪先生题赠玉溪烟厂的两联是：

人具远志，烟有醇香。
技也进乎道，名者实之宾。

汪曾祺与玉溪烟厂特有缘分，曾几次应邀到玉溪烟厂参观访问，就在去世那年的一月，还参加了中国作协和玉溪卷烟厂联合举办的第二次红塔山笔会。他于1991年5月写的《烟赋》，几乎为铁杆烟民所熟知，而他于文末写的一首打油诗，更是成了"红塔山"的最佳广告，诗云：

　　玉溪好风日，
　　兹土偏宜烟。
　　宁减十年寿，
　　不忘红塔山。

　　汪先生还起誓似地宣称：他："平生不干两件事，离婚、戒烟。"烟亦先生之终身伴侣也！

　　汪曾祺的第二副联，原载于《烟赋》。此联乃集句联。上联出自《庄子·养生主》，下联出自《庄子·逍遥游》，可见先生于古典文学的功底与熟谙。

　　"人具远志，烟有醇香"，这八个字是有由头的。八个字既道出了人与烟的关系，也说出了烟与质的关系。汪先生曾盛赞红塔山烟味之醇，他说："如果要对卷烟加以评品，我于'红塔山'得一字，曰'醇'。这是好烟。"汪先生是资深烟民，对于抽烟，是个内行。只有红塔山，他以"醇"字誉之。而之所以"烟有醇香"，盖因"人有远志"耳。烟厂从烟叶的原料抓起，绝对保证质量，并花大价钱从国外进口主要设备，终于夺得云南名烟的首席，国产烟之第一，汪先生归结为"人具远志"，诚言之有理也！

喜庆哀挽联在汪先生联作中仅存 4 副（喜庆联 2 副，哀挽联 2 副），除"往事回思如细雨，旧书重读似春潮"出自《祈难老》外，其他 3 联《汪曾祺全集》均未载。此类联中的"挽薛恩厚"一联值得一提。薛恩厚为北京京剧院党委书记时，曾与汪先生合作过剧本《小翠》《芦荡火种》，尤其是在一起搞《芦荡火种》时，他们被江青一伙"控制使用"，两人更是同病相怜。薛恩厚去世，汪曾祺写了一副挽联寄托哀思：

居不求安，食不择味，从来不搞特殊化；
进无权欲，退无怨尤，到底是个老党员。

此联明白如话，非常通俗，用两个"不"、两个"无"字，典型而突出地赞扬了薛恩厚这位不搞特殊化的党员，无一句社会上泛滥的溢美之词、阿谀之风。

汪先生于楹联的格律并不十分考究，尽管他是熟知联律的，如他对诗的格律态度一样，于联亦是"为求意顺，宁可破格"。他一再强调，"我们要熟练地掌握格律和韵脚，使它成为思想的翅膀而不是镣铐。"在他的联作中，有一些联是破格的。比如，"欹枕听雨，开门见山"一联，他自己就说"联不工稳"，再如"家居绿竹丛中，人在明月光里"亦平仄不协。当然，联若意顺又不破格最好，如不破格但意不顺则不妥矣，所谓"为求意顺宁可破格"，乃强调形式服从内容，非纵容一味破格也，格者，规矩也，标准也。在通常情况下，是不宜破格的。否则，格就形同虚设，也就等于没有格了！其实，汪曾祺对平仄声是很讲究的。

汪先生对自己作品中的楹联是很在意的，因为楹联也是作品的有机组成部分也。他的小说《受戒》中用了4副楹联，有人将《受戒》译成英文，译者把联全部删去了。他对此事一直耿耿于怀。汪先生不无后悔地说，"我如果自己英文也很棒，我也可以自己翻！"他还说："我所见到的这篇小说的几个译本对联大都只翻一个意思，不保留格式。只有德文译文看得出是一副对联：上下两句的字数一样，很整齐。"汪先生由衷地赞叹道："这位德文译者真是下了功夫！"

汪曾祺关于楹联的评论，集中反映在他的《戏台天地》一文中，此文是应笔者之请，为我编辑的《古今戏曲楹联荟萃》一书写的序，此序虽论戏联，但触及了楹联的一些普遍规律，也可视为一篇关于楹联艺术的学术论文。《序》首先从比较文学的视角出发，以莎士比亚的名句"整个世界是一座舞台，所有的男男女女只不过是演员"与"戏台小天地，天地大戏台"对比，指出"从不少对联可以看出中国人的历史观和戏剧观"。接着他又用莎士比亚的话"每个人物都有上场和下场"与"上场应念下场日，看戏无非做戏人"相较，汪先生认为，中国戏联当稍胜一筹，因莎翁句"似无此精炼"也。

汪先生对戏台楹联中的一些"写得很潇洒，很有点幽默感"的联比较欣赏，如一副酬雨神的戏台联："小雨一犁，这才是天遂人愿；大戏五日，也不过心到神知。"他说这应该是戏联里的佳作。汪公指出，不少戏联"反映出一种对于人生的态度"，"肯定戏曲的社会功能""教育作用"和"戏曲的艺术规律"，有的行业、会馆之联还为我们了解有关方面的情况提供了资料，因此，他觉得"戏联至少有两方面的价值,一是民俗方面的,一是文学方面的。"汪先生还中肯地说,楹联"在极其有限的篇幅里要表达广阔的意义,有情有景,还要形式对比和连属,确实也不容易"。

对楹联的教化作用,汪曾祺除在论及戏台楹联时提到,在《继母》一文中特地引用了林则徐女儿的一副联:

我别良人去矣,大丈夫何患无妻,若他年重结丝罗,莫对生妻谈死妇;
汝从严父戒哉,小妮子终当有母,倘异日得蒙抚养,须知继母即亲娘。

汪先生论云:"这实际上是一篇遗嘱。病危之时,不以自己的生死萦怀,没有多少生离死别的悲悲切切,而是拳拳以丈夫和继室、女儿和后母处好关系为念,真是难得。""言之谆谆,话说得既通达,又充满人情。这真是大家风范,不愧是林则徐的女儿。""我觉得林则徐女儿的遗联,……对提高民族伦理道德素质,是有作用的。"

汪先生认为,联虽小技,却与文化相关。汪先生在皖南农村参观,他十分注意那里民居的楹联。在一处盐商盖的旧宅参观,尽管此房子很考究,槅扇雕镂贴金,木雕精细工巧,但先生认为,"从这所房子看无一处匾额对联,可见此公无甚文化。"

汪先生对楹联还有一个看法,就是认为楹联"还是俗一点好"。这个观点是他在《用韵文想》这篇文章中说的,他说:"我以为戏曲作者应该在引子、对子、诗上下一点功夫。不可不讲究。我写《擂鼓战金山》，让韩世忠念了一副对联：'楼船静泊黄天荡，战鼓遥传采石矶'，自以为对得很巧，只是台上没有产生预期的效果，大概是因为太文了。看来引子、对子、诗，还是俗一点为好。"这虽然是就戏曲而言，但对撰写楹联也是有借鉴意义的。因为，除了小圈子以内的人赏玩外，楹联毕竟是面对人民大众的艺术，俗，才能接近人民大众，也能被人民大众所接受。统览汪先生面向大众的联作，他是以俗为主的。

汪先生在楹联上的成就，与他的家学渊源不无关系，古典文学上的"童子功"，为他日后对楹联的运用和创作、研究奠定了厚实的基础、较高的起点。汪曾祺的祖父是清末的"拔贡"，也就是说，是从各地秀才中选拔出来的"三好生"，十二年拔一次，可见汪先生祖父之优秀了。汪拔贡对自己的孙子汪曾祺很偏爱，曾亲自教汪曾祺读《论语》，听他背唐诗。祖父有不少古董字画，汪曾祺从小就看熟了陈曼生的隶字对联、汪琬的楷书对联，记住了祖父所开药店自撰的春联。汪曾祺的二伯母读过书，还专门跟人学过作诗填词，汪曾祺从小是过继给二伯母的，在二伯母的枕头边，汪曾祺小小年纪便记住了不少唐诗宋词。汪曾祺从小便与楹联结下了不解之缘，在每年大年初一起来，他都要在街上跑跑转转，看各个人家大门上贴的新春联，几十年过去了，他还清楚地记住某年保全堂、万全堂药店的春联，邻居阴阳先生写的新春联，老师高北溟家的新春联……及上中学，汪曾祺对古典文学更感兴趣了。在江阴南菁中学读高中时的课余时间，他常常用毛笔抄录宋词，还自己买了部词学丛书随时翻阅。

汪曾祺古典诗词的才华在西南联大时已崭露头角。他似乎是天才，对古典诗词特别有天分、有悟性。那时，朱自清先生教宋诗，他上课从来不记笔记，但读书报告却常能别出心裁，受到朱先生的嘉奖。闻一多先生曾教过汪曾祺这个班的楚辞、古代神话和唐诗，闻先生对汪曾祺之才华也十分赏识。有一次，汪曾祺为比他低一班的同学杨毓珉代写了一篇关于李贺诗作的读书报告，闻先生看了大加赞许，评价说，"比汪曾祺写得还要好"！教汪曾祺"汉魏六朝诗选"课的杨振声先生也很看重汪曾祺，对汪曾祺的作业大为赞赏，甚至宣布班上的同学都要参加考试，只有汪曾祺除外。讲授"诗法"课的王力先生还曾在汪曾祺的作业上写下这样的评语："自是君身有仙骨，剪裁妙处不须论"，可见王力先生对汪曾祺这个学生的评价了。后来汪先生之所以能在楹联上有高深的造诣，也就理所当然了。

才子性情　诗人本色
——读汪曾祺画跋札记

汪曾祺是文坛公认的才子，1997年，长江文艺出版社出了一套"中国当代才子书"，此丛书的编选标准为两个四项基本原则：一个是品种上的诗、文、书、画；一个是品格上的高、雅、清、奇。汪曾祺是列入这套丛书的首选作家——尽管他自谓只能算是半个才子，称才子是愧不敢当的，当然，此乃夫子自谦之词耳。关于汪曾祺的诗、文、书、画，已有许多文字论及，且诸多卓见高识，不过，令人有些遗憾的是，有关他题画款识的专文似至今尚未见到。我认为，汪曾祺之题画款识，无论是画题、跋语、题诗、落款，大多别有风致雅韵，是值得我们品味一番的。记得曾看到过一篇文章，文章中说：画家马得在看了汪曾祺所画的"留得残荷听雨声"这幅画后，不禁由衷地赞叹说："作家的头脑，看样子要比画家曲折得多，不但能从平凡的事物中发现不平凡的文章，连千古名句也能从中找出名堂来，题字写得极好，墨气淋漓，笔力豪爽，水分又多，渗出的水味与旁边带雨的荷叶相映成趣……荷叶画的好不稀奇，画荷花的画家多着啦，但题字与画结合得好却是难见的。我当时便不客气地请他如法炮制给我画一张。""留得残荷"句出自唐代诗人李商隐之诗，"残荷"原本为"枯荷"，"残荷"无论在意境上、声调上都比"枯荷"要好得多。《红楼梦》中林黛玉曾说："我最不喜欢李义山的诗，只喜他这一句'留得残荷听雨声'……"我想，汪老题曰"残荷"也许就是取黛玉的意思吧。

汪曾祺之题画大多率意而作，信手书之，然往往寄无意于意，更见其趣。徐城北曾回忆过汪老即兴画画题识的趣事，有一次，汪曾祺应邀到大连棒槌岛参加笔会，"一群年轻的女记者围拢住他，要他赠画。他瞄了一位干瘦的女孩子一眼，随手就画了一幅干枝儿梅，并在题款中写道：'为某某写照'。在一片善意的大笑中，他眼睛亮了，挺得意。他在给另一位女记者的赠画中，一出手就挺玄乎——在宣纸上半部，并排画了两朵等大的菊花，一为工笔，一为写意。……两根细细的菊花枝干逶迤而下，一根直着下来，叶子为浓墨，另一根摇曳着斜走到画幅的中下部，叶子用淡墨。汪老随手在留出来的空白处题字……'相看两不厌'。"（《忆汪曾祺》）汪先生这类率意而作的题款随处可见。他曾在一幅荷花蜻蜓图上的题云：一九八四年三月十日午煮面条等开水作此。我想，如此画跋几乎是极少极少的吧。还有一幅"丁香花"的题词亦别致，其跋云："此画不中不西，不今不古。眼镜不知置于何所，只能沿着感觉摸索为之。"此画是送给他的老友巫宁坤的。他们是在西南联大臭味相投、朝夕过从之同学挚友，如此题词，更见率真，别具意趣，故巫宁坤见了竟有"如闻其声，如见其人"之感，可见两人相交之深、相知之深也！

等开水煮面条可入题画，自然炖蹄膀也可以作跋语了。1985年，汪曾祺随中国作家代表团首次访问香港，在那里认识了香港作家古剑。回北京后，他画了一幅画寄给古剑，画为翎毛花卉——横出一枝杆，中下方生出一花枝缀着粉红花朵。横枝上蹲了只松鼠，大眼睁得圆圆，专注望着下方。在花枝下松鼠所望方向，题"八五年十一月二日晚炖蹄膀未熟作此，寄奉××兄一笑。汪曾祺六十四岁"。古剑会心一笑说："那只松鼠瞪大眼望的不正是未入画面的蹄膀吗？意在画外，令人莞尔。"

在一幅《芭蕉荔枝图》上，汪曾祺的题词是："明日将往成都。"此类跋语，似乎题画中罕见之，其实，这种即兴之作和信手之题，恰恰真实地反映了作者此时之情境。成都乃汪老熟悉之地，汪老将去那里参加一个高规格的隆重笔会，届时会与不少老朋友见面，不亦乐乎！诚如他女儿汪朝所言："'明日将往成都'，故地重游的兴奋心情跃然纸上。"这类画和题识，在生活中酿诗意，于尘俗里抒雅趣，寄一时之兴，不亦乐乎！

荷花常常是画家的抒情寄意的对象，汪曾祺也不例外，或以荷花喻高洁，出淤泥而不染，或以莲朵寄情趣，小荷才露尖尖……但有一幅画，汪曾祺却云——"风从何方来"，此画满幅荷叶翻飞，莲瓣摇曳，生气盎然而极具动感，使人似乎感受到了习习徐风、阵阵爽气。这是汪曾祺为一家企业会议室作的巨幅荷花图，其题既写出了荷花的绰约丰姿，却又仿佛隐隐约约地喻示着别的意思……禁不住令人浮想联翩，拍案叫绝。

汪老曾赠作者一幅海棠图,其题跋云:海棠无香,不尽然耳。起初,我于此八字并未在意,后来,此幅画要拿去在一个展览会上展出,有人问我,此八字其意何在,我才认真揣摩一番。原来,题识却隐含了一段诗坛掌故,海棠因"其花甚丰,其叶甚茂,其枝甚柔,望之绰约如处女",故有"花中神仙"之誉,唐·何希尧云"著雨胭脂点点消,半开时节最妖娆"。宋·苏轼云"只恐夜深花睡去,故烧高烛照红妆"(《海棠》);"嫣然一笑竹篱间,桃李满山只粗俗"(《寓居定惠院之东,杂花满山,有海棠一株,士人不知贵也》)。然却有人挑剔,奚落海棠无香,此乃宋人彭渊材也,释惠洪之《冷斋夜话》曾记之。所以,陆游为此赋诗一首云:"蜀地名花擅古今,一枝气可压千林。讥弹更到无香处,常恨人言太刻深。"(《海棠》)而清诗人袁枚对此说则云:"海棠香自在,只要静中闻。"(《海棠下作》)可见,汪老之题海棠八字,貌似一般,实则奇崛,惜我囫囵吞枣,平常略过,实在是辜负了先生也!

汪曾祺有的题识相当简约,如题何立伟的芍药是:"七月七日夜曾祺,赠立伟。"送崔自默的荷花为:"持赠自默。"给彭匋的杜鹃云:"千山响杜鹃,彭匋清嘱,丁丑四月,曾祺。"赠杨国枢乔勋的古藤曰:"国枢乔勋同志饰壁。"汪老给穆涛的画跋也只有五个字:"午夜涛声壮。"穆涛是《美文》的副主编,贾平凹的好朋友、好搭档。汪老给他画的画是一只鸟站在一枯枝,穆涛说:"鸟很生动,枯树枝因此也带了精神。"他以为汪老的此跋乃"鼓励我要敢说话"也。至于给姚育明的题字就更少了,只有三个字——"给小姚"。小姚叫姚育明,是一位上海的年轻女作家,与汪老是忘年交,见过面,通过信,还在汪老家吃过饭。1992年2月,她在上海收到了汪老从北京邮寄来的一幅画。画的是荷花小鸟,小鸟身子略前倾,盯着荷叶看,那身姿是一种到达前的准备,它的眼神是好奇的,也是探究式的,好像面对着一个新鲜的还未看透的世界。姚育明觉得,汪老画这幅画的"潜意识是在起作用的",因为"这正是我(姚育明)当时的心态。"姚育明在《醇厚的酒味——怀念汪曾祺》一文中感叹地说:"他(指汪老)没有题词,只写了三个字'给小姚'。可我已感到了震动,当一个人能够把另一个人看透,他具备了怎样的智慧?"看来,汪先生题识之长短虽是随意为之,不过,寄情却总是深长的。

汪老还会借画和题识发牢骚。"1977年上半年,汪曾祺被宣布为重点审查对象,被勒令交代和江青、于会泳的关系,交代是不是'四个帮'留下的潜伏分子。"正如他的哲嗣汪朗所言:"这是他始料不及的。反右和'文革'初期,其倒霉的有千千万万,他只是其中的一分子,受苦受难好歹还有不少人陪着,如今,大家都已翻身解放,心情舒畅,他却要再吃二遍苦,这使他十分委屈,更十分恼火。甚至回家喝完酒就骂人,还说要把手指头剁下来以明志。幸好,后来,审查逐步松了下来,但他心中仍有一股不平之气无处发泄,那时,他酒后所画的鱼,总是翻着白眼,画的鸟,也是单脚独立,怪里怪气,画跋上所云'八大山大无此霸悍',盖借画以抒郁闷也!"

汪老借画以抒郁闷的还不只是翻白眼的鸟,还有画和尚的画上的题词,如画一位和尚双目怒睁,作不解状,词为:什么?还有一幅,和尚紧闭眼睛呈不屑貌,文曰:狗矢!这两幅画的题字都比较突出,比较大,而且字后缀有一个问号和感叹号,笔者所见汪老画作中,似仅此两幅,其愤懑不平之气宣泄无遗!"什么"一画中未注作画日期,"狗矢"画作中落款为一九八四年五月十一日,其"汪曾祺印"就端端正正地钤于和尚的袈裟上。其有意乎?无意乎?我想,汪老在作这两幅画时,一定是想到或有某些不解之事、不屑之情纠结于心中的,只是,旁人一时难以猜测罢了。汪老说,"画中国画还有一种乐趣,是可以在画上题诗,可写一时意兴,抒感慨,也可以发一点牢骚。"(《自得其乐》)然老先生是随遇而安之人,从画和题跋来看,他发的一点牢骚也不过如此耳!

不过,必须郑重说明的是,汪曾祺之画跋并非只是一味地率意而为。这要看对象而言,有的题词,他是十分认真的。不少人都可能见过汪老给李政道的一幅"兰菊图",此画之题款为:"春兰兮秋菊,长无绝兮终古,贺政道校友六十寿辰,西南联大校友会汪曾祺作画。"其词系摘自屈原之《离骚》,可谓寓意深矣。汪曾祺还画过一幅"梅花图",簇簇鲜艳的红梅灿然怒放,这可能是汪老在去世前画的最后一幅画,画上的题词是:"喜迎香港回归,一九九七年五月汪曾祺。"这是汪曾祺为中国作协为迎接香港回归的精心之作,五月十一日晚,他因突然消化道大出血而送至友谊医院急救,尽管此时已十分危险,但他却镇定地交代子女——要通知作协来取这幅画。再如汪曾祺送给西南联大的老同学、好朋友巫宁坤的画,就"想了一些时候",画面是"一片倒挂的浓绿仙人掌,末端开出一朵金黄色的花。左下画了几朵青头菌和牛肝菌"。汪曾祺于仙人掌左边题云:"昆明人家常于门头挂仙人掌一片以辟邪，仙人掌悬空倒挂，尚能存活开花。于此可见仙人掌生命之顽强，亦可见昆明雨季空气之湿润。雨季则有青头菌、牛肝菌，味极鲜美。"仙人掌下面又记作画缘起曰："宁坤嘱画，须有昆明特点，为作此图。"正如巫宁坤所言，"这幅画，从构思到画面布局和题词，处处可见匠心，淡泊宁静，炉火纯青，无疑是曾祺画中的精品。"高洪波也曾得到过汪老赠画，画的是紫藤。高洪波有一篇文章记叙了当时题款的过程，"汪老顽皮地看了我（高洪波）一眼，提笔写了六个字：'曲如钩，不封侯。'随后又写了四个字：'洪波官箴。'写完就笑，目光如天真的儿童，但题款中却饱含深意。"（《星斗其文，赤子其人》）

汪曾祺出名后，其书画应酬盖所难免，然难得的是，不少应酬之作虽属随手挥洒而成，但题词却颇具针对性，既贴切对方身份，又黏合画境。他曾画一幅梅花图赠沈成嵩，题画曰："老梅独枝发新花。"盖沈乃新闻工作者，六十岁左右始刊发散文耳。同是"梅花图"，汪曾祺在给曾明了的画上题的是"青少凌云志，何期展曲枝"，寄托的是对青年作家的一片厚望。曾明了说："梅花盛放的生机勃勃，既意韵隽永傲骨铮铮，又柔情百折千种风情。我什么时候看，什么时候心里都充满了流泪的感动。"安徽作家苏北有一次和几位年轻文友去拜望汪老，汪先生留他们便餐，酒后，苏北于先生书房翻出一张画，画的是一枝花，汪先生遂将此画赠予苏北，并取笔题之，文曰："苏北搜得旧作。"短短六字，意趣盎然，尤其一个"搜"字，活脱脱地道出了两人之熟谙与亲近。还有一次，汪先生在家刚画完画，他的邻居小杨来串门，看望久病卧床的汪师母，汪老顺手送了一幅画给她，画上画的是两支荷花，荷花上飞着一支红蜻蜓。汪老在画上的题款是——"芳邻小杨玩",何其率真而亲切也!书画收藏家时风与汪曾祺素不相识,邮函汪老求画,汪老画"红梅图"赠之,并题曰:"时风先生收藏时贤字画,亦是艺林隽事,承索画,捡近作一幅为赠。"其词分寸得体,气度娴雅,大可把玩之。宗璞云汪老的"戏与诗,文与画,都隐着一段真性情",其题画亦可见一斑耳!

汪曾祺之题跋多怀旧语,其中当以抒发怀念家乡高邮和昆明、张家口的尤为常见。

汪曾祺曾画过一幅"岁朝图",一枝蜡梅与一枝天竺,一黄一红,一高一矮,顾盼生情,相映成趣。汪曾祺题云:"我家废园有大腊梅花数株,每于雪后摘蜡梅朵以花丝穿缀配以天竺果一二颗奉祖母插戴。"在《腊梅花》一文中,汪曾祺就写得比较详细了:"我家的后园有四棵大的蜡梅,……下雪了,过年了。大年初一,我早早就起来,到后园选摘几枝全是骨朵的蜡梅,把骨朵都剥下来,用极细的铜丝——这种铜丝是穿珠花用的,就叫作'花丝',把这些骨朵穿成插鬓的花。……我把这些蜡梅珠花送给我的祖母,送给大伯母,送给我的继母。她们梳了头,就插戴起来。然后,互相拜年。"

在一幅《金银花》画上,汪老以行书写了八行字:"故园有金银花一株,自我记事,从不开花。小时不知此为何种植物。一年夏,忽开繁花无数,令人惊骇,亦不见其主何灾祥。此后每年开花,但花稍稀少耳。一九八四年六月偶忆往事,提笔写此。高邮汪曾祺记于北京。"与上则画跋一样,都是名为写花,实乃记事,以花忆旧,借花寄慨,言语虽短却乡思悠长也。扬州作家许少飞曾在《金银花祭》一文中说:"这两天,我楼下墙边的一株金银花开了,发散着幽幽的芳香。于是我忽然想到他似与金银花有着某种契约,他的作品曾像他后园多年不开的金银花一下子盛开暴发,那是他的自喻。而他的生命最后又在金银花开的五月里萎谢了。"当然,这是许先生之联想,非关画跋也,然许先生所云汪老以金银花自喻一说,不无道理,故抄下附志于此也。

1986年,汪曾祺在一幅《松鼠图》中题云:"此松鼠乃驯养者。我的小舅舅结婚时,他的小内弟带来一只松鼠,系以银链藏在袖筒里,有时爬出吃瓜子喔豆腐脑,心甚羡慕。今忽忽近六十年矣,犹不能忘。"汪老所不能忘者,小松鼠乎?小舅舅乎?家乡高邮乎?读者自能明白也!诸如他于小品《茨菇荸荠图》中之《水乡赖此救荒》,《红萝卜小葱图》中之"吾乡有红萝卜、白萝卜,无青萝卜"等,皆是寄托乡思乡情之语耳!

昆明是汪先生难以忘怀的地方,他的画自然少不了昆明的风物。

在一幅《杨梅图》上,汪曾祺于画之右方题了两行字:"昆明杨梅色如炽炭,名火炭梅,味极甜浓,雨季常有苗族小女孩叫卖,声音娇柔。"这样的题识,与其说是忆写杨梅,倒不如说是忆写小女孩更为确切些,读了汪老那篇著名的散文《昆明的雨》,我觉得我的感觉没错。散文中有一段描述是这样写的:"雨季的果子,是杨梅。卖杨梅的都是苗族女孩子。戴一顶小花帽子,穿着扳尖的绣了满帮花的鞋,坐在人家阶石的一角,不时吆喝一声:'卖杨梅——'声音娇娇的。她们的声音使得昆明雨季的空气更加柔和了。昆明的杨梅很大,有一个乒乓球那样大,颜色黑红黑红的,叫作'火炭梅'。这个名字起的真好,真是像一球烧得炽红的火炭!

一点都不酸！我吃过苏州洞庭山的杨梅、井冈山的杨梅，好像都比不上昆明的火炭梅。"你看，汪先生的画跋像不像是这一段的浓缩版。其给人印象深的，似乎不是杨梅而是叫卖杨梅的苗族小女孩。

他还给李政道画过一幅花卉——画面斜曳一枝云南茶花，下方散落着青头菌、牛肝菌及石榴、蒜头、红辣椒。题识曰："西山华亭寺滇茶花开如碗大，青头菌、牛肝菌皆蔬中尤物，写慰政道兄海外乡思。一九八六年十月，汪曾祺。"李政道是他在西南联大的同学，其"写慰政道兄海外乡思"无限情意，尽在此九个字中矣！

再如汪曾祺曾画过一幅翎毛画，图为一小鸟立于枝头，其题跋云："乾荷叶色苍苍，减了香清越添黄，都因昨夜一场霜，寂寞在秋江上。此为浦江清师所授散曲第一首，松江口音，至今不忘。"这样的款识，似乎与画面不相类，但汪曾祺不管，因为，汪曾祺此画不在于小鸟画的像不像，神不神，而在于他在这幅画上抒发了他对西南联大生活的怀念，寄托了他对老师浦先生的缅怀。

1984年9月，汪曾祺画了一幅小品，图为一小鸟躲雨于花叶丛中，其题仅四字——天南梦雨。读过汪先生《昆明的雨》的人，一定会联想起那篇"情韵都绝"（黄裳语）的著名散文。我想，汪先生在作画时，应当又沉湎于当日之情境中了吧。

在汪曾祺的国画中，有几幅是与张家口有关的。如汪曾祺于《野鸟新绿图》中云："张家口人谓立春后刮四十八天摆条风，树液流入枝条，树始苏醒，春始真到。"在一幅画口蘑、山药的小品上，汪老题了十个字："口外何所有，山药西葫芦。"而在一幅《芍药图》中则云:"张家口坝上有芍药山,整个山头都是野生芍药。一九九六年十一月忆写印象。我在坝上是一九六〇年,距今三十六年矣,汪曾祺。"还有一幅《葡萄松鼠图》上的题词是:"曾在张家口沙岭子葡萄园劳动三年,一九八二年再往,葡萄老株俱已伐去矣",其怀旧之情,惆怅之感溢于言表。在《沙岭子》这篇散文中,汪曾祺写道:"我们到果园看了看,果园可是大变样了。原来是很漂亮的,葱葱茏茏,蓬蓬勃勃……尤其是葡萄,一行一行,一架一架,整整齐齐,真是蔚为大观。……现在,全都不见了。果园给我的感觉,是悲凉。我知道果树老了,需要更新,但何至于砍伐成这样呢?"他说:"这不是我所记忆、我所怀念的沙岭子,也不是我所希望的沙岭子。"顺便略加说明的是,汪曾祺重返沙岭子,是在1983年,而非画中跋中所记之1982年,汪老误记了。汪曾祺还画过马铃薯——张家口的马铃薯。他在画上有一小段跋:"马铃薯无人画者,我亏戴帽子下放张家口劳动,曾到坝上画马铃薯图谱一巨册,今原图已不可觅,殊可惜也。曾祺记。"此画不知作于何时,但很显然,于作画之际,昔日坝上之境况当在胸中也。其跋语"亏"字尤妙,先生之随遇而安,先生之旷达与无奈,先生之幽默与含蓄,尽凝练于此一字矣。

汪曾祺之足迹遍及神州大地,不少风物也留在了他的画作中,当然,大多为花木之属也。这类画作之跋少有长题,短识居多,然文字清新,意趣盎然,大有明人小品之风致。如一《荷花图》跋云:"朱荷不多见,泉州开元寺见之。弘一法师曾住寺中念佛。"一《紫藤图》题曰:"青藤书屋尚在,屋矮小,青藤在屋外小院中,依墙盘曲,盖是后来补植。藤下有石砌水池即天池,水颇清。

曾祺记。"其一《芙蓉图》之题识仅两句："永嘉多芙蓉，小河边、茶亭畔随处可见。丙子深秋汪曾祺。"一《绣球花图》文为："泰山人家喜种绣球，曾在南天门下茶馆见十余盆，以残茶浇之，花作残绿色。丙子秋，曾祺记。"汪老对此处绣球花印象极深，他说，"这几盆绣球真美，美得使人感动。我坐在花前，谛视良久，恋恋不忍别去。"

汪曾祺去过新疆，新疆的伊犁给他的印象特好、特深。写过伊犁的散文，很美；也画过有关伊犁的画，有好几幅画，我见过两幅，都是蓼花。其一幅题云："蓼花无穗不垂头。"跋曰："曾在伊犁见伊犁河边长蓼花，甚喜，喜伊犁亦有蓼花，喜伊犁有水也。我到伊犁在一九八二年，距今十年矣。曾祺记。"可见，此画作于1992年也。另一幅作于1996年，画无题，其款识为："林则徐充军伊犁，后赦归。至河南督治河工。离伊犁时有诗，有句云：格登山色伊江水，回首依依勒马看。此画依伊犁河所见，我到新疆在一九八二年，距今十四年矣。一九九六年秋曾祺记。"此跋似乎与蒲苇水蓼花无关，但借画新疆草木，说出了他对过往游踪的怀念，也说出了他对林则徐的一种景仰之情。汪曾祺当年曾写过一篇《天山行色》的长篇散文，其中曾几次提到林则徐，提到林则徐的这两句诗。顺便说一下，此画他画过不止一幅，但题款却是相同的，画面布局也大致相似。

古人论题识，多尚映带。清人盛大士曰："不相触碍而若相映带，为行款之最佳者也。"张式亦云："题画须有映带之致，题与画相发，方不为羡文。乃是画中之画，画外之意。"汪老题识，多有映带之趣，高情远思，题以发之，故观者无不喜之，藏者更珍之矣。

汪曾祺的画中，亦有以佛家语为题识者。在一幅荷花图中，先生题了八个字："万古虚空，一朝风月。"这八个字是唐代释崇慧说的，他是禅宗牛头宗第六世祖师。时有僧徒问他，达摩没有来中国之前，中国有没有佛法呢？崇慧答曰：没来之前的事暂且别问，你如今的事怎么样啦？僧徒表示不领会，崇慧便开导他说——"万古长空，一朝风月"，要他"一切自看"，抛弃一切现成的思维定式，去进入一个全新的境界。先生之画识，似乎也有此旨义吧。汪老甚至还用咒语入跋，曾见过先生的一幅水仙图，一丛水仙俯仰自在，临风摇曳，正当盛开之际，先生款云：一九八三年十二月，高邮汪曾祺，时年六十三岁，手不战，气不喘。此款书于画之右下方，在画的左边，还有两行字，文曰："揭谛揭谛波罗僧揭谛菩提萨婆诃。"此文乃咒语也，全名为般若波罗蜜多咒，出自《般若波罗蜜多心经》（即世人简称《心经》），佛家云此咒为心经之总持，具有大威神力，可度众生快速悟法，达中观之智。清代扬州八怪之金农喜用佛家语题画，但佛咒入款，似未见之。

在题跋中，偶有论及画法语，虽系兴致所致，但从中可窥汪曾祺中国画之学养和审美旨趣。汪曾祺曾画过多幅松鼠，其松鼠灵动可爱，神态肖趣，识者多宝之。1988年新春，汪曾祺于一幅《葡萄松鼠图》中写了四个字——用虚谷法。虚谷者，清末之画家，擅画松鼠，汪曾祺用虚谷法写松鼠，可谓是善择法者也。有一幅《茶花图》上跋云："画茶花不师陈白阳，几无可法，奈何奈何。"纵览汪曾祺所画之茶花，几乎都是仿效陈白阳技法的，陈白阳即陈道复，白阳其号，后人将他与徐渭并称，誉为"青藤白阳"，为明代著名的画家，尤擅写意花卉。青藤白阳都是汪曾祺喜爱的画家，若从画风上讲，汪曾祺之画乃青藤白阳之一脉流韵耳。当然，若就艺术造诣来说，汪曾祺自然则难以比肩矣。扬州八怪之画也是汪曾祺所喜爱的，他对扬州八怪"充分表现个性，别出心裁，有独创性"，十分推崇。笔者所见的汪曾祺画中，有三幅题识提到了扬州八怪，一幅是《蝴蝶花图》，款为"一九九六年冬画似李复堂，汪曾祺七十六岁"，蝴蝶花淡紫浅红，墨气淋漓，生机盎然，大有李复堂之墨趣，他在画蝴蝶花时，大都是李复堂之笔意也。李复堂即李鱓，江苏兴化人，郑板桥之同乡。李复堂深得水墨之趣，他曾言石涛"用墨最佳，笔次之，笔与墨合作生动，妙在用水"，李复堂画亦妙在用水，汪曾祺承其法，故"画似"也。另一幅为一九九四年酷暑时作，跋云："此似王献之，非郑板桥也。"此图所绘不辨为何花，似草花一类，简笔淡墨，清雅疏爽。汪曾祺云"非郑板桥之法"，当是，然云"似王献之"则不知何据矣。1987年，汪曾祺在香港与香港作家舒亦一起看画展，汪曾祺对石鲁的一幅画很感兴趣，舒亦看到汪老"对着一幅小小的画会心微笑，我（舒亦）俯身一看，原来是石鲁晚年随心所欲之作，题款龙飞凤舞：'不知是何花'。"汪先生挥汗走笔作此画时，也许是想到了石鲁的这幅画了吧？第三幅是1992年11月19日汪曾祺画的一幅《墨竹》，上题云："胸无成竹。"胸无成竹，语出郑板桥。郑板桥曾于《墨竹图》上题云："文与可画竹，胸有成竹；郑板桥画竹，胸无成竹。浓淡疏密，短长肥瘦，随手写去，自尔成局，其神理具足也。藐兹后学，何敢妄拟前贤。然有成竹无成竹，其实是一个道理。"在另一幅《石竹轴》上亦云："与可之有成竹，所谓渭川千亩在胸中也；板桥之无成竹，如雷霆霹雳，草木怒生，有莫知其然而然者，盖大化之流行其道如是。与可之有，板桥之无，是一是二，解人会之。"汪曾祺以此四字题竹，是对板桥语之认可与赞赏也。汪曾祺的一幅《菊花图》之款识也语及画法，其辞云："晓色为扬州名菊，我父亲善画此种，须层层烘染极费工，我今所作乃一次染略罩粉，略得其仿佛耳。"跋语无深意，但却有某种得意在焉。"一次染略罩粉"便"略得其仿佛"，省却了"层层烘染"之"费工"，不亦乐乎。

  汪曾祺有时也于画上题诗，虽不多，但凡题诗之画，画乃佳构，诗有妙句。如他画牡丹一幅赠给女作家宗璞。诗云："人间存一角，聊放侧枝花。欣然亦自得，不共赤城霞。"诗中充盈着一股高贵孤傲之气，更渲染了牡丹超尘脱凡之格。宗璞把这首诗念给父亲冯友兰先生听，冯先生听后，"大为赞赏，说用王国维标准来说，这诗便是不隔。何谓不隔，物与我浑然一体也。"汪曾祺也给女作家张抗抗画过一幅牡丹，画上题了一首七绝："看朱成碧且由他，大道从来直似斜。见说洛阳春索寞，牡丹拒绝著繁花。"汪老这首诗是有所指的。张抗抗曾写一篇散文，题名《牡丹的拒绝》，说是某年洛阳牡丹因春寒而在花期未曾开花，牡丹"朱唇紧闭，洁齿轻咬，薄薄的花瓣层层相裹，透出一副傲慢的冷色，绝无开花的意思"。张抗抗感慨道："牡丹为什么要拒绝，拒绝在该属于它的荣誉和赞赏？""它不苟且不俯就不妥协不媚俗，它遵循自己的花期的规律，它有权利为自己选择每年一度的盛大节日。它为什么不拒绝寒冷？""同人一样，花儿也是有灵性、有品位之高低的。品位这东西为气为魂为筋骨为神韵，只可意会你叹服牡丹卓尔不群之姿,才知'品位'是多么容易被世人忽略或漠视的美。"汪老的题诗,是对张抗抗这篇散文高度评介。张抗抗在《汪老赠画》一文中深有感触地说,汪老的诗"耐人寻味","汪老走了多年,但他留给我的诗画,仍时时提醒我:文人气质,骨气为魂;富贵与高贵只一字之差,若是悖道,情愿拒绝。"

菊花,是汪曾祺经常入画的对象。他在菊花画上题词往往是一首七绝:"红桃曾照秦时月,黄菊重开陶令花。大乱十年成一梦,与君安坐吃擂茶。"他在一幅画跋曾记其原委:"一九八二年初冬游湖南桃花源,八三年二月一日初雪写菊,曾祺记。"1982年11月,汪曾祺应邀到湖南《芙蓉》文学讲习班讲学,讲学之余游览了桃花源,并品尝了当地的"擂茶"。湖南诗人弘征即兴写了两首七绝给汪曾祺看看,意在"抛砖引玉,要钓出他这位诗人真正的诗来。果然他沉吟片刻,便写了一首和诗……"汪曾祺画上题的诗,就是这首诗,弘征说,此诗"虽然是即兴之作,未及推敲,然置身'世外桃源',抚今追昔,回思'十年浩劫'的辛酸实寓意与秦人同慨!不是轻易能'做'出来的,这真是'过来人'的话,行家的话"!汪曾祺另有一首题画菊的诗也别有意趣。诗云:"种菊不安篱,任它恣意长。昨夜落秋霜,随风自俯仰。"落款曰:"一九八二年十一月不是七日就是八日,汪曾祺,时女儿汪明在旁瞎出主意。"此诗旨在"不安篱",不安篱者,不限制也,不限制,则顺其自然,顺其自然,则可"自俯仰""恣意长"耳!而汪明之"瞎出主意",亦汪老"不安篱"之故也!前两首题菊诗都是咏秋菊,汪曾祺还有一首题菊诗是咏冬日菊花的,冬日之菊与秋天之菊自然就不同啦,汪老的诗云:"新沏清茶饭后烟,自搔短发负晴暄。枝头残菊开还好，留得秋光过小年。"诗的旨趣在以菊喻人，"留得秋光"，反映了诗人对平常生活的热爱和淡泊闲适的心境。他在《晚饭花集》自序中曾谈到了这首诗，他说，"我已经六十三岁，不免有'晚了'之感，但思想好像还灵活，希望能抓紧时间，再写出一点。曾为友人画冬日菊花，题诗一首（即上述之诗，略）愿以自勉，且慰我的同代人。"所谓"诗言志"，此诗亦言志之诗也！

在画紫藤、楝果的画上，汪曾祺也曾题过诗，都是七绝。紫藤诗是这样写的："紫云拂地影参差，何处莺声时一啼。弹指七十年前事，先生犹是小孩提。"咏物寄意，以抒乡情、亲情，亦叹时光流逝之速耳。其楝果诗如下："轻花淡紫殿余春，结实离离秋已深。倒挂西风鸦不食，绿珠一树雪封门。"这幅画是他于1983年3月在北京寄给高邮的亲属的。画和诗说的是楝果，寄托的也是乡思。宋代诗人蔡有守《清明登镇海楼寄梁七》句云："远念辽阳还积雪，故乡吹暖楝花风。"汪老之楝果题画诗，其蕴涵亦在此。

值得玩味的还有一段题美人与猫图的款识。画为一可爱的小猫。汪曾祺跋云："昆明猫不吃鱼，只吃猪肝。曾在一家见一小白猫蜷卧墨绿绫缎之上，娇小可爱。女主人体颀长，斜卧睡榻之上，甚美。今犹不忘，距今四十三年矣。四十三年一梦中，美人黄土已成空。龙钟一叟真痴绝，犹吊遗踪问晚风。"一九八四年八月十二日，汪曾祺完成了小说《受戒》，完稿之时，他写了一句话——"写四十三年前的一个梦"。写的是他一种朦胧的对爱的感觉，写的是"诗意"，写的"是美，是健康的人性"。这幅画，也是画的汪老四十三年前的一个梦，梦的是什么呢？香港作家彦火说汪曾祺"在现实生活中，对美的东西也是不放过，如美酒、美食、美女。汪老是一个喜欢直话直说的人。他说，喜欢漂亮的女人，也很会看女人。……只有漂亮的女人可入汪老的法眼。"（《独立凌霄的汪曾祺》）汪曾祺画此画时为1996年，次年，先生就辞世了。在某种意义上，这幅题识，与他的《受戒》一样，都是写的"一种朦胧的对爱的感觉"，写的是"诗意"，写的"是美，是健康的人性"。此解不知诸君认可否？愚以为这些题诗，丰富了画的内涵，深化了画的旨义，提升了画的品位，可谓是与画交相辉映，相得益彰！

　　汪老题识也有用成句的，花草鱼虫一类的小品上经常以成句题之。如"月晓风清欲堕时"（唐·陆龟蒙《白荷》）"雨打梨花深闭门"（宋·秦观《鹧鸪天》）"几生修得到梅花"（宋·谢枋得《武夷山中》）"春城无处不飞花"（唐·韩翃《寒食》）"少年不识愁滋味"（宋·辛弃疾《丑奴儿·书博山道中壁》）"留得枯荷听雨声"（唐·李商隐《宿骆氏亭寄怀崔雍崔衮》）"一庭春雨瓢儿菜，满架秋风扁豆花"（清·郑燮撰联）……这些成句，汪老信手拈来，亦可证先生之诗人本色，才子性情也！当然，成句必须用得妥帖，必须与画意交融，浑然一体。1987年10月，汪曾祺应安格尔、聂华苓夫人之邀，赴美国受荷华参加爱荷华大学"国际写作计划"。汪老特地为聂华苓画了一幅画，画的是秋海棠和草虫，题识写了两句诗："解得夕阳无限好，不须惆怅近黄昏"——那是他的老师朱自清先生的诗句。聂华苓很喜欢这幅画，她是作家，又是中国人，当然知道朱自清其人和诗的意蕴，第二天便高兴地把这幅画在书桌的左侧挂了起来。因为，聂华苓第二年就要退休了，难以舍割的是——也要退出她与安格尔所倾心经营了多年的"国际写作计划"了,她能不惆怅吗?而汪先生的秋海棠、朱自清的诗岂不是对她是一种很别致、很到位的慰藉么?

其实,汪曾祺是比较看重中国画的款识的。他认为题画有三要:一曰内容好,二曰位置得宜,三曰字要写得好一些。他尤其欣赏齐白石的题款,他认为白石老人有的题识"很幽默,很有风趣","时有佳句"(《谈题画》),"似明人小品,极有风致"(《题画二则》)。汪老之题识,亦大抵类此。似有白石老人之余韵流风。何镇邦说汪曾祺之"中国画,大致是写实与写意相结合,多有别致的题识",丁聪称汪曾祺的字画"很有品位",斯言诚是,非谀词也!

汪曾祺说"有些画家,功力非不深厚,但恨少诗意。他们的画一般都不题诗。"所以,他"一贯主张,美术学院应延聘名师教学生写诗,写词,写散文。一个画家,首先得是诗人。"(《题画二则》)我认为,汪先生此言甚为重要,因为,如今的中国画画坛,能有多少画家能写诗呢?有几个敢于自称为诗人呢?怕是太少了吧!这对于中国画画坛来说,总不能以进步视之罢。

记得曾见过《南田画跋》《金农画跋》《齐白石画跋》之类的书与研究文字,我觉得汪曾祺的画跋自有它的价值在,建议出一本小册子以传世,并收入新版的《汪曾祺文集》中,这是可以做到的,也是应当做到的,因为,画跋也是汪曾祺的作品,同他的小说、散文一样,是汪曾祺生命的一部分。我希望相关出版社能够做到。这并非此文的题外之话,而是此文之目的之一耳。

略说汪曾祺为三位书画家写的序文

20世纪90年代，汪曾祺曾为书法家成汉飙、国画家杜月涛和漫画家高马得分别写过序。惜1998年北京师范大学出版社出版的《汪曾祺全集》竟一篇都未收录，未免令人遗憾。大概是因为三位书画家的书发行量所限以及"隔行跨界"的缘故吧，文学界对汪老这三篇序文，亦不仅所知甚少，至今几乎无人提及，连一些研究汪曾祺的专家也不全知情。这就更令人遗憾了。人民文学出版社将推出《汪曾祺大全集》，我希望千万不要漏掉这三篇序文。

先说汪老给成汉飙写的序。汪先生给《成汉飙书法集》写的序是在1992年10月，成汉飙时为江苏海门县文化局副局长，在行政工作之余，一面进行文学创作，一面钻研书法艺术，而且均获佳绩。其小说曾荣获"十月文学奖""庄重文文学奖"，书法曾摘取中国书协举办的"中国书坛新人作展览奖""首届中国书法兰亭奖"等。成汉飙于1985年曾在鲁迅文学院进行过为期两年的学习，聆听过汪曾祺先生关于文学创作实际经验的讲述，对汪老很是敬重。要出版个人书法集,于是便想到了汪老。1992年初,汉飙在北京办公事之余便去了蒲黄榆汪府,向汪老提出了写序的请求。汪老仔细观看了汉飙带去了书法作品和一些墨迹照片,当时便连声赞曰:不错,不错!汪老不仅欣然应允为之写序,还热情地拿出江苏的双沟酒邀成汉飙对酌共饮,汪老对成汉飙说:"诗酒一家、书酒一家,没有酒哪来诗书?"成汉飙不愿多打扰汪老,坚持未在汪府留餐,于是便告辞了,几个月后,汉飙就收到了汪老的序:两张北京文学稿纸上,那清逸劲健的字,寄托了长者对新秀的一片热忱和无限厚望。《成汉飙书法集》于1993年在古吴轩出版社出版,在排版校对之际,汪老又斟酌一番,在原稿上改动了少些字句。序不长,但言简意赅,十分精到,文章不仅评点了汉飙的书法成就,还对当时书坛的缺失提出了批评。且将序的全文抄录于此——

　　成君汉飙写小说,兼善书法。这在中青年作家里是不多见的。现在的中青年作家,字都写得不像样子。现在的行情很俏的书法家,笔下往往不通。成君长于书法,故小说有文化味,能写小说,故书法雅致,无职业书法家的市井俗气,可谓难能。

　　成君写行楷,也写隶书,观其用笔,指实掌虚,意淡气平,笔力注于毫端,不似包世臣所说的"毫铺纸上",故运转自如,意在笔先。近世书家用力多在毫之中部,即笔在"肚子"上,痴重瘫软,遂成"墨猪",成君书作注重多力丰筋。

成君结体，楷书近颜，而用笔有晋人意。隶书似多从张迁碑出，以少少变化，平稳中稍取欹侧为势，于侵夺退让间致意。王羲之字单看一个字，左右常不平衡，从整体看，各字之间痛痒相关，顾盼有情。隶书中《石门颂》《西狭颂》每个字并非皆中规矩，通体则放逸有致。成君致力于此，已见成就。

写隶书，文须有汉魏韵味。尝见书法家用小篆、隶书写唐人诗《枫桥夜泊》《停车坐爱枫林晚》，以为不相配。成君写汉隶，宜读汉人文。成君以为然否？

一九九二年十月序于北京蒲黄榆

二十多年过去了，成君之书法艺术更上了一个台阶，但临池挥毫之际，他常常会想起汪先生的序；当时汪老亲切的话语，爽朗的笑声……，如同是近日之事，清晰地回响在耳畔，浮现在脑海中。

再说杜月涛。杜月涛：1963年生，山东淄博人，当代画家。已出版个人画集、论文集、评论集二十余种，其作品曾作为文化部国礼赠送国际友人，多幅作品被中外美术馆、博物馆收藏。

杜月涛与汪先生认识较早，在20世纪80年代末，是陶阳先生写信介绍推荐的。陶阳是汪老的老朋友，五十年代，他们同供职于中国民间文艺研究会，后来也有联系。1994年，汪老还为陶阳的诗集写过序（题为《小潦河的水是会再清的》）。汪老给杜月涛写的序是一首诗。诗见朱小平《画侠杜月涛》，新华出版社1993年版。序撰于1993年10月，诗题为编者所拟。汪曾祺在10

月4日给杜月涛的信中说："'序'写好。因为不太像序，乃改为'题'。如你认为作序更好，则用于画集上可改为'序诗'。"

这首诗是汪曾祺酬赠诗中最长的一首，可谓是淋漓酣畅，一气呵成，抒发了他对杜月涛其人其画的高度赞赏及满腔热望。诗中所提及的米芾、徐渭、吴昌硕，俱是独领风骚，别开生面的书画大师，汪先生将他们与杜月涛联系在一起，所誉之高，所望之厚于此可见矣。此诗还有两个特点。一是词句之俗，除引杜甫一处诗句和关于米芾的一个典故外，全诗几乎俱用大白话。没有僻典、没有怪词，读者没有隔膜，使人有亲近之感。二是收拾之细，既以粗豪的写意笔法描绘了他对画家的形象，又以娟秀的工笔技巧勾勒了他对画作的印象。"水墨色俱下，勾抹扫相杂"，粗豪之谓也；而"或染孩儿面"，"或垂数穗藤"，则是娟秀之谓也。似不经意处，正相互呼应也。还有，按常规，此诗至"可为寰中甲"即可止耳，但汪先生却以"画师名亦佳，何必称画侠"之句作结，此亦收拾之细也，不仅不是画蛇添足，而且是画龙点睛，画师与画侠虽只有一字之异，委婉中，却有深意寄焉，不知杜月涛于此是作何解读，有甚领悟了。但肯定的是，杜月涛对汪先生的序是颇为看重的，他未动先生一字，全文照刊。而且，还一直记住汪先生给他作序之事。和朋友们聊天时，给学生们上课时，杜月涛情不自禁地会说起这段往事。汪先生给他画集写的序诗，在某种意义上说，是为他攀登更高的艺术境界揭开了序幕，为他更快地成为艺术大师奏响了序曲。

2016年3月30日，杜月涛特地于西双版纳发了一篇博文纪念汪先生。他的博文的结尾处说："谢谢汪老，虽然汪老已进入仙境，行游于宇宙太空之中，可是汪老的文字却是留给我们的宝贵遗产。……今日重发汪曾祺先生为我写的长诗（我识杜月涛），是对先生在天之灵的纪念。愿先生和他的文字、诗词、书法、绘画给人类文明带来更多的启迪。"

汪先生的序不长。全文录此与读者分享：

> 我识杜月涛，高逾一米八。
> 首发如飞蓬，浓须乱双颊。
> 本是农家子，耕种无伏腊。
> 却慕诗书画，所亲在笔札。
> 单车行万里，随身只一箧。
> 听鸟入深林，描树到版纳。
> 归来展素纸，凝神目不眨。
> 笔落惊风雨，又似山洪发。
> 水墨色俱下，勾抹扫相杂。
> 却又收拾细，淋漓不邋遢。
> 或染孩儿面，可钤缶翁押。
> 或垂数穗藤，真是青藤法。
> 粗豪兼娟秀，臣书不是刷。
> 精进二十年，可为寰中甲。
> 画师名亦佳，何必称画侠。

汪曾祺还为同龄人高马得的画集写过序。高马得，1917-2007，江苏南京人，20世纪40年代即以漫画著称，60年代起以中国画形式描绘戏曲人物，时与关良、韩羽并誉为中国戏曲人物画三大家。汪先生在序中说得不错，"马得是会长寿的，他还会画几十年，画出更多好画。"他比汪曾祺大三岁，又比汪迟十年才去世，在人世间活了90年。

　　汪曾祺与高马得本来并不相识。1991年秋，汪先生参加泰山散文笔会，江苏去的作家苏叶向他谈起了马得，在汪曾祺的脑海里，留下了这位江苏老乡的名字。不久，马得便去北京蒲黄榆与汪老见了面。马得曾写了一篇短文记叙其事："……到他家已是十点半了，天干口渴，在寒暄中，他泡了杯好茶来，北京人爱喝茉莉花茶，这杯却是上好的绿茶信阳毛尖，清香味醇，极为解渴。……他又拿出一轴新裱的墨荷，题是用李商隐的'留得残荷听雨声'……题字写得极好，墨气淋漓，笔力豪爽，水分又多，渗出的水味与旁边带雨的荷叶相映成趣……。这张画，荷叶画的好不稀奇，画荷花的画家多着啦，但题字与画这样结合得好却是难见的。我当时便不客气地请他如法炮制给我画一张。……他谈起我画的武大郎，说画中的武大郎夸张得比舞台上的更神气……我遇到知音极其高兴，从戏画又谈到戏曲，他戏看得真多，听他口述，便像自己也看到的一样那么过瘾。"（马得《初访汪曾祺——北京杂记之五》，1992年12月14日）汪先生在序中也谈到了见面的事，还对马得的仪表作了一番形容："马得到北京来，承蒙枉顾敝庐，我才得识庐山面目。马得修长如邹忌，肩宽平（欧洲人称这样的肩为"方肩"），腰直，不驼背。眼色清明，面微含笑意。留了一抹短髭，有点花白，修剪得很整齐，衣履精洁，通身干干净净，清清爽爽，很有艺术家的风度，照北京人的说法，是很'帅'。"2015

年，旅美作家李怀宇采访了高马得，想起往事，马得还说："汪曾祺搞戏是行家。当年他在北京，我们好不容易去看他，聊得很开心。"（李怀宇《此生会当江南老》，刊 2015 年 9 月 13 日《羊城晚报》）。

汪先生对马得的戏曲人物画极为欣赏。尤其是对"马得能于瞬息间感受到美，捕捉到美"极为称赞，对马得在线描、用水、用墨、设色以及构图等方面的特色一一作了精当的评述；从中，我们可窥见汪曾祺本人的艺术修养和审美情趣，也可看出汪曾祺对高马得画的欣赏程度与撰序的认真程度，怪不得马得说与汪老相识是"遇到知音"了。汪曾祺称马得是一个抒情诗人、一个画梦的人、一个好人。一度时期，曾在马得的朋友圈里传开，马得特别开心。

高马得对汪曾祺之序甚为看重。在他去汪府之前，已有几篇相当有分量的评论文章发表了：1989 年 3 月 18 日，《马得戏曲画展》在广州集雅斋开幕。3 月 20 日，《羊城晚报》发表了方成的《马派的画》；4 月 4 日，《广州日报》发表了黄苗子的《童心——序马得戏曲人物画展》。1990 年 11 月，人民美术出版社出版了马得的《中国戏曲速写》，叶浅予撰写的序——《读高马得的戏曲速写》。在《马得戏曲人物画集》上，共有 4 篇序文，汪曾祺的《好人平安》列为首篇，依次为黄苗子，方成和叶浅予的文章，黄苗子、方成、叶浅予都是美术界、漫画界的顶级人物、权威人士，也都是马得多年的好朋友，将汪文置于第一篇，当非马得一时之兴，必是有所考虑衡量的。

汪曾祺给高马得的序比较长，有 2000 字。全文载 1998 年文化艺术出版社出版《马得戏曲人物画集》。1996 年 12 月 4 日，《马得戏曲人物画展》在江苏徐州东方画廊开幕，12月11日，《徐州日报》首次发表了汪曾祺的这篇序。我想，《汪曾祺大全集》的编辑是不难找到的。

七十年代后期，笔者就曾与高老有过接触，也曾到高府看望过高马得、陈汝勤夫妇。近日，我与陈老通了电话，已经九十余岁的老人，还记得到北京汪老家的事，还记得马得当时送了汪老一张画，后来，汪老也回赠了一幅字（是委托陆建华先生带来的）。她说，汪老还热情地留餐，并邀马得共饮，但马得素不喝酒，便以茶代酒了。那天说起此事，陈老仿佛沉浸在回忆中，连声说："汪曾祺，大作家！大好人！"

当年为汪曾祺治印的两位篆刻家

韩大星与崔自默已是当今大有名气的书画家、篆刻家。20世纪90年代，他们都曾应邀为汪曾祺治过印。韩、崔两位都是河北人，彼此也认识。当时一位三十出头，一位年方三十，才情横溢，风华正茂，声誉鹊起。

1992年春夏之交，韩大星正在《长城》（河北省文联主办的文学刊物）编辑部与友人聊天，忽被其主编艾东邀去委办一事。原来汪曾祺应邀正在石家庄讲学，讲学之余有笔墨应酬，不知谁临时出了个主意，建议第二天以省文联名义赠汪先生两枚名章，既作纪念，又增雅兴。由于要求高，时间紧，如此高质量的"急就章"不是一般治印者可以胜任的。正巧大星就在编辑部，于是，艾东便找到了大星。二话没说，大星当即便应承下来。艾东还真是找对了，找准了。原来，大星的父亲韩映山是"荷花淀派"的重要作家，与汪先生也熟识，1987年曾与汪先生一起在云南采风，一路上，两人茶酒闲聊，十分投缘。其间，汪曾祺还赠送韩映山一幅书法作品，至今大星家还珍藏着父亲与汪老等人合影的照片。

大星十分喜爱汪曾祺的作品，书架上、案头上都有汪曾祺的书，不时地都要翻翻看看，品味一番。他曾言：现代作家中，他最喜欢孙犁与汪曾祺的作品，也最敬重孙犁、汪曾祺的为人。应艾东之请，为父亲的旧识、自己敬重的作家治印，正可谓是以印结缘，岂不快哉！大星归家后，略加琢磨，便一气呵成地为汪先生治了两方印：一为阴文：汪印曾祺；一为阳文：曾祺。大星时年35岁。据杂志社朋友讲，两印第二天送于汪老，当时就派上用场了。在《汪曾祺书画集》中，大星所治的印端端正正地钤盖在汪老的画作上。

大星于印坛成名较早。早在80年代，即为孙犁先生刻过印。1988年，获"全国第二届神龙杯"书法篆刻大奖赛之篆刻金奖。有当代青年篆刻家之誉，先后曾应邀为赵朴初、冰心、华君武、方成、韩羽、王蒙、舒婷、贾平凹等奏刀，其大家神采、汉魏风韵令印坛名家高手刮目相看，赞誉有加。贾平凹于1993年6月25日致函大星云："十多年来，许多人给我治印，数目不下四十枚，但我却喜欢您的作品。"

值得一提的是，大星长于奏刀、亦善于为文，时为《中国书画》主编曹鹏先生就说过，韩大星的文化知识特别是文化功底，是书画界人士中少有的。老作家徐光耀先生也曾著文时对大星的边款予以简评，赞其一印"四面边款，密密麻麻刻了179字，不仅刀法纯熟，且是篇声情并茂的散文"；斯言诚是，非谬奖也。曾见大星之"河西野僧"一印之边款云：

丙寅重九，吾师丁雪先生招饮。以自制胡萝卜丝炸素丸子为肴，佐酒甚香；不觉一瓶告罄，大醉欲卧，师命作急就章一方，力辞不获。乃鼓铁笔直入，一任自然，不假修饰。恍惚间，失刃伤指，师亲为包扎抚慰。印钤红纸上。师审读再三，击掌叹曰："善哉！真鬼斧神工也。"惠与佳作数纸。大星记略，时年二十有九，同客石门。

大星生性淡泊，为汪老治印后，间或有人问他，"汪老送你书了吗？""汪老送你画了吗？""汪老给你写字了吧？"他均如实回答——没有。一笑了之。但获知汪先生子女编印了《汪曾祺书画集》后，却忍不住给汪老的女儿和儿子写了信，打了电话；目的是，要求能送他一本作为纪念——因为，书中刊载的汪老画作中钤有他为汪老刻的那方名章。不久，大星就收到了书。书的扉页上，汪老的儿子汪朗，女儿汪朝分别郑重地签了名，钤了印。

大星如愿以偿，十分感慨，在博客上写了一篇短文，略述其事，并选发了一部分汪老的书画，借以纪念他所敬重的文化前辈。记住他与汪老的那一份翰墨缘。

崔自默与汪先生相识较晚，大约是在90年代才开始有交往；时任职于北京一家出版社，年方三十，可谓是汪老的忘年交。但他早就知道了汪先生的大名，曾读过不少汪老的作品，崔自默说："最喜欢他的散文和随笔，文字很轻松，笔墨间却饱含了人生的沧桑与豁达。"自默曾去过汪老家两次，与汪老有过较长时间的交谈，还一起在北京参加过一些会议。由于自默不仅长于篆刻、书法、国画、油画、雕塑；而且一手散文、诗歌、随笔、文论亦时有卓见佳作；既承续传统、又实践创新；时有文坛奇才之誉。第一次到汪老家，就是当时任《中国艺术报》副刊主编的梅墨生带他去的。

崔自默给汪先生刻的是方闲章，是汪老的"命题"。文曰："莲花唱罢又一春"。这是汪先生于七十岁生辰之际诗中的末句。全诗为："近事模糊远事真，双眸犹幸未全昏。衰年变法谈何易，唱罢莲花又一春。"汪先生对这首诗比较满意，曾数次书写此诗赠友人。1989年，《三月风》杂志约请他写一篇随笔，同时，配发漫画家为他画的漫画头像，亦请汪先生为此漫像写几句话作为像赞，汪老便书此诗应之。

崔自默此印作长方形、朱文，工细中略带粗犷，汪老看了便说好。到汪府送印章的那天，自默特地带去了他手拓的一张秦砖拓片，那是他在咸阳宫遗址附近村落里偶然获得的。自默请汪老在拓片上题字，汪先生略有沉吟，便欣然命笔，写了八个字："秦砖楚韵，希世之珍。"自默见汪老喜爱，便说下次带一块汉瓦来送给先生，再刻一方闲章。汪老顺手遂拿出几幅新作给自默看，先生看自默对其中一幅荷花叹赏不已，有索求之意，便将此画赠送自默，并取笔于此画上题款云："持赠自默。"崔自默知道汪老是"酒仙"，辞行前邀汪老喝一次酒，说喝半盅不会伤身体，汪老也答应了。

崔自默是97年5月上旬到汪先生家的。万没有想到的是，他还未来得及将准备好刻有"长生无极"的瓦当送给先生，未来得及再为先生刻个闲章，来不及与先生对酌一番；汪老却于5月16日因病去世了。崔自默十分悲恸，他在《想念汪曾祺》（刊《永远的汪曾祺》,上海远东出版社 2008 年版)一文中深情地写道:"在汪先生的追悼会上,我作了一副挽联:'半盅水酒成早梦,一束莲花祭仙魂。'此后,我每次到福州馆前街看望母亲时,走过那条略显喧闹的小街,就会突然想起汪先生。"

汪曾祺与宋佳林交谊侧记

汪曾祺何许人也？不仅文艺圈子的人大都熟知，即圈外亿万之众也能道其一二——大作家，美食家，小说《受戒》《大淖纪事》的作者，"样板戏"《沙家浜》的主要执笔者嘛。但问及宋佳林，能晓得他的人达到知道汪老的万分之一就不错了。但就是这位宋佳林，曾为汪老冶印二方，并牵引出汪曾祺与田原互赠楹联的一段文坛佳话。

宋佳林与汪曾祺同乡。1991年9月底，汪老第三次回到故乡高邮小住，下榻于刚刚建成的北海大酒店。时汪老才年逾七十，精力尚旺；汪师母亦身康体健，两老一起来高邮，心情十分愉悦。家乡领导对汪老再度回高邮十分重视，除应汪老之请安排一些参观活动外，还由时任市政协副主席的朱延庆全程接待陪同。10月3日晚，宋佳林接朱延庆主席的电话通知，嘱他第二天一早到北海大酒店陪汪老用餐。当时，宋佳林在市外贸工艺品公司工作，是市政协书画会会员，三十多岁，但他书画功底不错，且尤擅金石，在1988年"今日江苏"的全国篆刻大赛中荣获金奖（金奖仅有8位），朱主席喜其雅爱翰墨，且为人踏实、低调、淡泊、不事张扬，市政协书画活动时佳林协助他工作，很得力；故要佳林前来陪同汪老。佳林早闻汪老大名，然无由与之亲近，主席之嘱，岂不悦乎，于是届时赶到酒店。早餐后，小宋即随汪老等一行人到城墙参观。城墙始建于宋，可惜如今仅残存一小段了。汪老在城墙上下看得很仔细。城墙旁的奎楼有一棵大树，兀然傲立，郁郁葱葱，陪同一起去的人说，这棵松树已近二百年了。汪老笑曰：此柏树也。他说，此树造型甚佳，要好好保护。树围路边长着有一丛丛蘑菇，汪老饶有兴致地看了又看，有时还蹲下用手抚摸一下，他边看边指着说，这个能吃，这个不能吃——有毒！对所经之路上的不知名的野花，汪老也兴致勃勃地凝神察看打量一番。在城墙上，汪老发现有的城砖上有字，有的清晰，也有的砖上个别字已漫漶不清了。汪老说："小宋，你来看看！"大概朱主席已向汪老简单介绍过宋佳林了。汪老和小宋一老一小，认真地辨认砖上的字，终于识别出有"高邮军"这几个字，汪老十分开心。仿佛完成了一项重大考古项目似的，颇为得意。事后，他以《宋城残迹》为题，写了一首七绝：

　　城头吹角一天秋，
　　声落长河送客舟。
　　留得宋城墙一段，
　　教人想见旧高邮。

汪老在"墙一段"后注云：高邮城南有旧城墙一段，传是宋城。或有疑义，因为有些城砖是明清形制。近因水灾，危及墙址，乃分段检修，发现印有"高邮军城砖"字样的砖头，笔画清晰。高邮在北宋为高邮军，是则残墙为宋城无疑。高邮军在宋代为交通枢要，宋人诗文屡及。

在回酒店就餐的路上，朱主席对小宋说，晚上汪老写字画画，需一闲章，要小宋抓紧刻一方。文曰："珠湖百姓。"宋佳林遂问汪老："长的，还是方的？"汪老说："长的。"小宋又问："阴文，还是阳文？"汪老云："随便你。"

因晚上等着印用，宋佳林中餐后即回家奏刀了。傍晚时，小宋即将刻好的"珠湖百姓"那方印带到酒店，请汪老看看是否能用。汪老正与一些家乡的文学青年交谈、拍照。小宋将印交朱主席，朱主席看了觉得不错。汪先生看了，说了一句："蛮合我意的"。接着便问宋佳林："小宋，朱主席说你曾获得一个金奖，是什么奖？"宋佳林这才一一告知，汪老听了，一边看印，一边点头。汪老告诉小宋，他小时候也玩过刻章，用的刀都是普通的修脚刀磨成的，他的父亲也喜欢金石书画，他还对小宋说，你要多读古印、印谱，要走秦汉的路子，要再接再厉哦。厚爱之心，嘉勉之情，溢于言表矣！

晚餐时，汪老很高兴，汪夫人也比较兴奋，汪老还不时地悄悄向夫人说点什么。每上一道菜，汪老就津津有味地讲述与这菜有关的烹调文化或趣闻逸事，汪老边品菜、边品酒、边讲故事，席间如座春风，笑声不断。晚餐尾声之际，汪老对小宋说："小宋，你再给我刻一方名章吧。"不用说，汪老对"珠湖百姓"还是挺满意的。

由于向汪老求字索画的人太多了，一下子来不及准备，朱主席嘱咐小宋餐后赶快回家拿点纸墨来。餐后，小宋即匆忙骑车回家，挑了一些上好的宣纸、墨汁，顺便还捎带了几支好笔和上等印泥去。小宋问汪老："这些行不行？"汪老看了看说："不错、都不错。"看到小宋拿来的一个倒墨汁的粉彩小杯子，汪老兴致盎然，他对小宋说："这起码是个晚清货，你怎么舍得用的！"小宋如实说："我平时在家就用这个。"汪老不由得笑了。当晚，"珠湖百姓"那方闲章派上用场了。珠湖者，高邮湖之美称也，传宋时湖中有珠光涌出，故世人以珠誉之。"百姓"者，普通人也。汪老借这方闲章，寄托了他的万缕乡愁和千丈乡情。汪老挥毫时，宋佳林在旁娴熟地帮他裁纸、抻纸、镇纸，汪老不时抽一口烟，或啜一口酒，一下子写了不少；见小宋始终默默地忙活，汪老问："小宋，给你写点什么？"宋佳林这才说："汪老，给我写个斋名吧。"汪老略加比画，用浓墨写下了三个字"五研斋"，落款云："汪曾祺题，辛未"。接着，汪老又挥毫写了四个大字："金石可开"，款曰："为佳林书，辛未之秋，汪曾祺"。小宋真是喜出望外，连忙称谢。汪老说："小宋，你再给我刻一名章如何？"宋佳林连忙应承道："好的，明天交给汪老。"汪老的这方名章，宋佳林以粗白阴文为之，有汉铸风韵。第二天汪老见到此印，赞曰："刻得很好。"此后，汪老的翰墨中，不少作品就用了宋佳林篆刻的这两方印。1996年10月，汪曾祺画了一幅墨菊赠朱延庆，画中钤的闲章，就是这枚"珠湖百姓"。一幅"晓色墨菊图"上钤的印,也是"珠湖百姓"。钤有"汪印曾祺"的那方名章,汪老也高兴地带回北京了。

事有凑巧,隔了两天,宋佳林到南京田原家去。田原时是江苏《新华日报》的美术编辑,擅长书画,曾获联合国"工艺美术大师"称号,并曾为汪曾祺在江苏文学杂志《雨花》上发表的小说配过插图。他很喜欢汪曾祺的小说,说汪的小说"初读似水,再读便是酒了"。也晓得汪老的书画相当有品位。那时,小宋正随田原学画;在田原家闲聊时,小宋随口说了为汪曾祺刻印的事。田原说他对汪曾祺佩服得不得了,看来要有汪曾祺热。他对小宋说,我要写个东西写汪老,也希望汪老写幅字给他,随便什么都行,要宋佳林做个"中介"。宋佳林建议田原写副对联,田原觉得这个主意不错,沉吟片刻,便以拿手的"板桥体"写了郑板桥的一副七言联:

一庭春雨瓢儿菜,
满架秋风扁豆花。

这副联为清扬州八怪郑板桥所撰,汪曾祺在小说《钓鱼的先生》中曾引用过,田原又用板桥体书之,可谓是十分得体的。田原写好联文后,郑重地写了上款:曾祺道长督正。下款曰:辛未仲秋,饭牛。同时,又给汪曾祺写了一函,略陈其意。

佳林将田原的对联带回高邮时,汪老夫妇已离邮返京。为了顺利地完成老师交办的任务,小宋想到了朱延庆,觉得由朱主席转交汪老为宜。朱延庆也喜"板桥体",一手"板桥体"也写得不错，听小宋一说，他愿意充当"红娘"、乐促其成，随即便修书一封，将田原的对联寄交汪老，请汪老能慨允田原之请。

次年初夏，朱主席收到了汪老函寄给田原的书法，也是一副七言联：

才名不枉称三绝，
扣角何妨到五更。

汪老委托朱延庆将楹联转交田原，还谦逊地说："天热不能心闲气静，书不能佳，只联语尚小巧。"其实，这副联对仗精工，用典贴切，饶有韵味，高手佳作也。"三绝"，誉田原之诗、书、画均臻高妙之境。"扣角"亦云叩角，援自一历史典故。《艺文类聚》卷九十四引《琴操》云："宁戚饭牛车下，叩角而商歌曰：'南山研，白石烂，生不逢尧与舜禅，短布单衣裁至骭，长夜冥冥何时旦？'齐桓公闻之，举以为相。"田原之笔名亦曰"饭牛"，汪老嵌名之妙，别具情趣。田原十分喜爱此联，一直挂在家中客厅中间。后来家搬至深圳，此联亦随之仍置放客厅中间，客厅中，只有汪老的这副对联及田原本人的照片耳。田原于2014年去世，去世前，宋佳林到深圳去看望他，一到客厅，就看到了汪老的那副对联。当时，汪老已去世十多年了，小宋回想起汪老的音容笑貌，不禁感慨万千！

书画家忆说汪曾祺

汪曾祺先生擅书画,是世所公论的当代作家中的佼佼者,他的书画具有浓郁的书卷气息与文人趣味。汪先生去世后,一些与汪先生有过交谊的书画家,在文章中于汪先生的书画及人品有所评述,这对于我们全面理解、认识和研究汪曾祺是有帮助的。下面辑录摘抄的是十一位书画家们的相关资料,高马得、田原、成汉飚、宋佳林、韩大星、崔自默、杜月涛等论及汪先生的论述,我已有文章说过,并在报刊上发表了,兹不重复。

丁聪 漫画家丁聪说:"我和汪曾祺最早的合作,是给他小说《安乐居》插图。小说写一个小酒店里形形色色的人物,有画家、白薯大爷、拐子等等。我给他画了9幅人物插图,他很满意,说这也就是他想象中的人物,每次见面总提起。"

"大概是1993年,江苏出了一套《汪曾祺文集》,一共5本,我在别人那里看到,我爱他的文章,可是书店里找不到他的书。

我只好告诉汪曾祺，他很快送了我一套。

我和汪曾祺最后的合作就是'四时佳兴'专栏。《南方周末》本事大，把我们拉在一起。他肚子里这些东西太多，说来就来，一写就是好几篇。可是图不好插啊。我在电话里对他说：'你考我啊，要出我的洋相。'他大笑。"（《丁聪眼中的汪曾祺》）

那年，《南方周末》"五羊角"漫画版开设了一个高品位栏目，要找一位中国最有分量的作家和一位中国最有水准的漫画家合作经营，最终选定了汪曾祺先生和丁聪先生。专栏"四时佳兴"的栏目名也是汪曾祺命名的。

丁聪认为，汪曾祺"这个人非常好，很实在。他是个文人，是个有大学问的人，不是一般写文章的人，他是个才子，文章好，懂戏。《沙家浜》写得多好，……汪曾祺说他要开画展，他的字画都很有品位。"（同上）

汪先生去世后，《南方周末》记者即电话采访了丁聪，丁聪回忆说：

"80年代三联书店在杭州组织过一次活动，参加者有吴祖光、汪曾祺、王安忆、吴亮等人。我和汪曾祺住在一起，喝酒在一桌。汪曾祺烟酒都厉害，这也害了他，后来想戒也来不及了。那次会上大家签名售书。汪曾祺还当场作画，他这人国画画得很好。"（同上）丁聪说的"活动"，是丁聪在杭州浙江美院办的漫画展，汪曾祺是特地去为老朋友捧场的。

弘征 弘征是一位金石家、书法家、诗人，弘征说："他是一位世所公认的中国当代继沈从文先生之后最具有个人风格的小说大师，而且书法龙潜俊逸，笔力遒美；大写意花卉浑厚华滋，别具情趣;……"(弘征《汪曾祺的旧体诗》)"他的大写意花卉构图别致,妙趣天成,让专业画家见了也啧啧称赞。他的书法豪放洒脱,不择纸笔,率意一挥,行草柔中见刚,隶书蕴含草意。"(《恨难同再对"擂茶"——忆汪曾祺》)

1982年秋,弘征邀约汪先生到湖南为第二期《芙蓉》文学讲习班讲课,讲课之余,弘征陪同他去了桃花源、岳阳楼,还请汪老到家中共酌,看自己收藏的一些书画。那天酒后,汪老兴致勃勃地为弘征写了两帧条幅,一为行书,一为汉简,诗为:

其一:漠漠春阴柳未青,冻云欲湿上元灯。
　　　行过玉渊潭畔路,去年残叶太分明。
其二:野店苔痕一寸深,莲花池外少行人。
　　　浊酒一杯天过午,木香花湿雨沉沉。

后来,他们持续了书信往来,弘征还特地为汪先生治了一印,收入《现代作家艺术家印集》。在1996年12月北京第五次中国作家代表会期间,弘征特地去看了汪老。汪老去世之际,弘征在灯下重读《受戒》,回忆当年陪同汪老的情景,步汪老桃花源七律原韵吟诗一首,遥祭故友:

感君高义到长沙,正是枫如二月花。
此夕潸然吟昔句,恨难同再对"擂茶"。

唐达成 作家、书法家唐达成认为:"他当然并不是专业画家、书法家,但他的学养胸襟和飘逸境界,使他出手不凡,笔墨勾勒点染之外,只觉书卷灵秀之气扑面而来,绝非凡俗之辈所可企及。"(《幽兰自芬芳——悼汪老》)

唐达成对汪先生的书画"广结善缘"印象颇深。1997 年 4 月下旬,他曾与汪先生一起参加了四川宜宾的五粮液笔会,并一起为东道主、与会者挥毫写字画画。唐达成说,"认识和不认识他的人,只要有机会,都向他索字索画。汪老为人随和、平易、慈祥,有求必应,总是皆大欢喜。我们也开玩笑地说,汪老广结善缘,必有后福,他常常会心地一笑。有时住在宾馆,往往陷入重围,年轻的服务员、厨师、司机都向他要字要画,他也都一一满足,一站就是几个小时,甚至直到深夜。我们都觉得这样搞,老人太劳累了,但他却不忍拂拒,从他对人的体谅和善意中,可以见出他豁达的性格。"(同上)

康殷 汪先生还有一位未曾谋面的书画家朋友康殷。康殷人称大康,也是一位古文字学家。康殷曾与汪老同住在一个小区里,尽管彼此楼房比邻,但由于平时都各自在家笔耕,故见面并不多。然而,两人却心灵默契,互视为知己。正如汪先生的女儿汪朝所说:"父亲和大康先生虽然没有见过面,但神交已久,历经多年,应该可以算是一对挚友吧。"(汪朝《大康先生印象》)

汪老很喜欢大康的书法,曾与林岫说过:他对大康的字很佩服。汪老的房间里老是放着一本《大康书画》,想来当是他经常赏玩之物。康先生很喜欢汪先生的小说、散文,《汪曾祺文集》出版后,汪朝即特地送了一套给大康。

汪朗在《岁月留痕》中也记叙了汪先生与大康在精神上的交往:

"爸爸去世后，我们想找个书法家写块墓碑。懂行的人推荐了大康。我们知道爸爸生前知道大康，参观过他的书画展，觉得很有水平。找这样的人写字爸爸大概不会反对。大康的名气很大，和爸爸没有什么直接交往，身体又不好，但是听说这件事立即答应了下来，大康说，爸爸写过的一篇谈书法的文章，很大胆，直截了当说出了他们不便说的话，因此早就知道汪曾祺。大康退还了我们带去的一点礼品，提出爸爸的《全集》出版后送给他一套就行了。遗憾的是，爸爸的《全集》出版时，大康已经住进了医院。即便如此，他还捎话说想看一看书，爸爸的《全集》上午送到，下午他就去世了，也不知道最后看了一眼没有。"（见《老头儿汪曾祺——我们眼中的父亲》）

得知汪老去世的消息，大康正在病中，他潸然哀叹，"又一个老哥儿们走了。沈从文走了，现在他的学生汪曾祺也随着去了，他们都吃过太多不该吃的苦。咱们不是号称五千年的文化大国，礼仪之邦吗？咋这么多人才活得横竖都不顺呢！本想给汪先生刻方印章的，词儿都想好了'曾经沧海'，没承想……"（林岫《汪曾祺的书与画》）应汪先生子女之请，大康抱病为汪先生书写了墓碑，寄托了他与汪先生的高山流水之情。

鲁光 鲁光也与汪先生有一面之缘。鲁光，作家、画家，曾任中国体育报社社长总编辑，人民体育出版社社长，中国报告文学学会副会长，著有报告文学集《中国男子汉》《中国姑娘》《世纪之战》及《鲁光画集》等。他与汪先生见面是在"中国作家十人书画展"的开幕式上。那次书画展展出了十位作家的书画，每人十幅，十人中有汪曾祺，也有鲁光。其他八人是秦兆阳、峻青、梁斌、张长弓、阮章竞、李准、冯其庸。鲁光有一文记叙了那天活动的一些片断：

"中国作家十人书画展"宴会结束后，鲁光顺道送汪先生回家。鲁光说：

"一路上，我们聊的都是画。"

"求您老画的人很多吧？中国人不买画尽求画。"我说。

汪老说："我的原则是，你拿纸来，我就画。不拿纸来是不画的。我贴不起纸钱。"

当然，给他送纸的同时，最好再拎上一瓶好酒。

我决计给他送酒送纸求画。"（鲁光《日记中的画家朋友》）

梅墨生 梅墨生是在"文学与书法"座谈会上与汪老认识的。当时梅墨生是《中国书法》杂志的编辑，尽管是刚认识，且年龄相差较大，但汪老与梅却是一见如故。梅墨生回忆说："就餐时，我本已坐在别桌，可汪老硬是把我叫过去，坐在他的旁边。他善饮，我也好饮，来的作家中只有他和林斤澜最有酒量，至少喝了有五六两以上。汪老甚至让我陪他喝，我也只好从命，他边喝边谈，很尽兴。"（梅墨生《淳厚古雅一名士——忆汪曾祺先生》）后来，汪先生还画了一幅"墨梅图"给梅墨生，又送了他一套《汪曾祺文集》，对长者的"非常礼遇"，令梅墨生铭记在心，难以忘情。

启功 汪曾祺很喜欢启动的书法。他说："启功写的匾，我以为最好看的是'洞庭春酒家'，不大，黑地金字，放在一个垂花门里，真是美极了。"（《字的灾难》），汪先生故乡"高邮王氏纪念馆"的馆牌也是启功先生写的。那年，汪先生到"王氏纪念馆"参观，特地留步在馆牌前注目凝视了一番。这两位老先生仿佛是惺惺相惜，心有灵犀似的，启功在高邮参观文游台时，在汪曾祺撰写的楹联大抱柱前,也曾驻足赏玩了片刻。汪曾祺先生去世后,北京师范大学出版社于次年即整理出版了八大卷《汪曾祺全集》,全集的题签即启功先生所题也。曾见过启功与汪曾祺两位在一次宴会上握手的照片,两位老先生笑眯眯的,甚是可爱。我曾问过汪先生的子女,汪老生前可曾和他们谈到启功先生么?他们说回忆不起来,只知道老头子对启功的字是很欣赏的。如今,两位两夫子在九泉下可以痛快地把盏吟诗、杯酒论书矣。

老树 老树,大名刘树勇,是新近很走红的一位画家,现为中央财经大学文化与传媒学院教授、艺术系主任,被美术界人士誉为当代文人画家中的杰出人物。老树认为,汪曾祺对他的绘画、他的人生影响很大。他在南开大学写毕业论文时,想写关于汪曾祺的毕业论文,可惜当时汪曾祺没名气,连教当代文学的老师都不知道他,没办法指导。于是,老树干脆直接找到汪曾祺。在汪府,他坐在汪曾祺对面,好像在听唐宋传奇。"在汪先生家里,一老一少说了不少,汪曾祺说得平平淡淡,老树听得痴痴楞楞。"老树就读于南开大学中文系,他的老师中有的曾经历了西南联大,于是汪老便亲切地称老树为"小师弟"。

老树说:"汪先生比较清淡,是本真的乡土的感觉,他的东西有点宋人笔记的感觉,自外于主流。我后来跟他聊,人也淡泊,他太明白了,跟他聊天好玩极了,很少见。""老树渐渐希望在自己的画里也注入汪曾祺那样的超脱感。纵观老树的画,还真有点儿超脱的味儿,这个味儿来自汪曾祺,来自老树对汪曾祺的理解与传承。"(李宗陶《老树:画在人心的苦闷上》)

张震 画家张震在《高僧只说平常话》中回忆说:"1989年,《工人日报》文艺部搞了一个全国工人作家学习班,地点在海淀区'中国工运学院',应邀来上课的有苏叔阳、陈建功、李国文、曾镇南、汪曾祺等。汪曾祺讲了三天的小小说,两天却讲的是文人画、文学与绘画的关系。"

张震说,"他讲的异常投入,但很多同学听后都面面相觑,小声嘀咕,我们是文学培训还是美术培训?甚至有一个比较'木'的同学窃窃问我:他是画什么的?

"在我们这帮同学中也有喜欢美术的,比如我,比如另一个记者老兄就爱听,恨不得不要下课、恨不得他的嘴巴是永不停止的机关枪,我们就像渴极了的人。突然看到了椰子,恨不得立马敲开椰壳,猛吸,这样可以少啃多少书啊!

"下课时候,他跟我们这帮大男孩和大女孩开逗……。隔一天,他带来了一幅琴条,一枝不知什么名的花——朱砂花朵三瓣,墨叶两三片,一根墨线画到底,右题一行长条:秋色无私到草花。我们有个河北籍的女同学,嘴快,看了一眼就大嘴巴了:空那么多,太浪费,画一大束就好了。汪曾祺听后哈哈大笑,笑得非常爽朗,仿佛那个女生的话一点都没扫他的兴。有个男同学问,能不能给我?老头抬头看看,问:处对象了吗?谈了。那好,就拿走吧,送给女朋友,这叫——折得花枝待美人。

"放学时候老头仍和我们聊道,……他说,画花鸟画不能乱配,芭蕉不能配鸡。我们问为什么?他看看周围没有女生,便说:那是'鸡巴图'。我们忍俊不禁。"

黄永玉 关于汪曾祺与黄永玉,已有不少文章论及,其中李辉的《高山流水,远近之间》(不仅资料甚丰,且持论中正,值得一读。

下面所引的文章，可能有读者未注意过，且摘抄部分。

汪朝回忆了一次汪先生和她看黄永玉荷花画时的情景：

"改革开放不久，中国美术馆举办《全国美术作品展》，我们和爸去看。进门不远处，是一张黄永玉的巨幅的白描荷花，拔地通天，全都是荷叶荷花，远近高低各不同。爸一下就站住了，半天不动，我往前走，看到还有好几张黄永玉的荷花，姿态摇曳，翠墨淋漓，比这张好看多了，回来叫他，他还不走，一再说：'这才是真功夫呢，一笔都不能画坏。这家伙真厉害！'黄永玉过去跟爸来往多的时候主要搞木刻，没想到他的国画这么精彩，爸很佩服。"（汪朝《我们的爸》）

1988年5月，汪曾祺应邀参加北岳通俗文学讨论会。会间参观了当地名胜索溪峪。索溪峪的"专家村"饭厅里挂了一幅黄永玉的画，题曰"索溪无尽山"，是一幅泼墨大中堂，汪先生看了，评曰：烟云满'纸'，甚佳。应"专家村"负责人之请，他撰书了一联为黄永玉的中堂画作配，联文乃八个大字：欹枕听雨，开门见山。

一次，麦风问汪老，在中国当代画家中，哪位画家最好，最出色，汪曾祺笑着说："一位是林风眠，他善于将中国和西方的文化精神和绘画风格、技巧融为一体，形成自己独有的东西。另一位是黄永玉，他用小排刷创造自己的风格。如果按真正的排名，他也许排不到这个位置，但他有自己的创造，有创造才有中国画的发展。"（麦风《回忆汪曾祺先生二、三事》）

黄永玉在《我从来没立志要干点什么》一文中说：四十年代在上海时，"汪曾祺比我稍微好一点，他有一个房间，有一张床是空的，也不空，（住着的）一个什么报的，花边文学报这一类的，晚上上夜班，也是他的中学的同学，我当然睡在他那张床上，汪曾祺老睡那一边，床头挂了一张汪曾祺画的画，他学那个康定斯基画的。他说我睡觉像婴儿，结果后来传来传去，变成我说谁是像婴儿了。实际上是他的文章说我睡在那个人的床上，因为他的床是铁片的，时间一长，铁片松弛了，变成了一个窝了，我睡在那里就很难伸直。"

黄永玉曾多次赞叹地提到汪曾祺。在《太阳下的风景》中，他写道："朋友中，有一位是沈从文的学生，他边教书边写文章，文章又那么好，使我着迷到了极点。人也像他的文章那么洒脱，简直浑身的巧思"。

在《黄裳浅识》中，他说："我一直对朋友鼓吹三件事：汪曾祺的文章，陆志庠的画，凤凰的风景。"

对于汪曾祺后来因酒伤身，黄永玉是深感痛惜的。尽管由于种种因素，他俩的关系远没有在上海时的亲密无间，甚至其间还有过些许小误会和不愉快，但彼此之间的情谊还是非一般人可比的。在1996年冬黄永玉邀约的宴会上，黄永玉看到老朋友汪曾祺衰颓的身体状况，曾感慨地对朋友说：当时他（指汪曾祺）的脸上都是暗黑色，喝酒的缘故。他后来与另外一帮文艺界的年轻人来往，喝酒喝得厉害，把身体都喝坏了，真是可惜了。（见李菁《黄永玉：一蓑烟雨任平生》）

2008年10月，大连《新商报》记者采访了黄永玉，在谈到汪曾祺时，黄永玉动情地说："我有个好朋友，唉（叹了口气），这个朋友已经不在了，这个朋友叫汪曾祺，20世纪40年代，我们在上海，有一次他给我出了一个题：在黄昏的山坡上有黄茅草，黄茅草里有个老虎，你画一幅画。到现在我都没画出来。""我这个朋友死了对我损失很大。唯一一个可以同我在绘画上对话的朋友，聊得这么真、这么准、这么有创造性的，只有他。"（见《黄永玉：我最讨厌艺术市场》）

许宏泉 书画家、收藏家许宏泉先生非常喜欢读汪曾祺的作品，也喜欢他的书画。在《汪曾祺的书法》（刊2015年2月9日《美术报》）中，许先生说："汪先生的书和画，我更喜欢书法，所以一直想有一幅汪先生的字。终于在上海的一家小拍卖会上，见到他70岁时写的一幅自作诗条幅，虽然虫蚀斑斑，却很干净，最终超过底价十几倍得到，淋漓尽致地表达了我对汪先生书法的喜爱，满心欢喜。

"诗写于1982年12月，曾发表于1983年第四期《芙蓉》杂志。情景交融，俨然一幅氤润淡远的彩墨画。

"虽然汪先生自'气虚腕弱''书不称意'，想必不如以往写得畅快，却更见几分沉静朴厚了。汪先生是有汉隶、米（芾）书的功底的，不要说书卷气了，但从笔墨的纯熟和安然的气度来看，亦非一般'书家'所能梦见。"

林岫 中国书法家协会副主席林岫与汪曾祺先生曾数次接触，并撰写了几篇回忆汪老的文章。林岫说，"其书画，简洁明快，遣兴自娱，颇见文人书画气息。他画画，不惯设色，以素净为主。想着画什么，顺手裁张宣纸，就着案头笔墨，随心所欲地涂抹一番。画完，落款，铃印，歪着头，近看远视，然后一笑，起身往客人多的桌边坐下闲聊，再不管大作的去向，洒脱得很。

"笔者见过汪先生作书画,他闲时谈笑,想画就画,不想画就闲聊,不像某些'大师'拿捏端谱,弄得一旁伺候的诸位心惊胆战、手足无措。汪先生儒雅如如,观者轻松,大家融融洽洽,一如取凉于扇,不若清风自来,气氛自然温馨乃尔。"(《汪曾祺的书与画》)

"汪先生的书画,从不乱钤闲章。书房案头常备'人书俱老'和'岭上多白云'等朱文闲章,有时取出一二,在刚画好的画上比试比试,想想又放下不用,自个儿一乐,问何故,答曰'我一向反对"插队",图章也随我。不合适,绝不乱插,还是顺其自然的好。'……书画闲章本作点缀,如果印语精致又钤印位置恰当,可收崭然点醒之妙。倘若钤盖不到位,横盖竖插,满幅落花,效果适得其反,亦是添乱。汪先生不乱钤印,取决于他崇尚清雅朴素的审美眼光,足以其高明。"

林岫这样评汪曾祺的书法。她认为,"汪先生本有散仙风度,书擅行草,虽然走的是传统帖学的路子,但师古习法从不肯规循一家。其书内歛外展,清风洋溢,纵笔走中锋,持正瘦劲,也潇洒不拘,毫无黏滞,颇有仙风道骨。"(同上)

林岫还说,她"最欣赏他画上的题款,那种文雅,那种率真,可亲可爱得感人至深。"

林岫还说了汪先生的一件逸事:1992年中央电视台举办"首届'汉语风'外国人学汉语知识竞赛"期间,年轻一点的评委正围着汪老和袁世海先生闲聊,有位非洲学生用毛笔书写了"先易后难"的小条幅给评委看,袁先生见"易"字中间横笔过长,马上就说,这"易"字书写有误。那学生又问汪先生,汪先生笑道:"你问谁都一样。"然而,这学生很快从书包里翻出一页书法作品的复印件,说"这是中国大书法家写的,瞧这'易'字。"众人一看,正不知说什么好,汪先生正色说:"书法家无论大小,不管是谁,写错都是错。你跟着他这样写,也是错!"……袁世海老先生慨然说:"有件事总想不明白,这演员上台演戏唱歌,要念了别字错字,那还了得!怎么经常看见书法家写错字悬挂厅堂,也没有人管呢?"旁边一位评委插话说:"你老没听说:'大师笔下无错字'吗?汪先生笑了,说:"什么'大师笔下无错字'?那是为写错字打马虎眼的欺世之谈!老出错,还能算大师吗?"(同上)

在一次"全军书法创作班"的讲话中,林岫作了《书法家应该是文化人》的发言。她又说起了汪曾祺先生。她说:"齐白石有幅荔枝图,颗颗鲜红,中有两颗黑荔枝,观者不以为异怪,反倒觉得黑果衬托红果,愈加鲜亮真实。汪曾祺先生说,观看展览时正好李可染先生在场,可老说他有幸亲见白石老人画的这面册页,最有发言权。当时作品已近完成,老人忽然拈笔濡墨,飞出了两个黑荔枝,全画遂生机活泼。意外之妙,如同清风自来,偶然在必然之中。因文化大革命中有人曾拿黑荔枝批判过齐白石,我计划主编《当代书坛名家精品与技法》时,汪先生写了《论精品意识》一文,定要将齐白石这"黑荔枝"事写入,惜此书拖近至戊寅(1998)年交出版时,汪先生已逝,我仍以此文为序,亦是铭记老前辈点拨教诲的苦心。"

孙郁曾说汪曾祺"他谈书法时,眼光很毒,一下子就能发现其中的内蕴,优劣一目了然。"(《革命时代的士大夫:汪曾祺闲录》)在《字的灾难》中,汪先生就是那么"眼光很毒"

地评说了当时一些知名书法家的优劣。

1992年,香港作家古剑来信请汪先生介绍大陆作家写《南华早报》文艺周刊《文廊》副刊刊头。汪老很认真,他回信中说:"端木蕻良字写得不错。李准字是'唬人'的,但还可以。邵燕祥字颇清秀。上海的王小鹰能画画,字不知写得如何。贾平凹字尚可。贵州的何士光字似还像字。王蒙的字不像个字,但请他写,他会欣然命笔。"(古剑《汪曾祺的信底温情》)

董桥说:"汪曾祺将艺术融进了人生,把命运变成了艺术,他是开悟大道的人,笔下早就没有了患得患失,没有粉饰纠结,他的东西是真水无香。我喜欢他的画,他的画是高僧只说平常话,是人生的灵感,快乐的日记!"斯言诚是!

汪曾祺与高邮民歌

汪曾祺是高邮人,尽管他只在高邮生活了十九年,但高邮民歌却始终萦绕在汪老的心头和笔下,高邮民歌的旋律和语言,伴随汪老走过了五十多年的创作生涯。

早在20世纪40年代,在汪老最初问世的一批作品中,《猎猎——寄珠湖》里,他第一次引用了苏北里下河的一首民歌:

巴根草,绿茵茵,
唱个歌儿姐姐听。

此文发表于1941年4月25日桂林的《大公报》。在散文《夏天》中,这首民歌又出现了:

巴根草,绿茵茵,

唱个歌，把狗听。

只是改动了几个字，姐姐变成狗了。当然，这是可以变的。民歌童谣的字词，一般比较随便，口口相传，不像学校书本上的文字那样必须依着本本来。《夏天》发表于1994年的第六期《大家》。五十多年了，巴根草在汪老的脑海中扎了根。

在以高邮为背景的小说中，苏北里下河民歌自然就是屡屡出现的。请看：

姐儿生得漂漂的，
两个奶子翘翘的。
有心上去摸一把，
心里有点跳跳的。（《受戒》）

栀子哎开花哎六瓣头哎……
姐家哎门前哎一道桥哎……（《受戒》）

凉月子一出照楼梢，
打个呵欠伸懒腰，
瞌睡子又上来了。
哎呦，
哎呦，
瞌睡子又上来了……（《大淖记事》）

> 一把扇子七寸长,
> 一个人扇风二人凉……(《王四海的黄昏》)

《露水》中有两段"扬州小曲",扬州小曲实是流行于扬州地区一带的民歌,高邮属扬州,高邮的民歌唱出了高邮地界,也就成了扬州小曲流行了起来;而扬州的民歌传到了高邮,久而久之,也就融进了高邮民歌。

2008年高考作文试题是《〈侯银匠〉读后感》,《侯银匠》的开头也是高邮民歌:

> 白果子树,开白花,
> 南面来了小亲家。
> 亲家亲家你请坐,
> 你家女儿不成个货。
> 叫你家女儿开开门,
> 指着大门骂门神。
> 叫你家女儿扫扫地,
> 拿着笤帚舞把戏。

在散文《故乡的元宵》《故乡的食物》《大莲姐父》《萝卜》中,汪老都写到了他少年时印象中的高邮民歌。

可以毫不夸张地说,对于汪老来说,高邮民歌已刻在他心上,溶化在血液里,萦绕在梦魂中!汪老的子女清清楚楚记得这样一件事。

粉碎"四人帮"以后,有一天晚上电视放的是《柳堡的故事》,插曲一唱,他马上竖起耳朵听,继而放下手里的文章,兴冲冲地奔向那台九寸的电视机,端坐在那儿,聚精会神地看,他一口咬定影片放的绝对就是高邮,并深情地唱道:

> 十八岁的哥哥哟,
> 惦记着小英莲……

不是与高邮民歌有生死之恋,能这样么?!

说起汪曾祺与高邮民歌,人们就会想起《我的家乡在高邮》。写于 1993 年 10 月的《我的家乡在高邮》,在某种意义上说,是汪老用民歌形式的民间语言写的一首高邮新民歌。全诗如下:

> 我的家乡在高邮,风吹湖水浪悠悠,
> 岸上栽的是垂杨柳,树下卧的是黑水牛。
> 我的家乡在高邮,春是春来秋是秋,
> 八月十五连枝藕,九月初九闷芋头。
> 我的家乡在高邮,女伢子的眼睛乌溜溜,
> 不是人物长得秀,怎会出一个风流才子秦少游。
> 我的家乡在高邮,花团锦簇在前头。
> 百样的花儿都不丑,单要一朵五月端阳通红灼亮的红
> 石榴。

诗中的"连枝藕""闷芋头""女伢子""不丑""春是春

来秋是秋"这些平平常常的词句，到了诗里，却奇妙地强化了全诗的地方味，赋予了特殊的亲切感，凸显了里下河的民歌风。

正是由于歌词实打实地体现了高邮民歌的风格和韵味，加之作曲家崔新谱曲的高邮民歌味，高邮女民歌手王慧群和江苏省歌舞剧院歌唱家陈文生（其人有小蒋大为之誉）原汁原味地高邮腔调的演唱，一曲《我的家乡在高邮》的高邮味就更浓郁了、更悠长了，以至当汪老听到时，"眼中汪汪的饱含着泪，瞬间，泪水沿着面颊直淌下来！"（汪明《往事杂记·高邮汪曾祺》）而远在台湾的高邮乡亲们听了更是热泪盈眶，勾起了多少人强烈的怀旧之情，坚定了多少人的回乡之心！

还应当指出的是，汪曾祺对民歌有深入的研究和深刻的认识。不仅仅是对高邮民歌，对河南、湖南、云南、广西、甘肃、宁夏等地的民歌，蒙族、藏族、傣族等少数民族的民歌，以及古代的民歌，他都有过广泛的了解和探索，并吸收其养分。他曾专程去某些地方收集民歌，为了创作有关内地和西藏题材的戏，他还"成天读蒙古族和藏族的民歌"（《浅处见才》）。而他的新诗《赛里木》《旅途》《巴特尔要离开家乡》，其少数民族的民歌风十分鲜明。他说："一个作家读一点民间文学有什么好处？我以为首先是涵泳其中，从群众那里吸取甘美的诗的乳汁，取得美感经验，接受民族的审美教育。"（《我和民间文学》）他认为，中国的民歌是一个宝库（《中国文学的语言问题》），"中国古代的民歌、乐府，不管是汉代乐府、南朝乐府，都是很了不起的"（《文学语言杂谈》）。甚至说"各地的'九九歌'是非常好的诗"（《揉面》），"读民歌是非常愉快的艺术享受"（《浅处见才》）。他多次强调："不读民歌,是不能成为一个好作家的。"(《中国文学的语言问题》)"无论当编剧,还是写新诗,多学一点旧诗、民歌和曲艺,对创作都是有好处的。"(石湾《汪曾祺的诗心》)他还坦言,中国的说唱文学、民歌和民间故事、戏曲,对他的小说产生了不小的影响。"民间故事丰富的想象和农民式的幽默,民歌比喻的新鲜和韵律的精巧使我惊奇不置。"(《自报家门》)汪曾祺很看重对民歌的搜集整理,他曾说过:"孔子编选了《诗经》这样一部民歌总集,为后人留下这样多的优美抒情诗,是非常值得感谢了。'国风'到现在依然存在很大的影响,包括它的真纯的感情和回环往复、一唱三叹的形式。《诗经》对许多中国人的性格,产生很广泛的、潜在的作用。"我之所以如此认认真真地引了汪曾祺这么长的议论,为的是要强调申明汪曾祺之重视民歌,不仅仅是为了语言上、形式上的学习和借鉴,更是旨在对于群众真纯感情与民族审美教育的继承和弘扬。

写到这里,我不禁想起十多年前的一件事。

大约是 1993 年左右吧,我曾送给汪老一卷《文盂》合订本,那是一个 20 世纪 20 年代的民间文学杂志,系当时高邮文人所办。杂志上载有说唱、民谣、诗歌、谜语什么的;汪老看得很认真,其间忽然问我——《秦邮竹枝词》看过没有?我说,没有。汪老看了我一眼,便不言话了。回南京后,找到扬州内部印行的《扬州竹枝词续集》,看了才知道《秦邮竹枝词》是高邮临泽人韦柏森光绪年间写的,其人乃汪曾祺的老师韦子廉之祖父也。1890 年《秦邮竹枝词》刊刻行世,后来再印时,韦子廉曾参与校对。现在回想起来,汪老当时看我一眼,分明是有责备之义:一个所谓搞文物工作的，也喜好文学，怎么连这个都不知道呢？而使我感到遗憾的是，假如那时就看过《秦邮竹枝词》的话，汪老肯定就有兴致谈一些有关逸闻或发一通议论了。后来，我才知道，汪老"很爱读各地的竹枝词"(《谈谈风光画》)，当看到他在《〈菰蒲深处〉自序》中有这样几句话："我小时看过清代不知是谁写的竹枝词，有一句'游女拖裙俗渐南'，印象很深，"使我更感到惭愧，惭愧的是读书太少。高邮搜集整理民歌，我建议有关高邮的竹枝词也收进去，或以附录形式以备考存，这对于后人了解旧高邮、认识新高邮是大有裨益的。我所见到的《扬州竹枝词续集》中就有九篇之多，似乎还有一些零散的，下一定的气力当可以找到。

　　高邮民歌是高邮人的骄傲，有着辉煌的历史，当一曲《数鸭蛋》唱到今天、唱遍神州的时候，高邮民歌给高邮人带来了多少欢乐、多少感动！作为中国民歌之乡的高邮，作为汪曾祺家乡的高邮人，有能力、有条件为高邮民歌的发展、繁荣和创新做出更大的贡献，人们期待着新时期的高邮民歌之花开得更加丰茂，分外绚丽！

水边的抒情诗人
——说说汪曾祺与故乡水

《故乡水》是汪曾祺于 1984 年写的一篇散文，发表于 1985 年第二期《中国》。散文重点描述了新中国成立前后家乡高邮在 s 水利建设上的巨大变化。尽管他长期离开家乡，但几十年来经常关注的一件事，就是家乡的水情，担心家乡闹水灾。1981 年，汪曾祺离开高邮四十二年后第一次回到家乡，他回乡的主要目的之一，就是了解家乡水利建设的情况。虽然他与在高邮的弟妹们于书信中都谈过，他和在江苏省水利厅工作的初中同学到北京看望他时也谈过；可是，他还是坚持要实地走一走，亲眼看一看。当然，也是为了完成给《人民日报》交稿的承诺。但是，此文却没有于《人民日报》发表而刊载于 1985 年的第二期《中国》，而且，此文不足五千字，却从立意构思到发表竟然前后经历了四年左右的时间，还数易其稿，这在汪曾祺的散文中是罕见的，似乎也是绝无仅有的一例。

早在 1981 年，汪曾祺就有写这篇散文的意向了。其时，《人民日报》的同志得知他有"回乡之意"，就约他写一点家乡的东西，小说、散文、报告文学均可。那时，汪曾祺就想好了《故乡水》这个题目，"想从童年经过水灾的记忆，写到今天的水利建设"。（陆建华《私信中的汪曾祺》）

汪曾祺对写《故乡水》十分认真。在回乡前的一个多月前，他就致函给高邮的老同学刘子平（时为高邮中学教师），"请与水利部门打个招呼，帮我准备一些材料"，同时，还打算于回乡途中在南京逗留两三天，找他一位在江苏省水利厅工作的老同学胡同生，"听他谈谈，要一点资料"。因为胡是参与江都水利枢纽工程和苏北灌溉总渠的主要设计者之一，"必可谈得头头是道"。汪曾祺回高邮后，拜望师长，会见亲友，观看古迹，还要为母校和机关干部做文学讲座……活动安排得繁多而紧凑。不过，他硬是挤出时间，起早带晚地翻阅了当年出版的《运工专刊》《勘淮笔记》等大量有关高邮水情的文字、图片资料，还接连参加了由高邮水利专家、水利技术人员介绍情况的座谈会，访问了县里几位前后主持水利工作的领导同志，并到运河畔的车逻公社、"十年九涝、十涝九灾"的全县地势最低洼的川青公社实地考察了一天。县水利部门特地安排了既熟悉水利工作又热爱文学写作的萧维琪一路陪同，使汪曾祺一下子了解和掌握了丰富的素材和第一手资料。

本来，《故乡水》是可以顺利完稿的。但是，汪曾祺离开高邮后即小恙在身，加之"登门索稿的颇多，有些文债要还"，"忙得不可开交"，致使《故乡水》拖到十二月中旬还未完稿，他甚至担心"这篇东西要流产"。汪曾祺担心流产确是实话。从高邮回北京后，他陆陆续续完成了若干作品，首先是新编历史剧《擂鼓战金山》，他时为北京京剧团编剧，是有创作任务的，这是他的责任和义务。在此两三年间，他先后在《十月》《北京文学》《上海文学》《小说界》《现代作家》《雨花》《钟山》《读书》《文艺报》等几十家报刊发表了《晚饭花》《皮凤三楦房子》《故里三陈》等二十多篇小说、散文和文学评论，了却了一批批索稿的文债。不过，不管汪曾祺多忙，故乡水是一段不了情，始终萦绕在他的心头。大约是在1982年年初吧，汪曾祺还是把稿子写好了，但不是散文，而是报告文学。由于材料较陈旧，《人民日报》编者认为"写得生动"，"但作为报告文学不合适"，未予发表。汪曾祺认为，"他们的意见是对的"。不过，汪曾祺并没有就此打停，他想把此稿"拆成三篇散文，但一时没有时间"。这段时间，汪曾祺还"被拉进剧院国庆三十五周年献礼节目领导小组，老是开会，看剧本，还要给一些不像样的戏打补丁，思想集中不起来。"也许是《中国》约稿的缘故吧，后来，他便把原稿报告文学《故乡水》的一部分改为散文，仍标为《故乡水》交《中国》发表，所以《故乡水》开头的第一句话就是——"这是三年前的事了。"

在《人民日报》退稿后，汪曾祺曾说也许要把此稿"拆成三篇散文"。《故乡水》发表不久，1986年9月17日《新华日报》"故乡情"一栏发表了汪曾祺的《他乡寄意》，文末标着他的写作日期与地点——1986年8月28日北京。此文谈到了高邮的土特产、高邮的传统文化、名胜古迹和发展，当然，也有水，而且篇幅最长。他坦言，"我在外面这些年，经常关心的一件事，就是家乡又闹水灾了没有？"由于国家战略性水利工程的建设，保障了家乡旱涝无虞，汪曾祺在文中由衷地赞叹道："呜呼，厥功伟矣！"他又一次建议"保留一架水车，放在博物馆里，否则下一辈人将不识水车为何物。"——在《故乡水》文中，他也说过的。《他乡寄意》与《故乡水》一样，充满了汪曾祺对家乡的挚爱之情，人们不难发现，《他乡寄意》与《故乡水》中关于水的内容有些部分是重复的或相似的。以我的揣度，这两篇散文是由他给《人民日报》的那篇报告文学脱胎而成的，用汪老的话说，是"拆"，至于是否还有一篇，我尚未看出来。

1991年，高邮又遭遇大水袭击。汪曾祺人在北京，心系高邮。那段日子，他不断打听家乡水情的信息。由于长期水利建设的作用和干群协力抗洪，高邮可谓是特大洪涝无灾害。是年秋，汪曾祺再次回到高邮，看到家乡一片兴旺，幽默地用家乡话赞叹道："乖乖弄的咚！"还高高兴兴地与夫人在高邮湖上美美地乘船畅游了一番。曾陪同汪老去川青公社参观水利建设的史善成，此时已升任分管农业、水利的副县长，他们又一次谈到了水。在席间，汪曾祺特地斟满了一杯酒，站起来向史善成说："史县长，父母官，高邮保住大堤，就保了里下河几千万人民的生命，你们功不可没，我敬你一杯！"餐后，他又特地书一联赠之："良苗亦怀新，素心常如故。"据我所知，汪曾祺用如此诗句题赠家乡领导的极少，也许这也是仅有的一例，别以为汪曾祺总是嘻嘻哈哈，平和宽容，其实他外圆内方，外柔内刚，是很讲原则的。1994年，高邮在京组织经贸活动，请汪老为首席嘉宾"搭台唱戏"，其时有人请他为在场的家乡父母官写"青云直上"的条幅，汪曾祺断然拒绝，却以郑板桥的"些小吾曹州县吏，一枝一叶总关情"书之。

　　几次回乡，亲眼看见了家乡的水利建设，汪曾祺心情特别舒畅，连续写下了《他乡寄意》《皇帝的诗》《我的家乡》这几篇有关故乡水的散文，欣喜地吟唱出一连串故乡水的佳句："遥想幡旗飘日夜，南船北马何喧喧。"（《孟城驿》）"城头吹角一天秋，声落长河送客舟。"（《宋城墙》）"至今留得方砖塔，塔影河心流不去。"（《镇国寺塔偈》）"座上秦郎今在否，与卿同泛甓湖舟。"（《贺家乡文联成立》）"怪底篇篇都是水，只因家住在高沙。"（《水乡》）"我的家乡在高邮，风吹湖水浪悠悠。"（《我的家乡在高邮》）

　　这里，《皇帝的诗》值得一提。众所周知，"五四"以来，康熙、乾隆这两位皇帝的诗，尤其是乾隆的诗，文人们几乎都是嗤之以鼻，大加讥讽。然而，汪曾祺却对他们的两首诗评价甚高，之所以如此，是因为康熙、乾隆的诗写到了他家乡的水灾，而且写得"真切沉痛""很有分量"，因此，汪老在文末郑重写上这样一句话：我希望我们的领导人也能读一读这样的诗。

　　汪曾祺把他深深的故乡情融进了悠悠的故乡水。他笔下的苏北水乡是那么富有诗意、富有美感。《大淖记事》中的沙洲，《受戒》中的芦荡，《我的家乡》等一系列关于家乡的散文中的运河景色、珠湖风光……总是那么叫人动情，令人神往。当然，最使人难以忘怀的是大淖。直到如今，还不断地有人慕名到高邮去寻访大淖，以求一睹芳容，一饱眼福。汪曾祺的哲嗣汪朗在高邮也曾去过大淖，他对父亲说："我去看过你写的那个大淖，一泡子水，脏里吧叽！也不知道你怎么能把它写得那么美？"（见汪朗、汪明、汪朝《老头儿汪曾祺》作家顾村言也特意去了大淖。他"在水边的那块空地上立了一会儿",他说,"小说与现实是有差距的——这我早就想到了,何况经过了这么多年!不管如何变化,可以肯定的是,这里一定撒有很多汪老头儿童年的欢笑与梦想!"此言甚是!

汪曾祺曾说:"沈(从文)先生的最好的小说是写他家乡的,更具体地说,是写家乡水的。"从某种意义上说,汪曾祺的最好的小说也是如此。从第一篇小说《猎猎》到《受戒》《大淖记事》《钓鱼的医生》……都是以水为背景,带有泱泱的水气。汪先生坦言,"我的家乡是一个水乡,我是在水边长大的,耳目之所接,无非是水。水影响了我的性格,也影响了我的作品的风格。"故乡水,不仅铭之于他童年的记忆,也系之于他生命的萦怀,更化作了他创作的诗情。也许知道的人不多,汪曾祺还曾有写"运河的变迁"长篇小说的宏愿。1983年9月5日,他在给陆建华的信中,就提到过这个事,他说,"我想回高邮,是有一点奢望的,想写个长篇,……写写运河的变迁。"可惜的是后因多种因素未能展纸动笔。

《故乡水》写后十年,1994年6月14日,汪先生应邀到江苏省戏剧学校讲学。我拿了刚出版不久的《汪曾祺文集》请他题词,他略一沉吟,提笔写下一行字——"文中半是家乡水"。家乡水者,家乡情也!

汪曾祺在论及他老师沈从文时曾云,说他是"水边的抒情诗人",其实,他也是一位"水边的抒情诗人"!

五柳先生的影子
——汪曾祺与陶渊明断想

汪曾祺曾写过一首五言《山居》诗,诗如下:

结庐在人境,性本爱丘山。
隔户闻鸡犬,何似在人间。

诗的第一、二两句,分别出自陶渊明的《饮酒二十首》中的第六首之首句、《归园田居五首》中第一首之第二句。第三句则化自陶渊明"狗吠深巷中,鸡飞桑树颠"句,末句出自苏东坡词《水调歌头·明月几时有》。后来汪先生在为广州白马广告公司作《西山客话》中,又用了"结庐在人境,性本爱丘山"这两句陶诗,可见,这十个字,是颇契合汪先生的思想性情的。

诚如学界所言,中国的文化人在思想上几乎没有不受到儒、释、道三家影响的。汪曾祺亦不能例外。他曾坦陈:"比较起来,我还是接受儒家的思想比较多一些。"但同时又强调说,"我不是从道理上,而是从感情上接受儒家思想的。"(《我是一个中国人——散步随想》)并说:"我认为陶渊明是一个纯正的儒家。'暖暖远人树,依依墟里烟。狗吠深巷中,鸡飞桑树颠。'我很熟悉这样充满人的气息的'人境',我觉得很亲切。"古今如此评介陶渊明的,似乎只有汪曾祺这样说,以"纯正"一词赞扬人,在汪曾祺文章中似为罕见。汪曾祺还在另一篇文章中对他所说的儒家作了注解和界定,他说:"我所说的'儒家'是曾子式的儒家,一种顺乎自然,超功利的潇洒的人生态度。"(《却顾所来径,苍苍横翠微——小说回顾》)"我很喜欢《论语·子路曾晳冉有公西华侍坐章》。'暮春者,春服既成,冠者五六人,童子六七人,浴乎沂,风乎舞雩,咏而归。'我以为这是一种很美的生活态度。"(《我是一个中国人——散步随想》)汪先生明白地告诉我们,他所谓的儒家,乃是曾子式的儒家、陶渊明式的儒家,他们其实是相通的、相融的,在某种程度上是一脉相承的。陶渊明之《时运》仿佛是曾点此语之四言诗扩大版。诗云:"迈迈时运,穆穆良朝。袭我春服,薄言东郊。山涤余霭,宇暧微霄。有风自南,翼彼新苗。洋洋平泽,乃漱乃濯。邈邈遐景,载欣载瞩。称心而言,人亦易足。挥兹一觞,陶然自乐。延目中流,悠想清沂。童冠齐业,闲咏以归。我爱其静,寤寐交挥。但恨殊世,邈不可追。斯晨斯夕,言息其庐。花药分列,林竹翳如。清琴横床,浊酒半壶。黄唐莫逮,慨独在余。"

汪先生是从心底热爱陶渊明的。"闻多素心人,乐与数晨夕。"汪曾祺在谈及沈从文、金岳霖这几位西南联大的老师时,他用了这两句陶诗表达了对他们的热爱。在昆明观音寺任教时,汪先生动情地为学生吟诵"采菊东篱下，悠然见南山"，时隔多年，当时的学生刘森仍记得清清楚楚、真真切切（刘森《忆观音寺，兼怀汪曾祺老师》）。1991年，汪先生在故乡高邮为时为副县长的史善成撰写了一副楹联："良苗亦怀新，素心常如故。"其"良苗亦怀新"，是陶渊明《癸卯岁始春怀古田舍二首》中的句子。1995年5月，汪先生即兴书赠中国和平出版社编辑庞日易的也是陶渊明的诗句："泛览周王传，流观山海图。"可见，陶诗常在先生心头萦绕也。1988年，汪先生为丁聪在浙江美院办漫画展到杭州捧场，曾即席回答了一位记者的提问——"我曾问过这老头，人生什么境界最合宜？那是十年前的秋天，老头和吴祖光、王安忆、吴亮一大帮子人，来杭州为丁聪在浙江美院的漫画展捧场。站在茶人之家门口某个有阳光的台阶上，老头回头看着我脚下一簇繁密的紫菊，不动声色地回答我：淡如菊。"（《旧文之二：讲个故事给菊花听》）淡如菊者，陶渊明之谓也，或类陶渊明者也。

汪先生喜爱陶渊明，应和西南联大密切相关。汪先生在西南联大时，教他国文课的陶光先生魏晋重在选陶渊明和《世说新语》。借用汪先生的话说，这些课文"不仅是训练学生的文字表达能力，这种重个性，轻利禄，潇洒自如的人生态度，对于联大学生的思想素质的形成，有很大的关系……"（《晚翠园曲会》）至于对汪先生的影响，那自然是不言而喻的了。其最明显的影响，在以下几个方面。

乐居陋室 关于这个陋室，汪先生的儿子汪朗有一段描述："当时我们住在甘家口，汪朗、汪明都从外地回来了，一家五口人挤在一个两间房的单元中，睡觉还要支起折叠床。仅有的一张可以写字的桌子在小屋。住在小屋的汪朝在工厂三班倒，逢到上夜班，经常因为睡不好觉发点小脾气。每到她上夜班，家里人连气都不敢喘，生怕惊了小姐的梦。爸爸晚上急着要写文章，又不敢进屋，憋得满脸通红，到处乱转。那模样，就像一个要下蛋的母鸡找不到窝一样。我们看了抿嘴偷乐。好容易熬到汪朝起床，爸爸马上冲进屋里，铺开稿纸，头也不抬地写了起来。这时候，就是闹八级地震他也未必理会。"（汪朗等《老头儿汪曾祺——我们眼中的父亲》）后来，搬到蒲黄榆了，不过那里比甘家口也强不到那儿去。

蒲黄榆的陋室，汪先生的孙女汪卉回忆说："还记得客厅的东北角上摆放着一张桌面开裂的折叠餐桌，相邻的墙面上挂着爷爷的画作，卷轴很长，餐桌铺开便会从中将画压住，用餐时稍不注意便会有饭菜、汤汁溅洒其上。"

"客厅南侧东西分列着写字台和一排书柜；都是平日难见真容的事物：写字台上、下堆满了书籍杂志、报纸信函，时常呈现摇摇欲坠之势；书柜里横码竖塞、见缝插针自不必说，柜门外也码放着一摞摞人儿高低的书本字纸，蔚为壮观。餐桌对面一张老旧的三人沙发总会因弹簧失效而让人'深陷其中'。"（《"名门之后"个中味》）

年轻作家董煜和他的文友曾去蒲黄榆拜访过汪先生。她见到的汪先生的蜗居是这般状态——

"书房很小，只有七八平米，里面还搁了一张单人床，到处都是书，哪里的都是，书桌上，床头上，地上，我们是小心翼翼地跨着进去的，生怕踩了那些书。

我说这里放张床多挤啊，换张躺椅，不用的时候可以收起来。

我自以为那张床是为了让汪老看书看累了可以躺一会，可他却说，这是我的书房兼卧室，我就睡这呀。"（《在汪曾祺先生家喝酒》）

熟悉汪曾祺的作家韩蔼丽也曾对汪先生的"新居"有过简略的描述：

"蒲黄榆的住所还是新华社的宿舍，两居变三居，这房是属于'文革'后北京最早建造的高层居民楼。十几年一过，这些楼外面褴褛，里面破落，布局陈旧，结构局促，厨房转不开身，厕所一米见方，没有澡间，没有厅。汪曾祺住的是小三居，进门是一小过道，什物杂杂乱乱，扫帚簸箕热水瓶茶杯纸箱菜篮，来了客人，老汪头就在过道里做菜。稍大的一间房接待客人、吃饭、看电视，还有一间施大姐（汪曾祺夫人）和小女儿汪朝住，一间七平方米的小屋，比鲁迅博物馆里的'老虎尾巴'还挤地放着一桌一椅一床，这就是老汪头的卧室兼书房了。……白天，老头把椅在桌上的东西统统搬到床上写作，晚上把堆在床上的东西统统搬到桌上，睡觉。

从1983年到1996年，汪曾祺都住在这里。在这间屁帘大的小屋里，写出了他一生大部分的作品。……我从没听到过汪曾祺对这幢破楼对这间陋室有过一句怨言。这几近贫民窟的地方，他住得怡然自得。"（韩蔼丽《斯是陋室》）

五柳先生"环堵萧然，不蔽风日，短褐穿结，箪瓢屡空，晏如也"。汪先生虽居住衣食不至如此简陋贫寒，但"晏如也"却是一脉相承的。甘家口也罢，蒲黄榆也罢，就这样的陋室，蜗居，汪先生从不以为苦，对于蒲黄榆，汪先生甚至自汪其乐地说："嘿，真不赖！老头我总算有自己的房间了。"还曾以诗赋之。其诗见之《文章余事》，载1993年第6期《今日生活》，诗云：

年年岁岁一床书，弄笔晴窗且自娱。
更有一般堪笑处，六平方米作邨厨。

文学评论家，季红真认为此诗"其中的无奈与自嘲。也正是一种人生的况味，也可以称为生活禅。"而其禅味，或许正源于陶渊明"吾亦爱吾庐"也！而之所以我对汪先生的陋室引用了那么多的引文，其原因之一是，外界确实有不少人不相仿汪先生的陋室何其陋也，罗列诸文，旨在证实耳。

文章自娱　至于五柳先生"常著文章自娱，颇示己志。忘怀得失，以此自娱"；汪先生则更有相似之处了。汪先生对自己的稿子发表与否也是比较"淡"的，即使在已经名声日隆之际亦是如此。

被奉为散文经典之作的《葡萄月令》，曾是东北一家杂志的约稿，但却未用，退还了汪先生，先生亦不介意，认为是："他们只是没有看懂。本来青菜萝卜各有所爱，没有必要说三道四。"

石湾在《送别汪夫子》中回忆说：汪先生曾交一组散文给他，但领导审阅后，只同意用其中两篇。石湾写信告诉汪先生。汪先生对此亦无怨言，写信给石湾说："散文，你们领导拟选两章，我估计是《波尔多液》和《葡萄的来历》。我拟同意。但只此两章，用《果园杂记》的总题目，似乎'撑不起来'。——也可以吧。我自己倒是比较中意《涂白》，因为生活确实改变了我的审美观念。

但谁读了也不怎么欣赏。那么，只好'归卧碧山丘'了。稿一时排不上，本是意中事。我一时无处可送，先存在你们那里吧。"

汪朝在一篇回忆文章中说："最近一次回家找东西，在抽屉里的底层发现了父亲的手稿《隆中游记》，是一九八四年写的，稿纸已经发黄变脆了。这篇散文很完整，不知为什么没有发表。可能他自己不太满意，也可能还想增加点内容，或者干脆忘了，他一向是马马虎虎的。反正是不会有答案了。当时父亲六十四岁，正是写作精力最旺盛的阶段，他一定还觉得来日方长呢。"（汪朝《关于父亲》）

陶然忘机　汪先生有酒仙之誉。他喝起酒来，也有点儿"五柳先生"的味儿。他的女儿汪朝有一篇《"泡"在酒里的老头儿》，写得很生动，其中有一段汪先生下放刚回到北京后晚酒的情景。汪朝说："他（指汪曾祺）用很短的时间熟悉了周围的环境，最近的一家小酒铺成了他闭着眼睛都找得到的地方。……窄而长的一间旧平房，又阴暗，又潮湿。……门的左手是四五张粗陋的木桌，散散落落的酒客：有附近的居民，也有拉板车路过的，没有什么'体面'的人。……跨过门槛，他就溶进去了，老张老李地一通招呼。……喝着，聊着，天南地北，云苫雾罩。"

陶然忘机，是汪先生喝酒的旨趣所在。对汪先生而言，喝酒兴致正浓之际，什么都不重要，什么都可以忘怀。有一次，他约请邓友梅吃饭，邓友梅早早就到他家了。汪先生不在家，去买菜了，可近吃饭之时了，汪先生的菜还没有买回来，家里人去菜场一找，谁知汪先生正在一个小酒店喝酒正起劲，因为他该买的菜未买到，看到酒店就想不如先喝点酒，喝着喝着，就把买菜请客给忘了。

还有一次，他应邀参加在上海召开的世界汉学家会议，不少外国著名的汉学家也来了，中国作家被邀的不多。结果，他和林斤澜、高晓声一起在常州（或江阴）吃酒，把开会的事就给撂到一边去了。

汪先生好酒是出了大名的。有关先生与酒的逸事趣闻海了去了，可以编一本书，甚至有人极言之，说"烟、酒是他的第一生命，文章、书画才是他的第二生命。"（彦火《独立自凌霄的汪曾祺》）在《做鬼亦陶然》一文中，陆文夫有一段生动的描述：

"我和高晓声、叶至诚、林斤澜、汪曾祺等几个人坐在一起饮酒时，什么也不为，就是要喝酒。无愁可浇，无喜可庆，也没有什么既定的话要说；从不谈论文章，更无要事相托，谈的多是些什么种菜、采茶、捕鱼、摸虾、烧饭……东一榔头西一棒，随便提及，没头没尾。汪曾祺听不懂高晓声的常州话，我也听不大懂林斤澜的浙江音，这都不打紧，因为弄到后来谁也听不清谁讲了些什么，也不想去弄懂谁讲了些什么。没有干杯，从不劝酒，酒瓶放在桌上，想喝就喝；不想用酒来联络感情，更不想趁酒酣耳热之际得到什么许可；没有什么目的，只求一种境界；云里雾里，陶然忘机。"

陶渊明诗云："悠悠迷所之，酒中有深味"，所谓"深味"者，即陆文夫所谓之"陶然忘机"也，汪曾祺之所以好酒贪杯，亦益缘于此也！

不求甚解 陶渊明不求甚解的遗风在汪曾祺身上十分明显。北京京剧团的副团长肖甲很佩服汪曾祺之才，曾说：他"才气逼人，涉猎面很广。他看的东西多，屋里凳子上全是书"。诗人石湾曾和汪曾祺共事过，他说汪曾祺："他读的书很杂。当时，剧团资料室的编制归在创作组，每天下楼吃过午饭，我们都习惯到设在一楼的资料室小聚，聊聊天，轻松一会儿。几乎每天，他一进资料室，就是找书。他对书架上的陈列了如指掌，想找哪本书，登梯去取，一抓一个准。据他讲，资料室稍有价值的藏书，他没一本没看过。好些书，他是重温。他看书很快，其可谓是一目十行。有些古典名著或传统剧目，他随手翻过几页就撂在一边，独自背诵起来，常令人称绝。"（《送别汪夫子》）

在西南联大，汪曾祺"上课从不记笔记"，但他领悟了所讲的精髓，他听闻一多先生的课，好像是"大大咧咧"，也不记笔记，但却领悟到了闻先生讲课的"思想的美、逻辑的美、才华的美"。达摩于中国创立禅宗，"越九年，欲返天竺，命门人曰：'时将至矣，汝等盍言所得乎？'有道副对曰：'如我所见，不执文字，不离文字，而为道用。'祖曰：'汝得吾皮。'尼总持曰：'我今所解，如庆喜见阿閦佛国，一见更不再见。'祖曰：'汝得吾肉。'道育曰：'四大本空，五阴非有。而我见处，无一法可得。'祖曰：'汝得吾骨。'最后慧可礼拜，依位而立。祖曰：'汝得吾髓。'"（明瞿汝稷《指月录》）汪曾祺之"不求甚解"，是否可以作读书得其髓之解呢？

性爱丘山 与陶渊明一样，汪先生"性本爱丘山"，是一位热爱大自然，热爱生活的人，不管命运如何、不管遭遇怎样，他都是一如以往地从大自然中，从生活中发现美、发现诗意，发现生之乐趣；而且并享受美、享受诗意、享受生之乐趣；还写出美文，让人们与他分享美、分享诗意，分享生之乐趣。

在汪先生的散文中，相关山水、旅食、蔬果、树木、草花、昆虫类的文章比重很大。这类文章，寄托和抒发了他对自然之美、生命之美的一往情深。脍炙人口的《初识楠溪江》《天山行色》《湘行二记》《葡萄月令》《故乡的野菜》《北京的秋花》《云南花木》《夏天的昆虫》……可以说，都是他"性本爱丘山"的一种真情流露、本性体现。大段大段的文章自然是没有必要全文照抄的，但摘录一些短章则是可以有助我们理解汪先生"性本爱丘山"的仁者情怀的。他说："到了一个新地方，有人爱逛百货公司，有人爱逛书店，我宁可去逛逛菜市。看看生鸡活鸭、新鲜水灵的瓜菜、彤红的辣椒，热热闹闹，挨挨挤挤，让人感到一种生之乐趣。"（《食道寻旧——〈学人谈吃〉序》）

"比起北京雨后春笋一样耸立起来的高楼，北京的花木的生长就显得很慢，因此，对花木要倍加爱惜。"（《紫薇》）

"香港鸟很少，天空几乎见不到一只飞着的鸟，鸦鸣鹊噪都听不见，……

"城市发达了，鸟就会减少。北京太庙的灰鹊和宣武门城楼的雨燕现在都没有了。但是我希望有关领导在从事城市建设时，能注意多留住一些鸟。"（见《香港的鸟》）

汪先生在《〈榆树林杂记〉自序》中，用了百分之九十的文字里写了他所住蒲黄榆居民和菜农的生活情况，尽管那里老远就闻到养猪场煮猪食的酸味，还有菜地浇粪的臭味……但汪先生却于此"感受到一种欣欣然的生活气息"。于是，他把那些在榆村对面的高楼里写的文章结集出版，定名为《榆树村杂记》，在序的末尾，汪先生充满感情地写道："现在菜地和菜农的房子都没有了，榆树村没有了，成了方庄小区，高楼林立，却是新建的，再没有菜园可逛了。"汪先生"结庐"的"人境"消失了，这对于"性本爱丘山"的汪先生来说,再三提及的"没有"这两个字,所蕴含的,那就不是什么"惆怅""失落"或什么"依恋","怀旧"这些词语可表达的了。

宗白华先生曾以陶渊明的诗意为证说明:晋人风神潇洒,不滞于物,对于自然。对于友谊,对于哲理的探求全部一往情深,从内到外,无论生活上,人格上都表现出自然主义的精神。(《美学散步》)陶渊明式的自然主义精神在汪曾祺先生的身上是体现得十分充分的,这于同时代的文化人中是不多见的。

善遇人子 陶渊明于彭泽县令时,曾送给儿子一名长工,并附一短信嘱咐儿子:"汝旦夕之费,自给为难,今遣此力,助汝薪水之劳,此亦人子也,可善遇之。"仁者之心,古今同之。汪老对在他家帮忙照料生活的保姆都很好,汪明在一篇《我们家的几个保姆》中生动地展现了汪老对她们的同情、理解与庇护,若用陶渊明的语言,则是"善遇"也。且略举几例:汪先生儿女小的时候,保姆是一位北方老太太,汪老夫妇对她很尊重,儿女都也一直叫她"姥姥",汪明以为她就是妈妈的妈妈。

最后一任保姆叫小陈,是个安徽来的小姑娘,汪老耐心地教她做饭,帮她写家信,还教她认字,三年下来,小陈可以像模像样地做出一桌子饭菜,还学完了几册小学语文课本。晚上汪老看得好好的京剧,但小陈要看她喜欢的电视剧,汪老就让她,随手抓一本书倒在枕头上读。小女儿汪朝也记得一些"老头儿"的事:有一回,有个小保姆偷喝了汪老小孙女的桔汁,被汪朝发现了,汪师母很生气,但汪老却突然叫起来:"她应该喝,因为她没喝过!"汪师母常把家里吃不了的荤菜肉汤送给传达室的河南小伙

子，他是一个人，然而，汪老反对，他觉得这样对人不尊重，要给就给新做的菜，剩的绝对不行！（《我们的爸》）

"我有几次在汪家吃饭，和老头一起喝点葡萄酒，他总忘不了也给小陈斟上一杯白酒，他总是说，小陈能喝点白酒，并劝她也同我们一起喝一点。"（何镇邦《说不尽的汪曾祺》）

并非静穆 鲁迅先生在论说陶渊明时有一段名言："历来的伟大的作者，是没有一个'浑身是"静穆"'的。陶潜正是因为并非'浑身是"静穆"'，所以他伟大。现在之所以往往被尊为'静穆'，是因为他被选文家和摘句家所缩小、凌迟了。"（鲁迅《"题未定"草》）"汪曾祺使我们想到陶潜，想到那飘逸背后激烈的一面。而且我们发现，汪曾祺愈到后来，愈是率直敢言。"（林贤治、谢有顺：《五十年，散文与自由的一种观察》）"怀良辰以孤往"，"拥孤襟以毕岁"，汪曾祺的孤往、孤襟往往令他十分激烈、率直、敢言。

1993年11月，汪先生写了一篇题为《老年的爱憎》的文章，发表于1994年第一期《钟山》。文章里有几段话，很值得我们注意。他说：

> 我是写过一些谈风俗、记食物，写草木虫鱼的文章，说是"悠闲"，并不冤枉。但我也写过一些并不悠闲的作品。我写的《陈小手》，是很沉痛的。《城隍、土地、灶王爷》，也不是全无感慨。只是表面看来，写得比较平静。不那么激昂慷慨罢了。
>
> 我不是不食人间，不动感情的人。我不喜欢那种口不臧否人物，绝不议论朝政，无爱无憎，无是无非，胆小怕事，

除了猪肉白菜的价钱什么也不关心的离退休干部。这种人有的是。

中国人有一种哲学，叫作"忍"。我小时候听过"百忍堂"张家的故事，就非常讨厌。现在一些名胜古迹卖碑帖的文物商店卖的书法拓本最多的一是郑板桥的"难得糊涂"，二是一个大学："忍"。这是一种非常庸俗的人生哲学。

周作人很欣赏杜牧的一句诗："忍过事则喜"，我以为这不像杜牧说的话。杜牧是凡事都忍么？请看《阿房宫赋》："使天下之人，不敢言而敢怒。"

1982年5月18日，汪曾祺在给石湾的一封信中亦明言，《旅途杂记》"这四篇都是得罪人处，因旅途中有所感触，未能除尽锋芒。"（石湾《送别汪夫子》）

汪老有时甚至是相当激烈的。1996年秋，当听说南方某位以左爷自居的老作家上书自请当中国作协主席时，汪先生拍案大怒，愤然地说："如果他当了主席，我就退出中国作协！"（何镇邦《中国一位纯粹的文人——汪曾祺先生周年祭》）

当然，汪先生之"激烈"，有时并不是那种见之于表面文字上的，而是以一种平和的状态表现"激烈"的。比如，他在《〈吃的自由〉序》中云：

《卤锅》最后说：
"这种消灭个性、强制一致的卤锅文化，到底好不好呢？如果不好，为什么还有那么多人喜欢卤锅呢？想来想去,还是想不明白。"

看后不禁使人会心一笑。符先生哪里是想不明白呢,他是想明白的,不过有点像北京人所说"放着明白说糊涂的"。我想不如把话挑明了:有些人总想把自己的一套强加于人,不独卤锅,不独文化,包括其他的东西。比如文学,就不必要求大家都写"主旋律"。

此文写于1996年1月,为汪先生去世前一年之作也。

当然,汪先生的"锋芒",也还是有所节制的,且举一事为证。汪先生曾写过《读诗不可抬杠》一文,讥笑了一些不懂诗的人对诗乱抬杠,其结尾是:"跟这样的人没法谈诗。但是,他可以当官。"此文写于1992年12月26日,收于《塔上随笔》,但写于1993年9月12日的《谈诗抬杠》结尾却是:"对这种人只有一个办法,给他一块锅饼,两根大葱,抹一点黄酱,让他一边蹲着吃去。"。前文显然是锋芒太露,且有坐实之嫌的。而后又则有点幽默调侃的意思,比较平和得多了。

汪曾祺的不静穆,不少人是有同感的。石湾就曾说过:"大家讲到他的平和、优雅、淡泊,像个带禅风仙骨的'出世'之人。其实,与他交往深了,就会知道,他有时也会表现得很尖刻、很辛辣,以至于真动肝火的。"(石湾《送别汪夫子》)

姚育明也注意到了这一点,她说:"有时在闲聊中,偶然他也会说出几句非常锐利的话,让人听了心里一惊一惊的。原来老头对功利社会看得十分明白,之所以不入流是因为不屑,他舍弃心机,将工夫用在了更高的人生境界上。"(姚育明《闲说汪曾祺》)

当然，汪曾祺就是汪曾祺，陶元亮就是陶元亮，我们说汪曾祺受陶渊明的影响，或是陶渊明一流的人物，但绝不是说汪曾祺就是陶渊明。如果将汪与陶作一番简单的类比，或着意加以附会，那显然是误解了汪曾祺，也误解了陶渊明。天下只有一个陶渊明，天下也只有一个汪曾祺。而且，从文学的角度说，汪曾祺比陶渊明则幸运得多了。在这里，我们似乎借用一下闻一多对陶渊明诗的评论。闻一多曾说，"陶渊明是门阀中衰时代的诗人，所以他把诗的题材内容由歌舞声色改换为自然景色的歌咏。当时门阀贵族并未全倒，他们的生活态度和艺术趣味还支配着那个时代，因之陶诗便不被时人所看重，他走的路跳过了同时代人几百年，非等到白香山、苏东坡出来，不足看出他的价值。……看出陶渊明是诗坛的先知先觉者。"汪曾祺作品的价值当时就逐步得到普遍的认可，并随着时代的变化而愈见走高。这是社会的进步，是人们审美观念的进步。

汪明在《往事杂忆》中写道："1979年，汪朗刚刚回到北京上大学，爸爸还在赋闲。妈妈想出，闲着也是闲着，不如给孩子讲讲古文。爸爸几次推托，直到妈妈发火说他对儿女不负责任，才算应承下来。他拿起《古文观止》翻了一溜够，最后选中陶渊明的《五柳先生传》，边念边讲。……我们原以为，爸爸挑选《五柳先生传》是因为文章短而易懂，便于糊我们。后来我们才明白其中实有深意。'先生不知何许人也，亦不详其姓字。宅边有五柳树，因以为号焉。闲静少言，不慕荣利。好读书，不求甚解；每有会意，便欣然忘食。性嗜酒，家贫不能常得。亲旧知其如此，或置酒而招之。造饮辄尽，期在必醉；既辞而退，曾不吝去留……'

"爸爸对这样的生活是很欣赏的,他自己身上或多或少也有五柳先生的影子。"(《老头儿汪曾祺——我们眼中的父亲》)

苏东坡尝云:"陶渊明意不在诗,诗以寄其意耳。"汪先生教儿女《五柳先生传》,亦意不在文,盖借以寄其意也。

近访汪曾祺

五月，正是北京的好季节。听说汪老搬进了新居，便乘去首都出差的机会前往新居拜望了他。

新居位于虎坊桥，离琉璃厂不远。10日上午10点，我叩开新居之门时，汪老正在作画（画的是白色莲花），右手提笔，左手照例夹着一支烟。我粗粗一看，新居显然比旧居宽敞多了，也明亮多了。与旧居差不多的是：尽管书橱中的书较之先前有条理些了，但桌子上、椅子上、床上、地上，仍旧到处都是书、杂志；有翻开的、有摞着的、有穆穆地拥在一起的。令人瞩目的是，客厅墙上挂着一幅荷花图，乃是汪老之手笔，数十茎荷花呈半开、盛开状，正所谓是"映日荷花别样红"之诗意也。画旁有一帧汪老的黑白照片，听说是一位美国友人拍摄的。照片中的汪老神态极佳，两只眼睛很亮，炯炯然，且一头银发似乎也殊富情趣。画与照片都显露出主人之勃勃生气。汪老特喜欢那帧照片。我对汪老说，这帧照片有爱因斯坦的味道。他微微注视了一下照片,仿佛在重新认识自己;当然,没有说话。

汪老搁下画笔,嘱小保姆送上一杯茶。他说,这是台湾红茶。我呷了一口,觉得不错,香,还有一丝淡淡的甜意。我与汪老聊了起来,主题自然是高邮、文学。我们谈到了《扬子晚报》上近期发表的《文游台》(汪老写的),谈到了露筋祠(今属江都),谈到了高邮的盂城驿、镇国寺塔、铁汉庐……显然,家乡常有人(或信息)来,高邮的大致情况他都知道。我提及《红尘净土》(佛教小说集)中收有两篇汪老的小说,他笑了,说:"《复仇》还有点佛家的东西,说得过去;《受戒》却是入世的,为什么要收进去呢?"他还说起台湾佛光出版社,他们也把这两篇小说视为佛教小说,他感到挺有趣。

10点多一点,门铃骤响,两位女士来访,事先与汪老约好的,都是人民文学出版社的,一名龚玉,编辑;一名赵水金,社长助理。她们也是第一次来汪老新居,不过,却是带着任务来的,人民文学出版社要出汪老的散文集。汪老拿出一摞书,大约十本左右,是不同的出版社出的他的书,他从中选了一些。汪老对她们说:"没有什么新作品,重复出了好不好,能不能不出?"两位女士一迭声地说:"读者要看汪老的散文,有所重复也没有问题,照样有人看,有人买。"谈起创作,汪老说,他计划要写一部自传体的长篇小说,但要等到创作欲望像饱濡了墨汁的笔,笔尖上的墨汁就快滴下来的时候才动手写;还有一个短篇也酝酿得差不多了,那是一个男子与亲侄女之间的恋爱、婚姻故事,背景、素材皆取材于高邮铁汉庐夏家。两位女士一听说,立即粘了上去,一定要汪老将稿子给人民文学出版社。她们一边饶有兴致地听汪老说夏家的一些逸事,一边反复在"敲定"稿子的首发权。她们对汪老的敬重与对事业的执着,使我也受到了感染。

汪老谈兴很浓,汪师母在一旁也不时地插话。忽然,汪师母指着一本《银潮》杂志要我拿给两女士看,说是王杰。看着龚玉、赵水金的一脸疑惑之态,汪老夫妇不由得意起来。原来那是汪老年轻时的照片,这照片可比王杰的照片秀气多了。我们主客五人一会儿侃汉武帝(汪老曾打算写关于汉武帝的长篇小说,并已搜集了不少资料),一会儿聊张中行,一阵子议吴侬软语,一阵子说西藏草药;不觉已是12点钟了。我想煞住话题,就问汪老今年还准备到什么地方去看看。他说,六月份到苏州,秋天再去一次昆明。此时,无意中我在一刊物中发现夹着汪老的两幅画,一看,均有题款,一幅是赠季红真的,一幅送给谁的,记不清了。两位女士看到画上面已有题款,很惋惜。汪师母看出她们的心思,就对汪老说:"曾祺,给她们画一张吧。"汪老还未答腔,赵水金马上接过话茬说:"早已想求画,就是不敢开口,怕求不到。"我说:"汪师母慈悲为怀,汪老就一定会高抬贵手。"汪老笑了,指着书橱旁的一只竹篓里的画说:"你们挑吧。"她们从中各挑了一张,赵水金机灵地又为胡德培要了一张。汪老一一在画上题了上下款,认认真真地钤上了私印,我也选了一幅,是海棠,上面原有汪老的题字,云:海棠无香,不尽然也。我想起了秦少游,想起了秦少游的《醉乡春》:"瘴雨过,海棠开,春色又添多少!"就要了这一张。不料,汪老指着一幅荷花(即他上午刚画的那一幅)说:"这一幅是给你的。"他在画上题上了王士祯的诗句"门外野风开白莲"后，又写上了"丙子春赠实秋、汪曾祺"。汪老边谈边对我说："她们（指龚、赵两位）不知道露筋祠，画给你。"这时，我才明白，汪老晓得我今日来，晓得我喜爱书画，上午已准备作画给我了。

客人高高兴兴地收了画，说，满载而归；主人双眼一瞪，风趣地说，洗劫一空。看着竹篓子里还剩下了两三张画（包括半成品），大家都不禁大笑了起来。又是半个小时过去了，主人健谈幽默，客人如坐春风。主客留影后，已是12点多了，我与人民文学出版社两位女士即要告辞。汪老在门口操着日语，双手抚膝，躬身致礼，一再以日本之习俗送我们，乐呵呵的，丝毫没有疲惫之色。我们也乐了，再三请他留步，感谢他的赠画；并从心底祝愿他健康长寿，祝愿他的自传体长篇小说早日问世。

（原载1996年第5期《珠湖》）

梦断菰蒲晚饭花
——忆汪曾祺先生

我对楹联兴趣浓厚，有一段时期，业余时间的大部分精力，几乎都倾注于挖掘、搜集和整理古今中外的联作之中。汪曾祺先生对我如此醉心于楹联不以为然，曾不止一次地说：实秋不要老是搞楹联，搞搞小说嘛。他话虽这么说，见我痴情不改，便转变为支持态度。自1987年以来，汪老先后为我的四本联书（《东坡遗迹楹联辑注》《三国名胜楹联》《佛教名胜楹联》《古今戏曲楹联荟萃》）或书签，或撰联，或题词，或作序，这种关爱，在汪老与他人的交往中是不多见的。这不只是他对一个小同乡的爱护，更显示了他作为文学名家对后学者的热情扶持。

《东坡遗迹楹联辑注》是江苏文艺出版社于1993年出版的。在我们家乡高邮，有一处东坡的遗迹，那就是高邮人引以为荣的文游台。仔细想来，我的这本以东坡遗迹楹联为内容的小册子，其最初编著动机其实就与文游台有关。北宋元丰年间，苏东坡路过高邮，曾与秦少游等人文酒雅聚于此。对于家乡的这一名胜古迹，汪老曾为之撰写一联：

拾级重登，念崇台杰阁、几番兴废，千载风云归梦里；
凭栏四望，问绿野平湖、何日腾飞，万家哀乐到心头。

汪老此联当然收在《东坡遗迹楹联辑注》一书之中，我还请文坛耆宿臧克家先生为本书题词。到了全书编定后，我忽然想起，何不请汪曾祺先生为本书署封以增色？于是我立即发了一函致汪老，汪老很快复函云，不久要到南京，当在宁书之。那天，由陆建华、朱葵策划（当时陆为江苏省委宣传部文艺处处长、朱为江苏省美术馆馆长），约请汪老在省美术馆的一间小客厅里挥毫。汪老是非常重视乡谊乡情的，凡文艺界托陆、朱所索翰墨，汪老都写了——几乎是手不停笔地写，甚至抽烟、呷茶时也在斟酌布局。那个半天他兴致极浓，情绪特佳，一边写，一边与我们神侃文坛趣事。前前后后写了约一个多小时吧，汪老忽然停笔问我：题签写什么字？我说：随您的便。顺手裁了两张长条子纸。他接过去略加比画，一挥而就。写好后他又问：行不行？我说：可以，可以。他端详了一会儿，伸手拿过长条纸又写了一幅，说，让出版社选吧。

《三国名胜楹联》是黄山书社1993年出版的。此前，汪老曾和我谈及四川成都武侯祠楹联。后来，我写信请他为武侯祠新撰一副联语。他颇犹豫，回信说："四川方面并没有请我写，这怎么好意思。"为了争取汪老题撰，我赶忙又去了一信，说这个集子"已收了一些当代人的题撰,体现了当代人对三国这段历史中人和事的思考,旨在使读者从中得到心的领悟、智的启迪、情的共鸣和美的愉悦。先生为撰联高手,应有佳构让读者分享"云云。不久,汪老来了一封信,信很短,但潇洒的笔迹写下的十四个字的联文却十分动人,联曰:

先生乃悲剧人物,
三国无昭然是非。

此联看似平淡,其实凝重而精警,真是言简意赅。时为中国楹联学会会长的马萧萧先生见后赞叹说,大手笔也!

1995年,我花了六年业余时间编注的100多万字的《佛教名胜楹联》,终于商定由宗教文化出版社出版。赵朴初先生抱病于医院题署了封面书名,远在台湾的97岁的陈立夫先生也题写了扉页。我知汪老与佛门颇有善缘,便又致函汪老,再次请他为之题联。汪老很快就寄来了一联,仍然是用长锋写的行楷,联文为:

一花一世界,
三藐三菩提。

汪老还于联文旁用小字注云:曾在一小庵中住,小禅房板扉上刻此联,不甚解,偶于旅途遇归元寺长老,叩问之。长老云:三藐三菩提,是梵言咒语,不可以华言望文生义(意)。汪曾祺记。

最使我难忘的是他为《古今戏曲楹联荟萃》作序一事。那是我出的第三本联书。早在1987年初，我曾将书稿寄北京请汪老提意见。他阅后写了两条意见：其一，要我将楹联归类，而不要按字数多少排列；其二，要我写一个序言，阐述戏台楹联的功用及艺术性等。见信后我灵机一动——何不就请汪老写序呢？于是，我将楹联分类后誊清一份再寄汪老，并于信中恳请汪老能惠赐序言。汪老没有立即应允，但也没有婉言拒之。这就使我相信，他对家乡人的关爱和对小辈的提携是一以贯之的，他不会令我失望。果然，不多久汪老就写了一篇漂亮的序寄给我。序言长达2000多字，是用十六开大稿纸写的，字迹规整、秀逸，只有几个字做了删改，估计是在誊清后又做修改的。随序附有一函，很短，全文如下：

实秋：

对联选的序写了，请看是否可用。

此序我未留底，你如觉得可用，最好复印几份。一份寄给高野夫，一份寄给我，一份你自己留着。另一份，你让陆建华看看，是否可以给《雨花》发表一下。这样也可以为你的书作一点宣传。如给《雨花》一份，题目可改为：《金实秋辑戏联序》，署名可移在题目下面。

我年底极忙，却抽了两天写了这篇序，无非为表示一点支持之意耳。

候佳！

曾祺
十二月十八日夜

接汪老信函后，我十分感动，欣喜之余，尤感受到了序的分量和汪老的厚爱。我知道，1987年年底，他刚从美国回北京，有多少事要做啊——几个月积下的一大摞信要复函，一些计划中的重要活动要参与，一家家出版社、报刊等着要他的小说、散文发表……然而，他却花了两天时间为我写序。先生之风，山高水长！仁者之心，可见一斑。

文坛上的人大都知道，汪老对年轻人呵护备至，多次为年轻人的作品集子写过序。他曾调侃地说："人到一定岁数，就有为人写序的义务。我近年写了一些序，去年年底就写了三篇，真成了写序专家。"其实，汪老为他人作序并不轻松，其一是，"分寸不好掌握，深了不是，浅了不是"；其二是，汪老写序特认真，故占用的时间也相对地多一些。汪老所写之序，几乎都是文坛新秀的小说集、散文集，为楹联集所写的序言，当是唯一的一篇吧。而且据我所知，汪老对此序是较为满意的，《读书》向他索稿，他便将此序给了《读书》，后来还把此序收进了他的散文集《蒲桥集》中。

汪老是以小说、散文驰名于世，他其实也是撰联大家，曾不止一次为别人题写过自创的联语，亦曾以一嵌名联赠余：

大道唯实，
小园有秋。

联文以篆隶交参书之，别有意趣，我一直将此联悬之座右以勉励自己。后家乡筹建汪曾祺纪念馆向我征集资料，我才恋恋不舍地把这副联赠给该馆收藏,让更多的年轻人、更多的家乡人感知汪老的关爱吧。

1997年5月16日,汪老不幸因病与世长辞,遽然告别了文坛、告别了家乡父老乡亲。我在南京得知噩耗,十分痛惜,怅然良久。适陆建华先生要到北京参加追悼会,嘱以他和我的名义赶快写了副挽联带去。我一时不计工整匆匆拟了两副:

一联为:

> 星沉瞢社家乡水,
> 梦断菰蒲晚饭花。

一联是:

> 晚翠艺林,独领风骚大淖事,
> 文坛异秉,千秋绝唱沙家浜。

(注:汪老有书名《菰蒲深处》《晚饭花集》《晚翠文谈》,作品《异秉》《大淖记事》《沙家浜》。)

(原载2002年第11期《中华散文》)

作者补记:此文记忆有误,我将书稿寄北京及汪老写序的时间应为1986年,我误写为1987年了,特予修正。

琐忆汪老

我与汪老第一次见面是在高邮的汽车站,那是 1981 年 10 月 10 日。那天在车站迎候汪老的,除他的亲戚外,还有陆建华、萧维琪和我。其时,我与萧维琪都喜欢写点评论之类的文章,陆建华在县委宣传部供职,是我们这一拨所谓文人者流里的头儿。自与汪老第一次见面后,直至汪老辞世,我与汪老持续交往了十多年。

汪老在邮时,住在县里的招待所,我的家离招待所很近,早晚常去那儿聊聊。有两件小事至今犹有印象:一是他每天早上都要用电须刀刮胡子,照着镜子,很认真,刮过一遍、两遍,还要用手再仔细地搜索一番,若有遗漏,再补充刮之;二是房间里似乎到处可见酒瓶子,有空酒瓶,也有实酒瓶,桌上有,小橱里也有,偶尔墙角也有,当然那是空瓶子。我没有见他抛过一个酒瓶出去。那时,他喝酒是相当豪爽的,大有一醉千盅之气概。

那一年,我刚写了一个新编历史剧,名曰《千秋功罪》,是写越王勾践的，但主要内容是写他复国后嫉恨迫害重臣文种、范蠡的故事（我写时，白桦的《吴王金戈越王剑》还未发表）。我请他看，他看了，第一句话是："这是犯忌的。"第二句话是："唱词中有的尾字是仄声字，演员不好唱。"他还对我说，他想写个关于汉武帝的长篇，拟了提纲，还没有考虑成熟，分寸如何掌握，还得斟酌。（顺便说一下，汪老确实想写汉武帝的长篇小说，1996年5月，我在北京他家里又谈及此事，我问他："还打算写汉武帝吗？"他说："写不成了。"他弹了弹烟灰说："一次我把烟搁在笔记本上，笔记本是塑料皮的，烧起来了，提纲在那个笔记本上。"）我是半路出家搞剧本创作的，从来没有经过正规培训或学习，至于唱词要考虑演员好唱不好唱，我还是第一次听说对编剧有这样的要求。至于汪老说本子"犯忌"，那是说准了，此剧本在两年后才得以在省内的内部刊物上发表。

汪老第一次回邮，我们才第一次见面，尽管他很随和，也很直率，但彼此了解并不深，谈话内容大多为家乡的风土人情之类的话。再说，其时请他的日程安排较满，来看他的人也不少，因此，单独交谈的次数虽然有多次，但交谈的时间并不长。高邮地方不大，但那时喜欢舞文弄墨者似乎不少，奇怪的是搞所谓文学评论的较多，如陆建华、莫绍裘（叶橹）、朱延庆、王干、费振钟、萧维琪等，大家都对汪老的小说很喜欢，几乎都写过相关的评论在省级以上报刊上发表。我曾开玩笑地对汪老说：陆、王、费、我，是你作品的早期评论鼓吹者。论及汪老书画的，我是第一人也！好像关于汪老小说"淡"的特点，也是我们最早提出来的。费振钟、王干和我，三人曾在一起写过三篇文章，各人执笔写一篇，联合署名，记得都在报刊上发表了；因为篇幅都不长，亦无深文大义，有的已记不清是什么题目了。

汪老第一次荣归故里，高邮地方相当重视，其间安排了三场报告会，会场分别设在高邮师范、高邮中学和百花书场，对象是中学师生、师范的师生、机关干部和文学爱好者。正如不少文章所说的那样，三场报告会都是人坐得满满的，气氛相当不错。汪老事先做了准备，讲得也很卖力，然而效果并不很理想。因为，那时的学生对文化品位较高的小说、散文知之不多，对汪老的作品能读懂者甚少。汪老讲到的一些轶事、趣事，他们听得懂，就有兴趣，就会笑；而讲到层次较高的语言的美、语言的韵律、节奏及相关的创作思想问题，学生们大多听不进去，笔记记着记着就停下来了，就连有的老师也提不起精神来。这不是汪老的过错，而是那个时代的无奈。这三场报告会我都参加了，真实情况就是如此，但在高邮人写的回忆文章中，不知何因对此却始终讳言之。倒是一个临时插入的与扬州地区业余作者的小型座谈会开得很成功。参加座谈会的十余人，中青年居多，大家都有一定的创作实践，几乎都喜爱汪老的作品，汪老与大家交流默契、对话深入，谈得很开心。那次回高邮，汪老非常高兴，但高兴之余有时也有点惘然。我曾亲耳听他不止一次地说过："才60岁，怎么就称老、称老作家呢。"还有一个惘然，是房子的事，这是后来逐步酿成的不快。他家祖屋按政策是应该退还的，然而高邮就是没有落实，谈到此事汪老就不愉快。有一次在北京，有人偶然提及此事，汪老冷冷地说："不谈此事！"转身离开我们到一旁去喝茶了。这不怪夫子不悦，实在是某些高邮人对不住汪先生也！

与汪老交往较频繁的时候,是在1991年至1996年之间。那时,我已调到省文化厅工作,且常有事到北京去。我到北京,总要去汪老家看望他,当然,汪老不在北京时例外。汪老对家乡人特别有感情,这种感情也深深感染了汪师母。为了不麻烦汪老,一般我都是在早饭后或午饭后到他家。有时谈得时间长了,汪老就会留饭,往往是他亲自择菜、掌勺。菜不多,总是清淡的,但必有酒佐之。那时,汪老身体好,汪师母并不怎么劝阻他喝,甚至还说:"实秋,陪汪老多喝一点。"后来,汪老查出一些病,汪师母当然对他喝酒就加以限制了。

我到汪老家,倘若是从高邮或南京去的话,一般都是要带点东西的——大多是家乡货、扬州货,什么双黄蛋、咸鸭蛋、松花蛋、扬州酱菜、茶叶之类。记得有一次,我与高邮宣传部的朱宣东同志在北京办完事后,想起来要去拜望汪老。快到汪老家时,就近在附近一商店买了两瓶洋河酒和四瓶扬州酱菜去。汪老一看就皱眉头说:"你们在北京买这个给我干什么?"我们说:"家乡的东西,尝尝吧。"汪老笑了,说:"你们这是在北京××店买的,他们扎东西都是这样,我常常在那里买东西。"我们不禁也笑了。在我带给他的东西中,有两样他特别感兴趣,一次带的是新鲜高邮界首茶干,他接过茶干就要汪师母放在冰箱里,说要慢慢吃;二是一大册20世纪三四十年代高邮的民间同仁文学刊物《文盂》,十六开,大约七八本订在一起,书已经发黄了,上面刊载有高邮地方文人创作的夹文夹白的小说(好像有一篇主要内容是反映当时高邮米价上涨、抢购粮食的小说)、古典诗词,还有各种各样的润笔广告、结婚启事、祝寿请柬、文人雅聚之类的东西。汪老接过去马上翻了起来,对我说:"你喝茶,我看看。"一下子看了好多,他还说×××的诗写得不错,我印象上好像是杨遵义,为当时高邮的一名士也,汪老小说《徙》中的谈甓渔即此人。汪老对文物很感兴趣,一次我与无锡博物馆的杨馆长、淮阴苏皖边区纪念馆李馆长到北京办事,两位馆长知道我与汪老熟识,便要我带他们一起去拜谒汪老,汪老在故宫工作过,大家共同的话题多,我们在汪老家畅谈了两个小时,很是欢洽。辞行前,汪老还特地签名送了他们每人一本新出的作品集——除家乡人、好朋友外,汪老签名送书是不多见的。

  陆建华先生在编辑《汪曾祺文集》和撰写《汪曾祺传》期间,正是我有事经常到北京之际。关于文集,陆建华向汪老要的书、资料,陆建华已写成的打印稿,有时就是由我带来带去的。一开始汪老比较迟疑,对我说:"我还没有到出文集的份儿。"我说:"好多年轻的都出文集了,你为什么不能?王朔文集出了几大本呢。"他又说:"我还没有到画句号的时候。"我说:"出文集不意味是句号,有人不是还出文集一集、二集,初编、续编吗?"后来,汪老还是比较投入的,尽量找了不少旧作,回答了不少陆建华所询问、所要了解的旧事。比如,有一本《羊舍一夜》的小说(中国少年儿童出版社1963年出版),就是汪老亲手交给我带给陆建华的。这本书已经比较旧了,书上有汪老亲笔改的字,书很薄,汪老用塑料纸将它包了起来,又弄一个信封套上,可见他是很爱护此书,也是支持老陆写作的。我开玩笑说:"这是海内孤本,一级文物,我一定安全及时护送到老陆手上。"说得汪老也笑了。汪师母还说:"汪老只会生孩子(指出作品),不会带孩子（指保留作品）。现在出版社要给他出集子，要找过去的东西，书橱里找，图书馆借，我们全家给他弄得团团转。"《汪曾祺文集》出版后，汪老很高兴，毕竟是他的作品第一次以"集团军"的方式献给读者，而且出书速度之快，是他所意想不到的。大约是因为我对《汪曾祺文集》的"特殊贡献"吧，陆建华同志在送我的《汪曾祺文集》的每一卷上都题了词，如散文卷题的是"读汪老美文，不亦乐乎！"文论卷中题的是"为汪老这样的同乡而骄傲！"小说卷上则是汪老题的词，文曰："文中半是家乡水。"

汪老对文集的出版是满意的，但也有点小意见，一是书中有一些错字未校对出，二是稿酬较低。汪老没有与我说过，是汪师母对我讲的。那段时期，汪老稿酬行情看涨，像股市中的牛市。文集从定选题到发稿费，前后时间跨度为一年，加之当时对文集能否畅销没有把握，斟酌上是老陆凭个人的"面子"与出版社领导敲定的，所以，稿费自然高不到哪里去。我理解汪老对稿酬低的意见：经济收入是其次的，主要是名声问题，一个知名作家文集的稿酬若真的低了，那会有好事者议论的。此事我没什么说的，也不好说什么，只好将话头岔开。在《汪曾祺文集》编辑之际，我还出了个主意，但未被汪老采纳。我建议出个综合卷，收汪老的诗作（含新诗和旧体诗）、联作和书信。我曾向陆建华建议过，陆说要征求汪老的意见。我曾与汪老当面说过此事，汪老听罢，眨了眨眼睛，未表态，遂作罢。其实，汪老之诗联佳构不少，其书信更是极具情趣，正如黄裳所言，可视为好的散文来读。然无人专门搜集，殊可叹息也。

有一度时期，汪老似乎火气特大。有一次在他家聊天，他突然说:"我要向王干开炮。"我吃了一惊,问怎么回事,他说了一些王干关于文学创作的意见。我笑了,说:"人哪能十全十美?即使他有一半是胡说八道,有一半是真知灼见,那就很不错了;再说,胡说八道里面又有一半是信口开河,何必那么求全责备呢。"我知道汪老对王干、费振钟是很赏识的,王、费所撰写的关于他作品的评论,汪老认为是说到了点子上。汪老所谓的"开炮",其实何尝不是对王干的一种呵护,一种长者对小辈的那种呵护。

汪老晚年有的小说一反常规,写的有些怪异,脱离了"人性美"的轨道。他写的那篇《小嬢嬢》,原型是高邮夏家的事,他曾和我谈过这个故事,问我晓得不晓得,不久,小说就出来了。还有什么写一个老头与一位寡妇"滋润一回"的小说,均语涉性爱。那时,文坛上曾有人笑汪喜欢与女作家、女孩子在一起,并风传他与某某女作家特别亲近。在江苏省戏校作客时,他曾特地为一个女孩写过字;在夫子庙状元楼笔会,有的干部、当官的没有能要到他的字,而一个女服务员与他磨蹭一下,反而能立马挥毫;一次在他家聊天,他与在座的两位女编辑交谈就显得比较兴奋。这就是所谓异性相吸否?有一件事我记得很清楚,回宁后也曾和陆建华等先生说过。大约在1994—1995年前后吧,我在汪老处,谈及汪老的新近作品时,汪老负气地说:"我就是要写性。"汪师母在旁插了一句:"说是写弗洛伊德!"我认为汪老是在力求使自己的创作有所变化、有所突破。当然,这是不容易、非常艰苦的。汪老的变化、突破成功与否,这并不重要,可贵的是他的追求和胆识。

大约也是在1995年吧,听说汪老得了肝硬化的病。那年,扬州博物馆在故宫举办扬州八怪书画展,我专程把扬州市政府的请柬送到虎坊桥。汪老问了问情况,说争取去吧。其时,汪师母已卧病在床矣,而汪老本人亦略呈病容老态。谈话间,不知何人打来电话,汪老勉强应付几句,厌烦之意溢于言表。1997年5月,汪老病重住院抢救,我是听陆建华告诉我的,后又得知脱离了危险,我们便释然了。老陆常有电话向汪老的子女汪朗、汪朝等询问病情,不料,又听到了病危的消息,我们十分挂念、甚是不安。5月16日那天,正好陈其昌在北京打电话给我,我告诉他汪老恐怕有危险,你们得赶快去医院看看。待陈其昌匆匆赶到医院,汪老已去世矣。

回忆汪老,很自然地就想到汪师母。汪老和汪师母是一对恩爱夫妻,他们在高邮湖上曾拍过一张照片,汪老戏题为"高邮湖上一对老鸳鸯",还说过,平生两件事不干,一是戒烟,二是离婚。汪师母对高邮人特别热情。汪师母病重时,整天躺在床上,处于半昏迷状态。最后一次见到汪师母时,汪老大声对她说了两遍:"高邮金实秋来看你。"汪师母睁开眼,紧紧拉着我的手,我说了一些安慰的话,也不知道她听进去了没有,一阵悲凉袭上我的心头,那么慈祥,那么爽朗,那么秀逸的师母,已经被病魔折腾得憔悴不堪,十分虚弱,竟然说不出一句话了。病魔的魔力,大概是世界上最可怕的魔力了。汪老住在蒲黄榆时,我每次辞行,或是汪老陪着走一段,他说要上街买报纸、活动活动;要不就是汪师母送一段,这一段路很长,几乎是一直送到蒲黄榆处的一座桥下。有一次我问汪师母,听说汪老在江阴上学时喜欢过一个小姑娘,汪师母笑着说:"我知道。"我说:"汪老如果把这段初恋写成小说,肯定很美。"汪师母说:"汪老说了,人家还在,这怎么能写?"住到虎坊桥后不久,汪师母的身体似乎就差多了。有一次我去汪老家,师母的病态很明显,她要小保姆帮她理理头发,扶她出来坐在一旁,静听我与汪老闲谈。汪老说:"有人送了一些藏药、蒙药来,有一些疗效。"汪师母说:"但愿有用吧。"师母坐了一会儿,就又要小保姆把她扶到床上躺下了。不久,汪师母患轻度脑血栓,又跌了一跤,身体更差了。于是,汪老就大大减少了外出开会之类的活动,当然,心境也好不起来。大概是在1996年吧,汪师母几乎已不能下床,我在汪老家小坐,汪老神情黯然,在宣纸上胡乱地画些什么,然后揉成一团,摔在一旁。对师母的病,汪老显得那么无助,那么焦虑。我去看望师母,师母一脸疲惫之态,听我说了那几句毫无用处的"多保重"之类的话,只是凄楚地望了望我。她那种凄楚的神情,至今还深深地留在我的脑海中。

我对汪老的作品没有什么深入的研究,比较满意或说自以为有一些见解、有一点分量的,是关于论述他与佛门因缘的文章。因为在此之前,很少有人注意过,也没有人写过专文。那一次,汪老的公子汪朗到高邮参加汪曾祺作品研讨会,我和他住在一个房间,几个晚上谈得很投机。论及汪老的作品时,他也赞成我的这个看法。我还说,汪老的作品还有两个方面很值得研究,似乎也没有人论之,一是他的作品(主要是关于高邮的小说)中有一种内在惆怅美;二是他那些关于高邮的小说,是他少年时代的记忆之花,小说中的故事、人物,是他少年时候的体味之果。由此可见,汪老的少年生活对他创作生涯的重要影响是不言而喻的。然而,尚没有人对此专门研究过。汪朗听了,亦认为有点道理。

高邮电视台为搞汪曾祺专辑曾采访过我,我也说过上述观点。陆建华先生曾敦促我写成文章发表,但由于长年陷于文牍之累,思维趋于刻板僵化,心有余而力不足矣。

令我难忘的汪老五封信

1985年至1986年,汪老曾给我写过五封信,五封信说的都是一个事——为我所编辑的《古今戏曲楹联荟萃》作序。

20世纪80年代初,我在高邮文化部门工作,一度时期,特别对戏台楹联感兴趣。在收集了一些资料后,发现当时关于戏台对联的专著一本都没有。于是,就花了不少时间和精力辑录了古今戏台对联一千余副、戏联故事六十多则,后由中国戏剧出版社出版,用出版社编辑周育英的话说,这本书"不仅填补了我国没有戏联专著的空白,也为广大文学爱好者研究戏曲史和楹联史,提供了极为方便的条件。"为了给此书扩大点影响,周育英建议我请名家作个序,这也是当时流行的做法,于是,我自然而然地想到了汪老。

我与汪老第一次见面,是他第一次回家乡的1981年10月10日,我与陆建华、萧维琪一起到高邮车站接的他。那次在高邮,我们闲谈中曾议论到戏台楹联,那时我已经搜集了一些资料,但还没有成书的格局，也没有打印成册，只是谈到而已，但汪老似乎比较感兴趣，他随口还说了几副戏台的对子，可惜现在已回忆不起来了。

1984年，我参加了文学评论编辑部举办的一个进修班，一次到汪老家去，他还提起戏台对联的事，问道：有什么进展吗？我说，有一些，打算搞一个小册子，好像还没有出过这类的书。那时，查资料远没有现在如此方便快捷，图书馆的相关资料不多，而且有的书还不开放，不外借。我找到了当时在中国艺术研究院工作的刘梦溪先生，通过他的关系开后门，在首都图书馆查到不少东西。后来又住在王琦先生家两天，白天便泡在北京大学图书馆查阅杂志、翻故纸堆。回高邮后，经过一段时间的整理，我用"印蓝纸"复写了几份，其中一份寄汪老。其时，还不知道出版社的审稿意见，寄给汪老是请他看看，根本没有想到写序之事。出版社决定出版后，我才想到了请汪老写序。于是，我写信给汪老提出了这个要求。

信发出去近两个月后，我终于等到了汪老的回信，信不到一千字，但却阐述了他对戏台楹联的深刻见解，寄托了他对我的一片厚望。信如下：

实秋：

回乡后来信收到。

戏联我翻看了两遍，有几点意见：

一、有些对联重复互见（不算少），凡重复之联，必须检校删去。

二、有些联语平仄不协。这有些可能是原联如此，但更多的是传抄有误。有明显抄错的，应改正；如不能改正，应注出某些疑误。

三、编辑体例分"古代、近代""现代、当代"，我以为这不说明什么问题。最好能按对联内容性质，重新归类，如："一般""戏曲观"（戏曲、历史、现实）——如"戏台小天地；天地大戏台""……""寺庙宫观""五行八作""四时节令""称美优伶"……（我对五行八作、四时节令的戏联较有兴趣。）

这样可以让人看出戏联大都表现了什么东西，使人看起来也较易发生兴趣。也就是说，这样的编法，说明编者是对戏联作过一番研究，有自己的看法的，不是有闻必录，仅仅是资料。

这是我的主要意见，即：你必须对戏联作一番研究，而且要站在一个较高的角度，科学地、客观地来看待这些对联。更直截了当地说：你必须自认为比这所有的对联作者在历史、生活、戏曲、词章的修养上都要高得多，你是用一种"俯瞰"的态度来看这些对联的，只是从历史的、民俗的角度，才重视这些对联。你自己应该显示出：从文学角度看，此种作品，才华都甚平庸，没有什么了不起！

四、因此，对戏联故事，行文不要有太多钦佩情绪，只能表示出"这有点小聪明也不易"，并对某些联语可以加以适当的讥笑（讥笑他们的陈腐、庸俗、卖弄……）。

我的意见可能十分狂悖，但却是很真诚的。

我希望你自己能写出一篇经过研究、有科学价值的自序。

让我写的序，我当然会写，但时间上不能过于紧迫。

联稿暂存我处，待写序后，当奉还。

匆复，即候　近祺

汪曾祺

十二月廿七日

看得出来，汪老将戏联虽只翻看了两遍，但绝不是随便地翻翻，而是比较认真地看了，并且比较认真的思考了。这封信是用钢笔写的，用的是蓝墨水，从笔迹来看，汪老把这封信至少改了两遍。第一遍是用蓝笔添改了一些字词，第二遍是用红笔在一些字词下加上重点号，并又增补了两处，如"你必须自认为比这所有的对联的作者在历史、生活、戏曲、词章的修养上都要高得多"这句，"生活"这两个字是蓝笔后加上的，"高得多"的重点号先是在"多"这个字上用蓝笔加了两个重点号，后又用红笔将"高得多"这三个字都加了重点号，在"多"字的两个蓝笔重点号后又加了两个红笔重点号，并用红笔加上了一个竖框。

接到汪老的信，我心情十分激动。汪老乃著名的作家、文化名人，金实秋者，无名之辈耳，我想，这是沾了同乡的光呢，还是汪老对戏台楹联情有独钟？是出于对晚辈后学的提携呢，还是勉励我搜集资料的苦心执着呢？当时我的意外、兴奋、得意，甚至有点晕乎乎的味儿了——尽管汪老还没有写序哩。我赶忙写信向汪老表示感谢，并立即着手认真考虑如何按汪老的意见进行修改。

按照汪老的意见，我将书稿打散，重新分类，按内容性质分为：一般通用、四时佳节、会馆行业、皮影木偶、寺庙祠堂、专题剧目、社会应酬、地方区域、题赠哀挽、故事趣闻等十类，这样，脉络自然就清楚了。同时，我逐一将书稿仔细审核，改正了一些抄录时的错字，删去了那些重复的联话。但我并未全按汪老的意见办。一、是汪老对戏联故事的处理意见，因为，绝大多数戏联故事是他人撰写的，我必须尊重原作者，不能擅自修改。至于是我编撰的，我则予以适当改动了。二、我保留了一些平庸之作。我在《付梓赘语》中说：出于保存史料的目的，书稿中，我没有剔尽那些带有消极成分的楹帖，也未删净那些可谓词句平庸、格调不高的联作，因为我觉得，若研究戏剧史或楹联史，研究社会或人生，这类对联还是具有一定的保存价值的。三、我没有写自序，有负汪老的厚望了。汪老希望我"站在一个较高的角度，科学地、客观地来看待这些戏联，必须自认为比这所有的对联作者在历史、生活、戏曲、词章的修养上都高得多……""能写出一篇经过研究、有科学价值的自序""带学术性的文字"，我自认我的修养还远没有那样的高度，况且，书有汪老的序已经足够了，倘若我再搞一个自序，那岂不是"麻木"得"佛头着粪"了么？

值得特别一提的是，信末，汪老还有一段附言："王干等两同志的《淡的魅力》已读，写得很好，请转致谢意。"《淡的魅力》刊发于1985年第12期《读书》，署名为王干、费振钟。这是一篇评论汪老小说的文章，也是最早指出汪老小说寄味于淡之特色的文章。当时王干、费振钟刚从高邮师范学校毕业不久，初涉文坛，却别具悟性与眼力，出手不凡，两人曾合作写过多篇关于汪老小说的评论，一时颇有影响。因那时王干的家与我之住处相距仅百米之遥，汪老和他尚不熟识，故嘱我"转致谢意"。附言虽短，但从中可见汪老对文学青年一以贯之的亲切之情与尊重之态。

接到汪老的信不久，我就从高邮调到江苏省文化厅工作了。那一段时间，工作繁多，又是一个新的工作岗位，相对高邮来说，业余时间是少多了，重新整理书稿到誊清复写，断断续续进行了近一年（其间，还增加了少许新资料）。虽然中国戏剧出版社一度曾催促送交汪老的序，但由于汪老云写序"时间上不能过于紧迫"，我一直未敢启齿。

应当是在1986年元旦过后这几天吧，我突然收到了汪老从北京寄来的信，厚厚的一封信！我急匆匆地拆开信封，把信封都撕破了。信中，汪老寄来了刚写好的序，（序见附录），是用北京文艺稿纸写的，整整8页，2400字。另一页纸上，汪老写道：

实秋：

戏联选的序写了，请看是否可用。

此序我未留底，你如觉得可用，最好复印几份。一份寄给高野夫，一份寄给我，一份你自己留着。另一份，你让陆建华看看，是否可以给《雨花》发表一下。这样也可以为你的书作一点宣传。如给《雨花》一份，题目可改为：《金实秋辑戏联选序》，署名可移在题目下面。

我年底极忙，却抽了两天写了这篇序，无非为表示一点支持之意耳。

候佳！

曾祺

十二月廿八日夜

我把信和序言反复看了几遍，不由十分感动。仔细对照汪老的第一封信和他的《序言》，我发现，《序言》中的一些主要观点和想法，大致和他信中要求我应当写的几乎差不多。这不仅说明了汪老给我写的这封信是经过深思熟虑的，而且更说明了汪老对家乡晚辈后学的指点与提携，这种不以师长自居、不动声色地金针度人，使我深深地感受到了汪老"人间送小温"的煦煦春风。

这封信的末尾，汪老说，"我年底极忙，却抽了两天写了这篇序"，这句话中的"两天"，原来写的是"一整天"。我想，应当是"两天"，因为汪老写这封信的时间是十二月廿八日夜，当是在序完稿之后写的，序写了一整天，而后，又进行修改、誊清，其实已是两天的时间了。事后我知道，年底之际，汪老确实是写作十分繁忙。据《汪曾祺全集》所载，仅十二月份汪老写作发表的作品就有：

12月3日　散文《张大千和毕加索》，发表于1987年第2期《北京文学》

12月4日　散文《八仙》，发表于1987年第3期《北京文学》

12月5日　散文《栈》，发表于1987年第4期《北京文学》

12月14日　散文《汪曾祺自选集》自序

其间，还酝酿着长篇论文《林斤澜的矮凳桥》和《昆明菜》、朱延庆《高邮风物·序》等文章。当然，这些就仅仅所能得知的而言，并不能包括汪老正在思索和正在创作中的作品。

有趣的是，汪老这封信的信封把我的名字写成了萧维琪。萧维琪是我的同学、好朋友，汪老离高邮后第一次回家乡，我们一起去车站接他的。后来萧维琪又陪他在高邮参观了水利建设（萧是县里的水利行家里手），他一时把我与萧维琪换位了，也可想而知，当时汪老连续熬夜，已十分疲惫了。这封信极短，不足千字耳，说的是要改正序言中抄录时多加的一个字和少写的一个字，全文如下：

《戏联选序》中所引武进犇牛镇捕蝗演戏戏台联的下联"报以……"我加了一个"之"字，不对。又抄录时"而歌乌乌"，"歌"字下脱一"呼"字。望为改正。

即贺春祺！

曾祺 顿首

十二月廿九日

隔了几天，汪老又于一月四日给我来了一信，劈头就说：

"我干了件荒唐事，《戏联选》的序写好了，挂号寄到江苏省文化厅，但信封上把你的名字写成了萧维琪！"信中所说的事，仍是叮嘱我要把序中误抄的字改过来。可见，汪老对此类事何其认真，何其严格也！汪老说他"年轻时发表了文章，发现了错字，真是有如芒刺在背"。可见，汪老保持一丝不苟的良好习惯已经几十年了。

我把汪老的信和序给陆建华看了。陆建华当时在江苏省委宣传部文艺处工作，汪老第一次回邮就是他为主筹划运作的。那时他已写了不少有分量、有影响的评论汪曾祺作品的文字了。印象上大概是当时的《雨花》一般不编发序这类的作品吧，建华与《雨花》

联系后,编辑一直未有明确的回信,我便致函汪老,征询可否将《序》发在江苏省文化厅主办的《剧影月报》上。隔了十多天吧,我收到了汪老的回信,他说:"序发表在什么刊物,对我来说,都无所谓。只是为了想为你的书做个广告而已。你看着办吧,你可以把序拿给马春阳看看。如果他愿意在《乡土》上发,也可以。"

《乡土》是江苏省民间文艺家协会主办的一份小报,马春阳是当时的协会主席、《乡土》主编,他曾借调我在那儿短暂的编过稿子,后来,又为正式调我忙了好一阵子。我没有将《序》给《乡土》,原因是:在这段时间里,我已经与《剧影月报》负责人联系过了,他们也看了稿子,认为很好,建议待书将要出版时编发,这样的"广告"才比较及时。我认为这个意见是对的。然而,后来《剧影月报》也没有发表,因为,书出得太迟,况且,《读书》已在1987年第8期上全文发表了——按照当时的行规,《剧影月报》自然不适宜再发这个《序》。

现在,得把书迟出的缘由交代一下。本来,此书出版应当没问题,但不料1987年中国戏剧出版社整顿,几乎所有的待出版的书稿都停了下来,而且居然一耽搁就是五年。1992年此书出版了,当我将书寄给汪老时,我只能是再次表示深深的谢意,其他的,我还说什么好呢?

1985年至1987年这三年间,汪老曾为三个家乡人的书写过序。一是1985年9月1日陆建华《全国获奖爱情小说选评》的序,二是1986年12月28日金实秋《古今戏曲楹联荟萃》的序,三是1987年春节大年初一朱延庆《高邮风物》序,一年一个序。汪老曾戏称自己成了写序专家,他认为为青年人写序"这是一种享受,并且,我觉得这也是我的一种责任"。

几十年来,我一直珍藏着汪老的这五封信,有时,还要拿出来看一看,想一想,这既是为了缅怀与纪念,更是为了学习汪老为人为文的风范与高致。

菌子的气味还在

　　关于汪曾祺,是个说不尽的话题,正如龙冬所言,"关于汪曾祺,可以写的、值得写的东西,从哪个角度都好写的东西,有很多。"(汪先生在世的情况自不待言,无须细说)在汪先生逝世以后的这十多年来,各阶层人士撰写、各种媒体发表的相关先生的文字竟达千篇之多,出版部门也应读者市场的需求一而再、再而三地出版先生的作品,继1997年江苏文艺出版社的《汪曾祺文集》(五卷本)后,1998年,北京师范大学出版社又出版了《汪曾祺全集》(八卷本),而今人民文学出版社正在紧锣密鼓地打造新版《汪曾祺全集》,据闻将大大扩容增幅,达十卷以上。北京、高邮已数次举办了追思、纪念先生的座谈会,以先生命名的"汪曾祺文学奖"也已持续举办了三届。汪先生家乡于2000年还建立了汪曾祺文学馆,并正在筹划于大淖建立一座颇具规模、颇上档次的汪曾祺纪念馆。就回忆文章出版的而言,汪曾祺研究专家陆建华在1997年出版了《汪曾祺传》(江苏文艺出版社),2005年又撰写了《汪曾祺的春夏秋冬》（河南人民出版社），2011年又推出了《私信中的汪曾祺——汪曾祺致陆建华三十八封信解读》（上海文艺出版社），一本比一本更为客观、更有深度、更加精彩。自称为汪曾祺弟子、"汪迷"苏北于《灵狐》之后，陆续于2009年、2012年出版了《一汪情深——回忆汪曾祺先生》（上海远东出版社）、《忆·读汪曾祺》（安徽文艺出版社），他近距离的观察、富有感情的描述，使汪先生的率性、天真，对生活和对人的真正的审美的态度，仿佛如在眼前。至于汪朗、汪明、汪朝的《老头儿汪曾祺——我们眼中的父亲》（中国人民大学出版社2000年版），此书为他们与汪老生活几十年中的一些片段，回忆了不少鲜为人知的故事，真实而生动地还原了"名人"作为"人"的那一面。段春娟、张秋红主编的、由山东画报出版社出版的《你好，汪曾祺》（2007年版）、陆建华、金实秋主编的上海远东出版社出版的《永远的汪曾祺》（2008年版）两书从几百篇中选出的一百多篇文章，篇篇情真意切，纯朴感人，表达了十多年来人们对汪先生绵绵不绝的哀思，许许多多的人好像汪先生并没有离开他们，他们也依然生活在汪先生的世界中。就研究而言，十几年来也涌现了一批富有创见的学术成果，其中结集出版的就有：黄尧的《云烟渺渺——汪曾祺与云南》（云南教育出版社2000年版），林超然的《二十世纪心灵的文学关怀——汪曾祺论》（吉林文史出版社2001年版）、柯玲的《汪曾祺散论》（三秦出版社2004年版）、张国华的《汪曾祺传》（中国文史出版社2005年版）、卢军的《汪曾祺小说创作论》（社会科学文献出版社2007年版）、杨红莉的《民间生活的审美言说——汪曾祺小说文体论》（北京大学出版社2008年版）、邰宇的《汪曾祺研究》（花城出版社 2010 年版）……而如果要说一些散见于各种报刊和互联网上的文字，那就更是数不胜数，洋洋大观了。

更令人高兴的是，一方面是何镇邦、高洪波、石湾、邵燕祥、徐城北、孙郁、王干、李锐、李国涛等一批老作家和汪老的忘年交连续发表的有关汪先生的文字，丰富的细节，雅洁的文笔，深刻的阐发，凝重厚实，精警深邃。一方面是龚静、顾村言、徐强、祁白水、夏希等人一篇篇关于汪先生的文字，进入了读者的视野，其阅读之深细，感悟之真切，品评之精当，耳目一新，令人喝彩。这种老新并进、后继有人的文学现象，再一次证明了汪曾祺作品的感染力和生命力，彰显出汪曾祺作品的历史地位和当代价值，更令人欣喜的是，所有这些作者，他们都有一个共同的感觉——关于汪曾祺，他们还有话要说，还有不少文字要写，这于当代中国文学史上是罕见的。而要说明这一切，要说的话那就更多了！即使是简要地概括成关键词式的表达方式，其中有三句话，我想是必须要说的：

林斤澜：（汪曾祺是）一棵树的森林。

何镇邦：说不尽的汪曾祺。

汪曾祺：菌子的气味还在。

汪曾祺缘何老泪纵横

汪先生是个不轻易落泪的人,他对眼泪似乎特别吝啬。成人之后、60岁之前,几乎是只流过一次泪。1946年初秋,汪曾祺只身到上海滩闯天下,一时衣食无着,工作无门,困窘不堪。在情绪最坏时,居然绝望地想到了自杀。幸好,他把自己在上海的遭遇写信告诉了沈从文。沈从文是他在西南联大的老师,也是他文学上的引路人。沈先生回信狠狠地"训"了他一顿,说:"为了一时的困难,就这样哭哭啼啼,甚至想到要自杀,真是没出息!你手里有一支笔,怕什么!"那时,他26岁。沈先生的话是管用的,此后几十年,汪先生即使面对再大的坎坷、再苦的困境,总是随遇而安,坚韧地生活着;即使在被打成"右派分子"之时,被下放到张家口劳动之时、被无辜审查之时,……尽管他有痛苦、有牢骚、有郁闷,但决不流一滴泪。

然而,汪老在六十岁以后,却多次情不自禁地流泪了,甚至老泪纵横。当然,男儿有泪不轻弹,汪老流涕皆有因。

因小说创作而流泪

汪曾祺有两次流泪是缘于自己的作品,一是在写《大淖记事》时流了泪,二是在校对《天鹅之死》时流了泪。

《大淖记事》荣获了1981年度全国优秀小说奖,1981年度《北京文学》奖,在文坛声誉鹊起,影响很大。汪曾祺后来回忆说:在写到十一子被保安队的人几乎打死,老铁匠用尿碱救他,但十一子牙关紧咬,就是灌不进去。这时"巧云捧着一碗尿碱汤,在十一子身边说:'十一子,十一子,你喝了!'

"十一子微微听进一点声音,他睁了睁眼。巧云把一碗尿碱汤灌进了十一子的喉咙!

"不知道为什么,她自己也尝了一口。"

写到这里,汪先生流了眼泪。

汪曾祺说,本来构思中并没有这一句。可是在写到此时,汪先生抑制不住感情,不由自主地伴和着眼泪写下了这十几个字。汪先生的泪,乃为情而流也。昔林纾译《茶花女》"掷笔哭者三数",亦用情甚深之故也。

汪先生还有一次流泪,不是在写作之际,而是在完成校对小说《天鹅之死》的时候。《天鹅之死》写成于1980年12月29日清晨,发表于1981年4月14日的《北京日报》;说的是北京玉渊潭白天鹅惨遭枪杀的事。写作之时,北京已是隆冬,汪先生持笔直至清晨完稿。汪朗告诉我们:"爸爸作息很有规律,写文章一般只到午夜,熬到清晨的时候不多。《天鹅之死》是个例外,如果不是到万分激动的程度,他也不会这样。"然而,他这一篇

"万分激动"时写的小说,在发表后却反响平平。汪先生的心血,一时并没有被读者普遍接受,不免使汪先生伤感。所以,在小说校对完毕之时,他郑重地写下这一行字——

一九八七年六月十七日校,泪不能禁。

刘鹗于《老残游记·自序》中所说:"盖哭泣者,灵性之现象也。有一分灵性即有一分哭泣……《离骚》为屈大夫之哭泣,《庄子》为蒙叟之哭泣,《史记》为太史公之哭泣,《草堂诗集》为杜工部之哭泣。李后主以词哭,八大山人以画哭,王实甫寄哭泣于《西厢》,曹雪芹寄哭泣于《红楼梦》。""一把辛酸泪,谁解其中味?"《天鹅之死》,实为汪先生之哭泣也!天鹅之死的不幸已使汪老十分伤心,而小说之不遇知己,则使汪老又加一分伤心,悲从心来,岂能不落泪乎?!

当然,文坛自有慧眼。值得告慰汪老的是:为《天鹅之死》点赞叫好的也是有人的。尽管其时汪老已经过世了,但是,这些评论还是值得以示后学的。1997年6月5日,《人民日报·海外版》刊登了作家龙冬《怀念汪曾祺先生》一文,文中有一段话说:"读过他的《天鹅之死》吗?现在有哪篇小说还能像这篇一样让人伤怀不已?这样的好作品,他还有很多,从中我看到一个内心柔软悲悯豁达的作家的愤怒以至呼叫"。香港作家也斯亦赞叹云:《天鹅之死》是"以诗的文字写时代悲剧。"(也斯《汪曾祺抒情的人道主义者》,)2015年,江苏文艺出版社出版了汪曾祺的小说集,其书名即曰《天鹅之死》。

因挚友逝世而流泪

据汪老的子女回忆说，老头痛哭最厉害的一次是朱德熙去世后的某一天。朱德熙是语言学家，曾为北京大学副校长，是汪老在南联大的校友，是他一生最信任、最知己的挚友深交，因病于美国去世。汪明说："有一天晚上，爸一边自斟自饮，一边作画，突然间，家里人都听见他号啕大哭起来，凄厉的哭声令人心惊肉跳，因为从来都没有听他发出过这样的声音。走进爸的房间，只见他泪流满面，不能自持。桌上铺着一张画，已被泪水浸透，画上题写：遥寄德熙。"

"其感情愈深者，其哭泣愈痛"，朱德熙与汪老相处时间最长，交谊最为深厚。相亲相知老友遽然去世，汪老能不恸哭乎？！朱德熙的墓志铭也是汪先生题写的，文曰：爱其所学，关怀后生；贤夫慈父，蔼然仁者。朱德熙家里一直挂着汪曾祺送给朱德熙的一幅《墨菊图》，画上题诗云：

莲花池外少行人，野店苔痕一寸深。

浊酒一杯天过午，木香花湿雨沉沉。

这幅画承载着汪、朱二老在昆明求学的温馨记忆，见证了他与朱德熙一辈子的厚谊深情。

因恩师逝世而流泪

沈从文是汪曾祺在西南联大的老师,是汪先生文学上的引路人,最崇敬的人。沈从文于1988年5月10日病逝于北京,这时,汪先生在浙江参加活动。

一起参加活动的何志云记得清清楚楚,那是在《人民日报·海外版》于桐庐组织笔会之际,一天晚上突然接到北京长途,说沈从文先生去世了。……"第二天一早,汪老来敲我的房门,眼睛红红的,手里拿着一沓稿纸,说连夜写了篇文字,让我看一看,如果没有什么问题,想赶紧传真给北京。"(何志云《赤子其人》)很显然,汪先生这篇悼念恩师的文字,是和着泪水写成的。回到北京后,汪先生参加了沈从文的追悼会。汪先生流着泪水与恩师作最后的告别——"我走近他身边,看着他,久久不能离开。这样一个人,就这样地去了。我看他一眼,又看一眼,我哭了。"(汪曾祺《星斗其文,赤子其人》)

沈从文先生病重住院,汪曾祺去看他,沈先生却认不出他了,汪曾祺非常难过。过些时,山西作家鸟人问汪曾祺:"沈从文先生住在哪儿?我想去看看他老人家。"汪先生告诉他:"沈先生已经脑痴呆了,我去了他都认不出来,你就别去了……"说着,两眼含满了泪水。(鸟人《汪曾祺在西南联大》)在汪先生一生中,为一个人而数度流泪的,大概就是沈从文先生了。

因无枝可栖而流泪

为个人之事而落泪，这于晚年的汪曾祺来说，似乎只有一次，是在1991年。不少高邮人都知道，汪曾祺的老家的房子是很大的，据相关资料，其父汪菊生名下的房产总数为26处，217.5间，计3337.85平方米；其中汪曾祺先生的祖产房就有24.5间，367.5平方米。由于各种原因，直到1979年，汪曾祺的弟、妹才要回4间偏房，各居两间。改革开放，汪家完全可以落实有关房产的政策，但哪有那么容易呢。汪曾祺三次回乡，在与地方领导交谈之际，汪曾祺每次都委婉地提出住房问题，每次地方领导也都有过承诺。但一年复一年，能办成的事情却难办，该落实的却没有落实。那一年在云南，江苏作协的周桐淦偶然与汪老谈及此事时，不料却引出了汪老两行泪水，使桐淦唏嘘不止，追悔莫及。1993年5月30日，汪曾祺给时为高邮市市长的戎文凤写了一封信，相关内容如下：

> 戎文凤市长：
> 我三年前回高邮时曾向市里打报告请求将当时为造纸厂占用，本属于我和堂弟汪曾炜名下的臭河边的房产归还我们，迄今未见落实。这所房产是我家分家时分给我和汪曾炜的房产。土改时我和曾炜都在外地，属职员成分。此房不应由他人长期占用。
> ……曾祺老矣，犹冀有机会回乡，写一点有关家乡的作品，希望能有一枝之栖。区区愿望，竟如此难偿乎？

写此信时，汪老已七十三岁矣。至此，落实归还房产之事拖了十年之久，汪老已是欲哭无泪矣！

因手足情深而流泪

汪先生也为家人所遭遇的苦难流过泪。汪先生的姐姐叫汪巧纹，比汪曾祺大三岁，她很照顾弟弟。汪先生上小学时头上生癞痢，巧纹经常为弟弟洗头、擦药。汪老一直记着这事，并常与家人说起。汪先生离开高邮外出求学，也是姐姐来信促成的，姐弟俩一直手足情深。

粉碎"四人帮"后，这对分别了几十年的姐弟俩第一次在北京火车站才得以见面。那天，汪先生带着女儿汪明去接汪巧纹，汪明回忆说："这对分别了几十年的姐弟离得大老远，就双双地定在那儿，眼中盈盈地闪出泪光。"（汪明《往事杂忆》）

汪先生姐弟众多，八女二男，一共十人。汪先生的父亲汪菊生曾结过三次婚；汪先生的母亲杨氏生汪曾祺后，肺病日渐严重，汪曾祺三岁时就去世了。杨氏去世两年后，汪菊生娶了张氏为妻，是汪先生的第一个继母，她待汪曾祺很好，可惜在1936年，张氏也因肺病不治而死了。次年，汪菊生第三次结婚，所娶任氏为汪曾祺的第二位继母，那时，汪先生已读高二了。汪老最小的妹妹叫汪陵纹，汪陵纹出生于1947年，1981年汪曾祺回高邮时，他们兄妹俩才第一次见面。陵纹从小一直生活穷困，十六岁时便漂泊他乡，十八岁远嫁安徽。在灯光下，陵纹向大家讲述当年哥哥饿死，任氏娘欲投大运河自杀，自己被丈夫打骂等事，汪曾祺从来没有

听说过这些事,听着听着,禁不住唏嘘良久,泪水难禁。临别之际,汪先生送给陵纹一首诗,诗云:

> 故乡存骨肉,有妹在安徽。
> 所适殊非偶,课儿心未灰。
> 力耕怜弱质,怀远问寒梅。
> 何日归与赋,天崖暖气吹。

上款题:陵纹小妹存玩。落款为:大哥哥曾祺。

因乡情乡愁而流泪

汪曾祺先生是一位对故乡有着极深厚情感的人。

拍摄于1993年的《梦故乡》,是江苏电视台制作的一部关于汪曾祺的专题电视片,它艺术地描述了汪曾祺的文学生涯和他对家乡的挚爱深情。与此之前,江苏人民广播电台已录制了《汪曾祺与高邮》的专题节目。在听了《汪曾祺与高邮》的录音带和翻看了《梦故乡》的拍摄台本后,那天晚上汪老久久不能入睡,并激动得流下了眼泪。第二天,汪老应电台之请向听众讲几句话,汪老在向听众问好之后,便坦率地说:"我听了电台录的部分资料,没想到我是如此感动。我可以悄悄地跟你们说,我这个七十三岁的老头是流了眼泪的……"(陆建华《常将乡情化为诗》)而此后看到《梦故乡》的录像后,老人家更激动了,又一次老泪纵横。

汪明细腻地记叙了那一天的情境:"江苏电视台为爸拍了一

部电视片《梦故乡》。我记得那次周末回家，爸急不可待地要放这部片子的录像带给我们看。汪朝笑他：老头儿看过了又要看，几遍才算够？看片子的时候，我们一如既往地插科打诨，说爸'表现不俗，可以评一个最佳男主角，'可是没有像以往一样听到他反抗的声音。我回头看，一下子惊呆了。爸直直地盯着屏幕，眼中汪汪地饱含着泪，瞬间，泪水沿着面颊直淌下来！"（汪明《往事杂忆》）

因民族感情而流泪

汪曾祺在美国也流过一次泪。

1987年9月，应安格尔、聂华苓夫妇的邀请，汪曾祺到美国参加爱荷华"国际写作计划"。在美期间，台湾作家陈映真的父亲去爱荷华大学去看望中国作家，陈老先生年轻时曾在台湾教书，还把鲁迅的小说改成戏剧在台湾演出；那天，陈老先生在席间作了讲话，感情诚挚。汪曾祺听了十分激动，竟和老先生抱在一起，哭成一堆。汪先生在给他夫人的信中说："我抱了映真的父亲，忍不住流下了眼泪。后来又抱了映真，我们两人几乎出声地哭了。"（《美国家书·十》）聂华苓也不禁陪着流泪，紧紧地握住汪曾祺的手说："你真好！你真好！你真可爱！"当代作家李修文说得好：爱总是伴随着泪水，不流泪的爱大约是没有的。两岸情是割不断的，民族情是割不断的。

因美的消失而流泪

"贾谊哭时事，阮籍哭穷途。唐生今亦哭，异代同其悲。唐生者何人？五十寒且饥。不悲口无食，不悲身无衣。所悲忠与义，悲甚则哭之。"此唐代大诗人白居易诗也。想到汪老在云南的两次流泪，不由我联想到了白居易的这首诗。汪老的两次落泪，"不悲口无食，不悲身无衣，"所悲者，乃真善美、乃美之容易消失耳。

高洪波在《星斗其文，赤子其人》一文中记叙了汪老在云南的一次流泪。1991年4月于"红塔山笔会"期间，"在云南美丽的大理，那一夜不知为什么大家谈起了命运和人生，谈起了一批朋友留在云南这块土地上的青春岁月，大伙禁不住悲从中来。汪老陪着朋友们落下大滴的泪，然后他哽咽道：'我们是一群多么好的人，一群多么美的人，而美是最容易消失的。'他的话无尽悲凉和深刻，我记住了那一幕，也记牢了汪曾祺老人真诚的话。"

北京作家李迪也记述了汪老又一次落泪的情景：那年离开云南回京的前夜，晚宴上汪老带着酒杯走到我跟桐涂面前说，"我们啊，我们这些人是多么善良！为了这个善良，我们付出的太多！太多！"说完他老泪纵横。（李迪《追忆汪曾祺》）

因平凡的爱而流泪

汪先生一生最后一次流泪是在1997年3月，是看了别人的文章而动情的。这一天，汪先生读了发表于《北京日报》上《爱是一束花》的文章，他流泪了，而且还和泪写了一篇《花溅泪》的短文，文章发表于1997年3月19日的《北京日报》上。此文的一开始汪先生便说：

"我很少看报纸而流泪，但读了《爱是一束花》，我的眼睛湿了。"《爱是一束花》，是一位名叫车军的北京业余作者写的一篇散文，写的是她妹妹的一些不幸遭遇。汪老读了，不仅流了泪，还特意打电话给邵燕祥和林斤澜两位老友，请他们各写一篇文章同时发表在《北京晚报》上。不仅如此，此后，汪老又约车军见了面，并送了她一幅画和两本书（《受戒》与《老学闲抄》）。如此真切的关爱，使车军感受到从未有过的温暖。

就在与车军见面后不久，汪先生就因病去世了，他最后一次流泪距离他去世，仅仅只有两个多月。而这最后的泪水不是为自己，却是为了别人，为了一位不知名的业余作者，为了一位遭遇不幸的普通人。这是为什么呢？卫建民先生说："他太热爱生活，容易被平凡生活中的真善美感动。"此言是也！

《汪曾祺全集》求疵小札

一九九八年八月问世的《汪曾祺全集》（八卷本），是由北京师范大学出版社编辑出版的，时值汪曾祺先生逝世一周年之际。《汪曾祺全集》（八卷本）的出版，受到了广大读者、特别是汪曾祺研究者和汪曾祺的"粉丝"们的热烈欢迎和好评。然而，正如汪先生哲嗣汪朗所言，此书编辑出版"较为仓促"，不仅有不少汪先生的作品未曾收入；而且，由于校对欠精细严谨，还出现了多处字句标点之误。上述两种情况，已有文章指出。现仅说一些至今尚未有人论及的另两类小疵。闻人民文学出版社正在编辑多卷本的《汪曾祺大全集》。当不会出现上述疏漏耳，谨撰此短文请方家和读者指教，并供《汪曾祺大全集》的编辑们参考。

一、欠妥的删改

1. 发表于一九九一年第四期《十月》上的《烟赋》，是一篇脍炙人口的散文，尤为烟民们所津津乐道。这篇散文是汪先生应邀出席"红塔山笔会"、参观访问了玉溪卷烟厂后写的。此文载《汪曾祺全集》（下简称《全集》）第五卷。较之于《十月》，《全集》竟有多处删削，累计长达1600字左右。就被删削的内容分析，当缘于内容涉及时任卷烟厂厂长褚时健之故。尽管如此删削，应是出于对汪先生的爱护。但这样处理，未免是对读者的不负责，也是对作者的不负责。

2.《桥边小说三篇》，发表于一九八六年第二期《收获》，发表时小说正文后有"后记"。《全集》第二卷收入此小说，但"后记"却被移至《全集》第三卷，以《〈桥边小说三篇〉后记》为题编入散文卷。我以为这样做是欠妥的。《全集》应当尽可能地保持作者发表时的原貌，而不宜在未经作者的同意下随意改动。如果一定得改动不可，那也必须于文末附注："小说原有'后记'，见《汪曾祺全集》第三卷。"

3.《一捧雪》是汪先生于一九八六年完成的一个京剧剧本，发表于一九八六年第五期《新剧本》，《新剧本》发表时有汪先生写的《前言》，文末注明："一九八六年七月二十五日，记于密云水库"。《全集》第七卷收入了《一捧雪》；也刊载了《前言》，但莫名其妙的是，在《全集》第六卷中，《〈一捧雪〉前言》亦赫然在目，编入于"未编年"部分。从编辑审校角度而言，这未免是过于粗疏了。

4.小说《天鹅之死》，载《全集》第一卷，小说正文后尾注云："一九八〇年十二月二十九日清晨，一九八七年六月七日校，泪不能禁。载一九八一年四月十八日《北京日报》。"这就奇怪了，一九八一年的《北京日报》怎么可能发表汪先生一九八七年所写的那一行字呢？案：这篇小说确实是在一九八一年《北京日报》刊发的，但"一九八七年六月七日校，泪不能禁"这一行字是没有的。"泪不能禁"这一行字，始见于汪先生在《汪曾祺自选集》（漓江出版社）的《天鹅之死》附注。人民文学出版社出版的《中国当代作家选集丛书·汪曾祺》的《捡石子儿·代序》也提到了这一行附注。文为：

我写《天鹅之死》，是对现实生活有很深的沉痛感的。《汪曾祺自选集》的这篇小说后面有两行附注：

一九八〇年十二月二十九日清晨。

一九八七年六月七日校，泪不能禁。

5.一九九二年，人民文学出版社出版了《中国当代作家选集丛书·汪曾祺》。汪先生应请撰了一篇《捡石子儿（代序）》，写于一九九一年十二月二日，并于《中国文化》一九九二年第一期上发表。此文收入《全集》第五卷，但于文末却漏载了《中国文化》这一行。

二 "附录"的疏漏

"附录"虽不是《全集》的重头戏，但也是《全集》的组成部分。"附录"有下列疏漏之处应予补正。

1.《附录一·汪曾祺年表》：

（1）应补入：1940年（二十岁），写出小说《灯下》及小说《复仇》初稿。

（2）1948年（二十八岁），"第一本作品选集《邂逅集》由上海文化生活出版社出版"，而《附录二·汪曾祺著作目录》却云："1949年版"。按，《附录二·汪曾祺著作目录》为是。

（3）应补入：1978年（五十八岁）：对汪曾祺的"审查"不了了之，闲赋在家。写出《读民歌札记》《论〈四进士〉》等。

（4）1978年（五十八岁），应为"1979年"（五十九岁）。

2.《附录二·汪曾祺著作目录》：

（1）应补入1989年中国文学出版社出版《受戒》（法文版）。

（2）应补入1990年中国文学出版社出版《晚饭后的故事》（英文版）。

（3）应补入1992年江苏教育出版社出版《世界名人画传·释迦牟尼》。

谁是知情者
——汪曾祺佚事

汪曾祺先生去世不久，他的儿女们应中国人民大学出版社之邀，写出了《老头儿汪曾祺——我们眼中的父亲》一书，此书透露了不少鲜为人知的关于汪曾祺的人生阅历和生活细节，很受读者的欢迎。此书出版后十年，又出了增补本，汪先生的小女儿汪朝送了我一本，书中的一个细节从来没有听说过，引起了我很大的兴趣，且将这一段话抄录如下与读者分享：

"有一次，早上大概七点左右，爸还没起，有人敲门。进来一个挺结实的小伙子，红红的脸膛，像是农村来的，扛着两个很大的陶瓷罐。问清了这儿是汪曾祺家，他赶快把瓷罐放下。那两个罐子釉色浑朴，口小肚大，一个是白色雕花的，一个是酱色间白色刻花的，约有60公分高。爸问他从哪儿来，他带着口音说是河北什么地方的，这瓷罐是他们那儿产的。我给他沏了杯半温不热的乌龙茶，他喝了一口，站起来告辞。临出门时他笑着说，

'你们住的这楼太高了，爬上来真费劲。'我们都愣住了，这两个大家伙竟然是他爬12层楼梯扛上来的！我赶紧带他去坐电梯，他的神情非常惊喜，看来是头一次坐。回来我问爸，这是谁呀？为什么给你送来这么两个瓷罐？爸一脸困惑地说：'不知道。'那个黑白两色的罐子，爸后来送给了聂华苓的女儿蓝蓝，她很喜欢。她的先生那时正在德国驻华使馆任参赞。很多年以后有一次我看一本关于陶瓷的书，才知道这种陶瓷是有讲的，叫作磁州窑。这个小伙子到底是谁？是文学爱好者吗？还是受人之托？不得而知。"书中的这三个问号，就我所接触到的关于汪先生的资料来说，至今仍是"不得而知"。

不久前，我无意中看到了汪曾祺先生的一首佚诗，这首诗《汪曾祺全集》（北京师范大学 1998 年版）未载。这首诗好像与瓷罐有点关系。诗云：

> 钧窑天下奇，釉彩世无比。
> 雨湿海棠红，云开天缥碧。
> 茄皮葡萄紫，冰片鱼子粒。
> 孰能为此巧，神功由人力。

此诗见于"名窑钧瓷网"。有趣的是，我看了也不由也带来了三个问号——汪老此诗写于何时何地？是参观时所撰书呢？还是受人之托？

不过，这首诗与那两个瓷罐没有关系，诗写的是"钧窑"，而那两个瓷罐是"磁州窑"，窑口不对也。"钧窑"是在河南，"磁州窑"位于河北，南北有别，岂能混淆乎？

然而，这一则逸事和一首佚诗却使我联想起两件事：一、可以推断，汪先生佚诗当不止这一首。《汪曾祺全集》出版后，笔者就搜集到了汪老的集外诗词达47首之多。人民文学出版社在整理编辑《汪曾祺大全集》过程中，我曾向有关编辑提供了资料，但在此后又陆续发现了少许作品，此咏钧窑之诗，即其一也。可见，散佚的汪老诗词当还有遗珠；大全集要全，还有不少工作可做、要做，不知《汪曾祺大全集》可曾尽收囊中否？二、可以看出汪先生之散淡为人。那两个瓷罐自然不会无缘无故地送给汪先生，即使是文学爱好者所赠，按常理，他没有理由当雷锋做好事不留名。至于那首咏钧窑的诗，汪老也不会无缘无故地写的，但他写过了，也就算了，并没有当什么大事，更没有想有所图报。此类事甚多，此处不赘。

行文至此，汪朝的问号与我的问题又使我突发奇想——那两个瓷罐会不会不是"磁州窑"，而是"钧窑"呢？倘如此，汪先生写"钧窑"的诗与有人送他两个瓷罐的事就联系起来了，就非无缘无故矣。当然，这乃在下之揣测耳，是耶？非耶？请读者们惠教、知情者明示。

闲侃汪曾祺

汪曾祺为什么被西南联大开除别解

在陆建华先生所著的《汪曾祺传》(江苏文艺出版社 1997 年版)中,陆建华首次向外界公开披露了汪曾祺被西南联大开除的事,这本书是全国第一本汪曾祺传记,且出版时正值汪曾祺去世不久,所以影响较大。汪曾祺于 1939 年考入西南联大中国文学系,本来应于 1943 年毕业,但由于英语、体育不及格,只能延长一年学业,待英语、体育补考及格再补发毕业证书。然而,1944 年因抗战之需,西南联大根据当局要求,所有应届毕业生中的男生(体检不合格除外)必须为美军陈纳德的飞虎队做翻译和入远征军赴缅甸作战,不应征者一律开除。

汪曾祺时在应征之例,但他却没有去。《汪曾祺传》是这样叙述的：

"报到那天，汪曾祺翻遍行李，却找不出一条没有破洞的裤子，总不能穿着破裤子去报到吧？汪曾祺怕丢脸就没有去，错过了报到时间，可不能像英语、体育不及格那样再补考，汪曾祺因此被学校按规定开除。"

关于没有应征事，汪曾祺也对他的子女讲过，其中也提到了破裤子。他（汪曾祺）说，"他没去当美军翻译其实另有原因：一来觉得外语水平太差，恐怕应付不了这个差事；二来当时生活十分窘迫，连一身像样的衣服也没有，身上的一条短裤后边破了两个大洞，露出不宜见人的臀部。于是到了体检那天他索性就没有去。"（见汪朗等著《老头儿汪曾祺——我们眼中的父亲》）

然而，有人对汪曾祺此说提出疑义。曾在西南联大就读的张源潜先生说："因为没有一条完好的裤子而不去报到的。这话很难教人相信。战争时代，穷学生没有完好的裤子比比皆是，就是教授的裤子也少不了打补丁，何况一进译员训练班，马上发给全套美军制服。"张源潜先生还认为："甘愿被开除学籍而不去服役，总该有深一层的原因，联系他的英文不及格，经重读而延长一年，是不是怕不能胜任口译任务呢？军队生活有严格纪律，他散漫惯了，不能适应。再者，翻译官也要上前线，生命或有危险（确有几位殉难的烈士）。总之，这些理由中任何一条，总比一条完好的裤子更接近实际一些吧。"笔者认为，此说是有道理的。不过深一层的原因究竟是什么呢？

我以为，汪曾祺不去报到，不去服役，当然不是因为"没有一条完好的裤子"。明眼人一看就会明白，所谓破裤子说，乃托词耳。

至于说是英语不好怕干不了翻译也有点道理，但也非根本原因。究竟出于何故，从他的一些文章中却可以揣测与探寻出一些缘由来。

汪曾祺在《七载云烟》中坦言，到西南联大"我就是冲着吊儿郎当来的。我寻找什么？寻找潇洒。"在汪曾祺关于西南联大的文章中，我们不难看出，他对西南联大"自由"的看重或推崇。西南联大"中文系似乎比别的系更自由"（汪曾祺《西南联大中文系》)正是这种自由，无形中也培养和成就了他的自由——潇洒！

从军作战，这当然是不潇洒的，对于不潇洒的事，汪曾祺当然不干了。我想，这就是汪曾祺不应征的深层次原因。而这样的潇洒固然与汪曾祺的性格有关，也离不开当时的西南联大的相对自由的背景。

平心而论，当时的西南联大的民主、自由度的空间在国统区甚至是绝无仅有的。且举一两例为证吧。

曾经就读于西南联大的何兆武先生之《上学记》说："我在二年级的时间才十九岁，教政治学概论的是刚从美国回来的年轻教师周世述，他的第一节课给我的印象就非常深。他问：'什么叫政治学？'政治学就是研究政治的学问，这是当然的，那么，什么叫政治？孙中山有个经典定义'政者，众人之事；治者，管理。'所以'管理众人之事'就是政治，这是官方的经典定义。可这位老师一上来就说：'这个定义是完全错误的……'。"据张鸣《西南联大的"党义"课》一文中讲，西南联大甚至对每周一次的"总理纪念周"的政治仪式也是抵制的，每逢纪念周，就于中午11点半学生午餐时间由"训导长出来，站在操场上，自己背诵一通总理遗嘱，就算了事。"甚至当教育部长陈立夫为此"亲自出马，到联大演讲，试图说服学生。……没想到训到半截，学生们像约好一样，拼命呼喊抗战口号，把个陈部长喊得七荤八素，脑袋大了几圈，实在讲不下去，只好识趣收兵。"（载《各界》2014年第3期）

即以征调此事为例，西南联大的应届毕业生从总体上说是服从应征，积极投入到爱国抗战中去的；但是，也有不同的声音和举动。其时，学生中"有人把辣子粉涂在肛门上，引起痔疮复发，希望不能通过体检。"法律系的李模也表示不能应征（闻黎明《关于西南联合大学战时从军运动的考察》），还有的学生散发和张贴反对征调的传单。（[美]杜易强《抗日战争中的西南联合大学》）"这一决定在联大引起了争议。张奚若教授发表谈话，力劝同学们不要盲从。这样的背景，不能说对汪曾祺没有影响，也许还是触发汪曾祺不去报到的根本原因之一。

对于汪曾祺的拒绝征调，当时联大师生如何看待，时至今日，基本上已无从了解，但至少可以断言的是：此事似乎在联大并未有什么不良反应，亦没有带来什么负面影响，甚至一点也未损坏师友们和他的关系。现在看到的一些当事人的回忆可以证之。如：

汪曾祺的同学，挚友杨毓珉应征入伍了，但他从越南前线回到昆明休养，还不忘去看望汪曾祺，目睹汪曾祺其时穷困潦倒之状，立即找人帮汪曾祺找到了教员的工作。（杨毓珉《往事如烟》）

中文系的马识途，比汪曾祺低一班，当时是中共西南联大的党支部书记。他回忆说："那时我们认识，我却不想和他来往，就因为他是一个潇洒的才子。我尊重他是我们中文系的一个才子，从艺术上我也欣赏他的散文，但是我不赏识他的散文那种脱离抗战实际的倾向。……我则认为他们爱国上进之心是有的，认真钻研专业是可取的，政治上处于中间状态，是我们争取团结的对象。事实上他们后来都卷入到学生运动中来了。汪曾祺也是这样的知识分子。"（马识途《想念汪曾祺》）

事实正是这样，虽然汪曾祺拒绝征调，但他还是爱国的，还是有正义感的。1945年12月1日，昆明四位爱国学生遭国民党特务暗杀，四烈士出殡那天，汪曾祺也参加了西南联大送行的队伍，而且走在队伍的最前面。他还曾去听闻一多的爱国演讲，对闻一多的被害，心情尤为沉痛。（何孔敬《琐忆汪曾祺》）

巫宁坤是从西南联大外语系志愿报名为美军翻译的，与汪曾祺是早在1936年就"臭味相投"的朋友。周大奎，与汪曾祺一起创办"山海云剧社"的社长，还有沈从文先生等；他们也都没有因此事而轻视疏远或断交。

尤其是汪曾祺的夫人施松卿，那时可是西南联大外文系的"林黛玉"，她婉拒了一个个同学中的追求者，正式和汪曾祺谈起了恋爱。至于后来朱德熙对汪老子女说："当时我们对你爸爸特别佩服，能够硬顶着不去美军翻译很不容易。你爸爸很有骨气。"（见《老头儿汪曾祺——我们眼中的父亲》）我想，这也许是有点赞过头了。然而，他们从在西南联大就开始的友谊一直很铁，持续了几十年，以至他们的子女也彼此成了好朋友。

还应当指出的是，汪曾祺不去报到，不去服役，是公开的抵制，公开的拒绝；既没有动脑筋在体检上耍花样，也没有想离开联大，他并不认为自己的选择是错的,也从来没有认为自己的选择是错的。尽管,此举对他不利。然而,这毕竟不是他的亮点或光环,而是极容易被别人诟病的劣迹与脏斑。因此,汪先生自然尽量要对此事避而不诀或含糊其词;这应当是可以理解的,其道理也是众所周知的。韩石山先生曾指责汪先生"对不利于自己的事,总是多方掩饰,"我的感觉是有点言过其实,"急"过头了。

对于拒绝应征,汪曾祺是付出了代价的。这个代价,不仅仅是他被西南联大开除,一时生活极为艰难;更大的代价,是他以后面对此事只好或含糊其辞,或避而不谈,或不得不找出上述理由来掩饰、去搪塞,给他大半生带来的内心纠结和沉重负担是不言而喻,时至今日,几乎还从来没有人公开给予同情和理解。这很不幸。

众所周知,汪先生写了不少关于西南联大的散文,也有以西南联大为背景的小说,其中写了不少老师、同学和自己的事,但是,唯独于应征一事绝口不提。不知为什么,他却在小说《钓鱼巷》里似乎捎带了一下:

"反右运动中,追查他的历史,因为他曾在孙立人的远征军中当过翻译,在印度干了一年。本来问题不大,甚至不是问题,但是斗起来没完。七斗八斗,他受不了冤屈,自杀死了。中国有许多知识分子本来都可以活下来,对国家有所贡献,然而不行,非斗不可!八亿人口,不斗行吗?"

文中的"他",乃小说的主人公程进,是广西大学矿冶系的,汪先生的许多小说,缘于真人实事,所谓广西大学,我以为其实说的是西南联大,是我牵强附会呢,还是汪先生"别有用心"呢,且附记于此吧。

　　最后，我必须说明一下，此文撰写的目的，并不是为了为汪先生辩解，也不是对汪先生拒绝一事表示赞同，我只是觉得，对当事人已经过去了的事情，我们应力求在比较全面深入了解的基础上予以相对客观公正的论述；而不要一味地套用某些原则去上纲上线，判断是非。这样的努力，较之于简单武断或偏激片面的做法，应当是更有利于学术研究和接近真理的。

附注：

　　张源潜先生是西南联大的校友，又是《西大联大校史》的作者之一。他对汪曾祺没有应征的说法提出疑义，并讲出令人信服的理由，其认真严肃的学风、文风是值得钦佩、学习的。陆建华作为《汪曾祺传》的作者，自然要尊重传主所言，他在读了张源潜先生的文章后，觉得有道理，便于后来的传记文学《汪曾祺的春夏秋冬》（河南人民出版社 2005 年版）中作了修改，书中这样写道："面对当局这种强制性的规定，生性散淡、且总是与政治保持距离的汪曾祺，做出了宁可被开除学籍也不去当译员的选择。他到底是担心自己英文太差不能当好称职的译员，还是出于对战争的恐惧？这些都让后人难以猜测，……。"这样一改，显然比原说好多了。不过，也有的人仍沿旧说，如于 2008 年花城出版社出版的《汪曾祺集》之杨早的导言。

闲侃汪曾祺之粗疏

1987年5月24日，汪曾祺写了一篇《吴三桂》的短文，发表于同年第七期《北京文学》。不知是什么原因，文章中应为"敝乡于二百六十年间出过两位皇上"这句话，成了"敝乡于六十年间出过两位皇上"，一下子整整少了二百年。邯郸市锅炉辅机厂的梁辰，是一位细心的读者，他发现了这个错误，遂致函刊载此文入书的作家出版社，出版社将此信转给了汪曾祺。汪曾祺为此深为感动，特地在《对读者的感谢》中郑重地写道："我完全同意梁辰同志的意见。我从小算术不好，但作文粗疏如此，实在很不应该。梁辰同志看书这样认真，令人感佩。"

汪曾祺的文章发表于1992年10月25日《文汇报》，时隔出版社转给他的信仅两个多月。后来，于1993年出版的《汪曾祺全集》（江苏文艺出版社），1998年出版的《汪曾祺全集》（北京师范大学出版社）中的《吴三桂》中，那二百年已补上了。可见汪先生对自己作品中出现"粗疏"，是十分注意的，一是虚心接受，二是及时改正，尽管这"二百"两个字，也许是他本人没有写，也许是排版时丢掉了或校对时疏漏了，但汪先生还是将错揽在自己的身上。

在汪曾祺的作品中，类似于这样的"粗疏"还有二例，陈德忠先生曾撰文指出，题为《由汪曾祺文想到的》，载于中央文史研究馆和上海市文史研究馆的文史类杂志《世纪》上，此文说：

> 近读已故著名作家汪曾祺《四川杂忆》一文中关于乐山的一节，他写到乐山大佛因风化脱落，虽多次修补，仍

造成遗憾时，表示无奈，接着又写道："走尽石级，将登山路，迎面有摩崖一方，是司马光的字。……他的大字我还没见过，字大约七八丈，健劲近似颜体。文曰：登山亦有道，徐行则不踬。"这段文其实有误……事实上这段题词并没有刻凿在大佛身旁的石级边，而是刻在与大佛一水之隔的乌尤山"止息亭"。题词的作者不是宋人司马光，而是清末四川名士赵熙。现今仍嵌于亭壁的碑刻原文如下："登山有道，徐行则不踬，与君且住为佳。"

短短五十余字中，汪先生错了好几处：

一、字的作者搞错了。将清末的赵熙误为宋之司马光了。

二、字的内容有误。"登山亦有道"，应为"登山有道"，汪先生多了一个"亦"字，"徐行则不踬"后有"与君且住为佳"六字。正如陈德忠所言："漏了最后一句，意思便是显得不完整"。

三、字的地点不对。此处不重复了。

陈先生的文章，我是在上海辞书出版社于2006年出版的《文苑剪影》一书中读到的。北京师范大学出版的《汪曾祺全集》中之《四川杂忆》还是老样子，是不宜订正，还是不知订正呢，我不知道。我想，今后在又发表《四川杂忆》时，最好能于文末附注一下，这样免得以讹传讹，贻误后学。我想，汪先生的在天之灵是不会反对的。

还有一个"粗疏"之处，是汪曾祺将自己在西南联大的老师唐兰教授说成了无锡人。（见《唐立厂先生》）说唐教授上词选课时"打起无锡腔"。（见《修髯飘飘》，载1991年4月7日、14日《中国教育报》）其实，唐教授是浙江嘉兴人也，也许是唐教授曾求学于无锡国学专修馆,并曾在无锡做过中学教师,加之嘉兴话与无锡话亦相近,故汪曾祺将唐教授误以为是无锡人了。

这虽然是小"粗疏",但把自己的老师籍贯说错了,总是不该的。倘若汪曾祺知道了,必定也会要改正过来的。

顺便扯一点闲话,唐兰教授的书法是第一流的,有人曾在20世纪70年代末期问过沈从文,当代书法谁最好,沈从文答曰:唐兰。(见李勇、闫妮《流淌的人文情怀》)识者谓唐之行楷,"用笔凝练灵活,气力均匀,锋法表现特别,结体自然,笔势潇洒,书风大方优雅,端庄有法,瘦硬清劲,峻挺而有媚趣,有'馆阁体'的中规,又多自然洒脱之气,大有唐人写经之风度,堪称文人书法之精品。"汪曾祺喜书法、懂书法又善书法,可惜在写唐教授时未于书法著一笔,真是遗憾——当然,此非"粗疏"也!

被汪先生斥为"胡来"的一副对联

在汪曾祺的怀旧散文中,有一个人写的一副对联,曾引起了他的不满,至少有两篇文字提到此联。一是发表在1989年第8期《今古传奇》的《和尚》一文中。文章谈了三个和尚,第一个和尚是铁桥,文章一开始就写道:

我父亲续娶,新房里挂了一幅画,一个条山,泥金地,画的是桃花双燕,题字是"淡如仁兄新婚志喜,弟铁桥遥贺";两边挂了一副虎皮宣的对联,写的是:

蝶欲试花犹护粉,

莺初学啭尚羞簧。

落款是杨遵义。我每天看这幅画和对子，看得很熟了。

稍稍长大，便觉出这副对子其实很"黄"的，杨遵义是我们县的书家，是我的生母的过房兄弟。一个舅爷为姐夫（或妹夫）续弦写了这样一副对子，实在不成体统。

二年后，汪先生在《我的父亲》中又写到了这副对联，文字大同小异，但是略去了舅舅的名字"杨遵义"，并说此事"胡来"，"觉得实在很不像话"！

两篇文字中说的是同一事，用了"实在不成体统""实在很不像话"这两个"实在"，实实在在地表达了汪先生的不满，这在他的文章中是不多的。

其实，这副对联并不"很黄"，只是"黄"一点而已。

在旧时文人圈子里，逢喜庆之事送谐谑之联乃雅事，趣事也。

1935年，66岁的政界名流熊希龄与33岁的文坛才女毛彦文结婚，沈尹默贺联打趣云：

且舍鱼取熊，大小姐精通孟子；
莫吹毛求疵，老相公重作新郎。

有资料披露，这些副联当时都曾见于报端，可见，其时并没有人以不堪入目视之。

在民国时，曾有几则谐谑的婚联颇为流行，如：

不破坏，安有进步？
大冲突，方生感情！

伸伪足，原形质渗透；
生孩子，留种族作用。

　　从词句上说，"黄"的成分似乎可归属于"重口味"一类，且欠文雅，但由于用了当时的一些新名词入联"卖萌"，故曾传诵一时也。

　　我以为，汪先生对此联大为不满，自是出于对父亲的尊重也；然而，汪老先生对此联却不反感，且长期置放于房间，以至于汪曾祺才"看得很熟了"。于此，我们也窥见汪老先生对亲友的尊重，也可佐证其人之放达也。

　　最后，顺便说一下：此联并非杨遵义所撰，乃出自唐·皮日休之《闻鲁望游颜家林园病中有寄》，原句为"蝶欲试飞犹护粉，莺初学啭尚羞簧"。清时，扬州八怪之一的郑板桥将此诗句中第四字改"飞"为"花"，此一字之改，遂容易使人产生联想了，况且又是挂在新房中哩。据云，今江苏苏州留园尚存郑板桥所书此联，至留园者犹可欣赏到也！

2014年3月

（刊 2015 年第 7 期《湖南文学》）

试解汪公梦

心理学家认为,梦是人潜意识的作品,梦通过象征的形式反映了人内心深处的心理矛盾、欲望和情绪。尽管做梦是打破常规逻辑思维的反逻辑思维,但种种怪异奇妙的梦境无不蕴涵着丰富的情感,不同的梦境,与人的心理因素、生理因素和社会因素密切相关。

人当然都会做梦,但把梦说出来、写出来的人似乎不多。曾有人说过,把梦说出来、写出来是一种快乐,而为别人释梦、解梦也是一种快乐。现实中,得到这一种快乐的人,好像以作家居多,鲁迅、冰心、夏衍、陈学昭、季羡林、袁鹰、张洁、斯妤、陆星儿……他们都曾把自己的梦说出来、写出来与读者分享,汪曾祺亦是。

为他人释梦的也有人感兴趣,上海作家陆寿钧就写过一本《百梦谁醒》的书,对各种各样的人(包括作家)各种各样的梦进行研究,试图"认识梦的真面貌",湖北作家周翼南也曾编过一本《人生留梦》的书,辑录了不少作家"记梦、谈梦、说梦"之作,别有意趣。可惜,两书中皆无关于汪曾祺梦的剖析,亦未见他人文章论及。我认为,汪曾祺的梦也是值得揣度探讨的。本文试对汪公的七个梦一一索解,欲知其义何在,且听笔者道来。

一、在高邮湖船上做的梦

汪老在《露筋晓月》中曾写过他在高邮湖船上做的一个梦,露筋是个地名,那地方蚊子特多,特疯狂,传说曾有姑嫂二人赶路至此天黑,小姑子因蚊子叮得厉害,遂到庙中投宿,而嫂子坚决不去,遂被蚊子叮死,以至身上的肉都被吃净,露出筋来。汪老做的也是被蚊子叮咬的梦,妙的是梦中与蚊子的对话——尤其是蚊子的话:

一个声音,很细,但是很尖:
"哥们!"
这是蚊子说话哪,——"哥们"?
"哥们,你为什么把我拴住?"
"你是世界上最可怕的东西!你们为什么要生出来?"
"我们是上帝创造的。"
"你们为什么要吸人的血?"
"这是上帝的意旨。"
"为什么咬得人又疼又痒?"
"不这样人怎么能记住他们生下来就是有罪的?"

"咬就咬吧，为什么要嗡嗡叫？"

"不叫，怎么能证明我们的存在？"

"你们真该统统消灭！"

"你消灭不了！"

"我现在就要把你消灭了！"

我伸开两手，隔着蚊帐使劲一拍。不料一欠身，线头从枕头下面脱出，蚊子带着一截棉线飞走了。最可气的是它还回头跟我打了个招呼："拜拜！你消灭不了我们，我们是国家一级保护动物！"

在蚊子多的地方做被蚊子叮咬的梦，这当然完全有可能，也很自然。但汪老是否真的就在这个地方做了这样的梦，那就很难说了。其实，这些都不重要，重要的是，这个梦喻示着什么？应当说，汪老此梦并不难解，因为它不隐晦，它说的是一种社会现象——人所共知的一种社会现象，也是人所共愤的一种社会现象，然而，人们却奈何不了！汪老与蚊子的对话虽短，但意味深长，虽语言浅白，却旨趣深刻，貌似滑稽幽默，实则沉痛精警。汪公当然是讨厌蚊子的，可更恨像蚊子这样的人！1982年九十月间，汪老于《天山行色》一文中写道："蹲在伊犁河边捡小石子，起身时发觉脚上有几个地方奇痒，伊犁有蚊子！乌鲁木齐没有蚊子，新疆很多地方没有蚊子，伊犁有蚊子，因为伊犁水多。水多是好事，咬两下也值得。自来新疆，我才更深切地体会到水对于人的生活的重要性。"——此乃明证也！前不久，曾读到墨西哥作家卡洛斯·福恩特的一段话，我认为颇有见地，他说，文学作品"不管说出来的有多么多,总是没有说出来的要多得多"。汪曾祺的梦亦是如此。

二、一个荒唐的梦

一个荒唐的梦。此梦做于1990年12月,"在读着阿成和另几位青年作家的作品的过程中,一天清晨,迷迷糊糊地做了一个梦,梦一头骆驼在吃一大堆玫瑰。"汪曾祺说,这是"一个荒唐的梦"。我以为,先生的这个梦,说的是当时一个文学现象,那就是此文中很明白的一句话——"我知道有那么一些人,对于真实是痛恨的。"我以为,骆驼是喻"那么一些人",而玫瑰则是喻有生活、敢写生活、会写生活的那些作品。至于"一个荒唐的梦",是说这个梦荒唐呢,还是指骆驼吃玫瑰这件事荒唐呢?

鲁迅先生曾说过:"做梦,是自由的,说梦,就不自由,做梦,是做真梦的,说梦,就难免说谎。"(《听说梦》)汪公此梦,是否说谎了呢?汪公曾云:"有些事是不好议论的,有的议论也只能用曲笔。"(《塔上随笔》)此梦亦曲笔也。

三、记梦

这是一组梦,由四个梦组成。

《记梦一》,我以为是寓言,是借兔子喻人,是讽刺文学界的一些不良倾向。在《老头儿汪曾祺——我们眼中的父亲》中,汪朗曾有意提到了这个梦。汪朗说,汪老"对一些人没有生活基础却随意编造故事的做法很不以为然，虽然对此没有公开发表过意见，却写过一篇短文自己看着玩。"这篇短文，就是《记梦一》。不过，我似乎觉得还有另一层意思，那就是批评文学界某些小圈子人，批评他们之间的相互吹捧，相互抬举；汪老认为此风不可长，此风也长不了。——兔子尾巴长不了嘛。

《记梦二》实质上是批评一种"求全"的审美观点。所谓"用毛笔把我写的字的飞白的地方都填实了，把'蚕头'、'燕尾'都描得整整齐齐的，字写得很黑。"那种"填实"所形成的"整整齐齐"，其实是对字的一种"破坏"，是对美的"异化"。1987年，汪曾祺在美国"国际写作计划"的"创作生涯"的主题演讲会上有一个发言，发言的题目是《空白在中国艺术里的作用》，他说，"大概从宋朝起，中国画家就意识到了空白的重要性。他们不把画面画得满满的，总是留出大量的空白。马远的构图往往只画一角，被称为'马一角'。为什么留出大量的空白？是让谈画的人可以自己去想象，去思索，去补充。"随后，汪曾祺把话头即转向文学，他认为，"一个小说家，不应该把自己知道的生活全部告诉读者，只能告诉读者一部分，其余的让读者去想象，去思索，去补充，去完成。""留出空白，是对读者的尊重。"1982年夏天，汪老有新疆之行，在尼勒克县，有一位正在读高中的女孩子陶若凌喜爱文学，拿了几首诗向汪老求教，汪老很认真看完之后，对小陶说："你的诗写得天真，新颖，意境和语言都很好。这首《布谷拉山谷的松涛》中第三段可以不写，木材可以造桥梁、作枕木、建大楼等等，木材的用途广泛得很，你在诗中能说全吗？完全没有必要，这段可删去。"但小陶说："原来我写时就没有这一段，是外地的一位编辑来信叫我加上去的。"汪老感叹了，说："你看，有些人写东西总是想求全，结果还是不能得全，完全没有那个必要，这段去掉！去掉！"

他在为鸽子写的《贵在坚持——序〈雨雾山乡〉》中也强调过这个意思。鸽子散文《鸟笼》的结尾写到：

"这老头也怪，在众人将要把他簇拥时，却转身走开了，边走边咕哝地说：'你们把它装进笼子，它也把你们装进笼子。'

"'什么？什么？他说些什么？'"

原作下面还有一段话，汪曾祺认为到此为止就行了，"这样就'虚'一点，空灵一点"，"不必把作者的思想都写出来。都写尽了，读者就没有思索和玩味的余地了。"

应当承认，书法之"飞白"，绘画之"留白"，这种以少带多，以虚映实，既是艺术的一种表现手法，一种审美情趣，也是艺术的一种高妙境界，文学是可以借鉴的，也是必须借鉴的。

《记梦三》可能是怀旧，汪曾祺说梦中到的这个地方叫佳集橐，有一张木刻的旧地图上有这三个字。醒来，他把这个梦记在一张旧画上，寄与德熙，德熙，汪老之旧雨也。不过，也许是言创作。因为，汪曾祺说，这三个字可以用在一篇小说里，作为一个古镇的地名。宋代张耒曾云："好射者梦见弓，好乐者梦奇声。何则？志固在是也。"梦境似乎是有关于梦者的思想、性格、好恶和职业的。

《记梦四》真正说到梦本身的只有几句话："梦见毕加索。毕加索画了很多画。起初画得很美，也好懂。后来画的，却像狗叫。"汪曾祺曾说毕加索是大艺术家。在美国，汪曾祺看过不少毕加索的原作，他说，"有一幅他（指毕加索）的新古典主义时期的画，母与子,好懂。也有一些他后期的'五官挪位'的怪画。"所谓"后来画的,却像狗叫",差不多就是指"'五官挪位'的怪画"吧。画怎么能像狗叫呢?五官挪位了也!可见,汪先生是很喜欢这类怪画的。因为汪先生说,"晨醒,想:恨不能与此人同时,——同地。"汪曾祺自信他对毕加索"是能看懂的,会欣赏的。"(《文化的异同》)早在1947年,汪曾祺在一篇文章中就提到了毕加索,他说:

"毕加索给我们举了一个例。他用同一'对象'画了三张画,第一张人像个人,狗像条狗;第二张不顶像了,不过还大体认得出来;第三张,简直不知道是什么东西了。人应当最能从第三张得到'快乐',不过常识每每把人谋害在第一张之前。"上述一番话,《短篇小说的本质》中也说了毕加索,说了画,说了狗,其意思却与《记梦四》大致相似。

汪曾祺在《张大千和毕加索》一文中还引用过毕加索的话,毕加索对张大千说:"……在这个世界谈艺术,第一是你们中国人有艺术,其次是日本,日本的艺术又源自你们中国;第三是非洲人有艺术。""中国画真神奇,齐先生(指齐白石)画水中的鱼,没有一点色,一根线画水,却使人看到了江河,嗅到水的清香。真是了不起的奇迹。……有些画看上去一无所有,却包含着一切。连中国的字,都是艺术。"汪曾祺认为,"毕加索的话也许有点偏激,但不能说是毫无道理。毕加索说的是艺术,但是搞文学的人是不是也可以想想他的话?有些外国人说中国没有文学,只能说他无知。有些中国人也跟着说,叫人该说什么好呢?"汪曾祺说"恨不与此人同时,——同地。"此乃真心话也。先生于《〈矮纸集〉

题记》中是以这样一段话结束的,他说:"关于方法,我觉得有一个现实主义,一个浪漫主义,顶多再有一个现代主义,就够了。有人提出'新写实'、'新状态'、'后现代',花样翻新,使人眼花缭乱。我觉得写小说首先把文章写通。文字不通,疙里疙瘩,总是使人不舒服。搞这个主义,那个主义,让人觉得在那里蒙事,或者如北京人所说'耍花样',不足取。"此文写于1995年6月,时文坛各种所谓的新口号正喧闹一时也,是不是这些声音使汪先生"很久睡不着"的呢?《记梦四》一开头似乎交代做这个梦的由来——"马路对面卖西瓜的棚子里有一条狗,夜里常叫,叫起来没完,每一次时间很长,声音很难听,鬼哭狼嚎,不像狗叫。我夜里常被它叫醒。今天夜里,叫的次数特多,醒来后,很久睡不着。真难听。睡着了,净做怪梦。"明明是狗叫,却"不像狗叫";明明是画,不是狗,"却像狗叫",这令人想不通,其实,汪先生并不是在说狗,而不过是借狗说事罢了,既然是梦,还有什么通不通的呢!

汪先生于1986年10月写的一篇《说"怪"》的短文,似乎可以帮助我们解析这个梦,汪曾祺说的是金冬心的画,他说,"我在故宫博物院见过他画的一个扇面,万顷荷花,只是用笔横点了数了清的绿色的点子,竖点了数不清的漆红的点子,荷叶荷花,皆不成形,而境界阔大,印象真切。我当时叹服:这真是一个绝顶聪明的人!"汪先生接着说,"我不想评定金冬心,只是想说说什么叫'怪'。很简单,怪就是充分表现个性,别出心裁,有独创性。"但是,怪,不是丑。"丑的东西总是使人不愉快的。前几年有一些青年小说家热衷于写丑,写得淋漓尽致,而且想出一个不知从哪里来的奇怪的口号："审丑化"，以为这样才是现代主义，我作为一个七十四岁的作家，对此实不能理解。"（《使这个世界更诗化》）这些丑的东西是否就是汪先生"净做怪梦"的原因呢？我想，大概是的吧。

四、梦见沈从文先生

《梦见沈从文先生》，这是汪先生人生之旅的最后一个梦，也是一个确确实实的梦。汪曾祺做了这个梦后，曾把梦境告诉过别人。《中国民族博览》编辑凤洁在汪老家中采访时，汪曾祺原原本本地讲于她听了，这与后来《文汇报》发表的几乎一样。

这个梦主要说了两件事，都是沈从文先生说的。一是汪曾祺将沈从文先生一篇小说的续篇稍稍增饰发挥，添改了一下。沈先生看了说："改得好！"并说："笔这个东西，放不得。"二是沈从文先生强调，"文字，还是得贴紧生活，用写评论的语言写小说，不成。"汪曾祺认为，"沈先生在我的梦里说的话并无多少深文大义，但是很中肯。"其实，这两件事并非是梦话，沈从文先生说汪曾祺改得好，就是说汪曾祺写得比自己好。在《老头儿汪曾祺——我们眼中的父亲》一书中，汪朗透露道："沈先生曾经对人说过，爸爸的文字写得比他自己还要好。"沈先生与何人说的呢，汪朗未标明。我在彭荆风先生的《忆汪曾祺》一文中看到这样一段话："有次我与沈先生谈及曾祺的作品，他欣然地说：'曾祺比我写得好！'"彭荆风与沈从文、汪曾祺均有交谊，当非妄语耳。

一位外国心理学家吉敏斯（Kimmims）曾详细研究了几千个梦例，发现老人的梦往往是往事的回忆。在某种程度上，汪曾祺的这个梦是一种回忆——一种对往事回忆的克隆。汪曾祺对沈从文是非常崇敬的，1980年底，汪曾祺陆陆续续发表了十多篇关于沈从文的文章，每一篇都饱含着对老师的挚爱深情，他指出，"沈先生是一个极其真诚的爱国者"，"是现代中国文学的大师"，"一个无与伦比的天才的伟大作家"，"我是见到的真正淡泊的作家，这种淡泊不仅是一种'人'的品德，而且是一种'人'的境界"。他公开声言："诺贝尔奖算什么？川端康成算什么？他值我老师沈从文吗？"汪公还多次在文章和讲学中反复强调沈从文关于小说创作的一个观点——那就是梦中所说的："文字，还是得贴紧生活。"当然，沈从文说汪曾祺"他的小说写得比我好"，有人认为他在小说创作的成就已经超越了沈从文的话，汪曾祺自然也会听到的。汪朗曾说过这样一件事：1996年，汪曾祺从蒲黄桥搬到虎坊桥时，家里一幅镶在镜框里的黄永玉木刻《高尔基像》已挂了近四十年，几次搬家，家里人总是习惯性地先找个地方挂起来。这一次搬家，家里人觉得这幅画该换换了，可一时又想不起来换什么合适。没想到爸爸嘟囔了一句："该挂我的了。"说完，还有点不好意思。得听他的，换。于是，"老头儿"的照片进了画框，占据了原先高尔基的位置。（见《老头儿汪曾祺——我们眼中的父亲》）汪朗说，"从这小小的一件事上，看得出爸爸自我评价还是不低的。"汪朗还说，"在艺术上，爸爸则相当自信。"汪曾祺梦见沈从文先生的梦，不也正是艺术上相当自信、自我评价不低的一种反映么？

凤洁在《汪曾祺最后的梦——哭汪曾祺先生》文中谈到了她当时的感受。她说:"汪老对他的良师沈从文先生刻骨铭心的感情深深打动了我。汪老讲述的这个梦令我十分惊诧。我对汪老梦中他们的对话很感兴趣,就随手记在了采访本上。汪老笑着说:'这个梦还值得记录么?'我说:'觉得挺有意思,就记下来吧。……'汪老说曾把梦见沈从文先生的事讲给别人听,但听的人都不相信。我说我深信不疑,因为梦是自己到来的,并不是想梦见什么就能梦见什么,梦里什么奇迹都会出现。"凤洁说她相信汪先生的这个梦,我也相信汪先生的这个梦,而且也是深信不疑。

汪曾祺曾这样说过沈从文先生:

沈先生有时是生活在梦里的。沈先生曾写过自己的一个梦:

夜梦极可怪。见一淡绿百合花,颈弱而花柔,花身略有斑点青渍,倚立门边微微动摇。在不可知地方好像有极熟悉的声音在招呼:

"你看看好,应当有一粒星子在花中。仔细看看。"

于是伸手融之,花微抖,如有所怯。亦复微笑,如有所恃。因轻轻摇触那个花柄,花蒂,花瓣。近花处几片叶子全落了。

如闻叹息,低而分明。"(《生命》)

汪曾祺说:"这很难索解,但是写得多美!沈先生四十岁以后一直是在梦与现实之间飘游的。"(《〈美——生命〉——〈沈

从文谈人生〉代序》）

　　汪曾祺在纪念沈从文先生的《星斗其文，赤子其人》文字末尾这样写道："沈先生家有一盆虎耳草，种在一种椭圆形的小小钧窑盆里。很多人不认识这种草，这就是《边城》里翠翠在梦里采摘的那种草，沈先生喜欢的草。"其实，汪先生梦中所言之事，也都是有所指的，他是心中有数的，只不过外人也许能一眼看出来，也许"很难索解"罢了。

　　陈四益先生《〈聊斋索图〉小引》云："湘西黄永厚先生读《聊斋》，有所得，则作一图，名之曰《聊斋索图》。他说：'索图索图，无非是从《聊斋》里头找画题。借题发挥，同《聊斋》未必相干。'

　　"读图，大乐，遇想妙得令人喷饭，但跋语简略，索解不易。于是，自告奋勇为《索图》作解，并声明在先：'不能是解，解是不能。图既不必与文相干，文亦不必与图相干。'先生说：'大好，你写你的，我画我的，所见可以同，可以异，也可以唱唱对台戏，合则或可两利，离则亦不两伤。是一是二，可一可二，了无羁绊，岂不妙哉！'

　　"于是，作《聊斋索图》解。"

　　四益此文，甚得吾心。当然，梦可解，亦不可解，既可多解，亦可误解。我试解汪公之梦，是耶，非耶？亦可以以梦话视之。子非鱼，安知鱼之乐？子非我，安知我不知鱼之乐？我且姑妄言之，君且姑妄听之，可否？

善意的谎言，不足取也
——"拔高"汪曾祺两事辨正

前不久，在陕西出版的《文化艺术报·书刊参考》中，看到一篇文章，题曰：《汪曾祺收回败笔书法》，作者是段奇清。文章说的是汪曾祺在云南作家张长家酒后挥毫写字，由于酒力之故，写的二幅字成了"败笔书法"。文章的最后部分是此文的"亮点"，且抄录如下：

待第二幅字写完时，汪曾祺几乎站立不住。人们搀扶他离开。他说："把前面写的那幅字给我拿过来。"和他一起去的一位作家拿来那幅字，恳求道："把它给我吧。这就相当于'全国山河一片红'那个错版邮票啊。"汪曾祺以不容置疑的口气说："不行。"场面顿时尴尬起来。

事后，有人谈起这件事，言语之间，似乎说汪曾祺太过吝啬。

汪曾祺说："你们知道我为什么已在不胜酒力的情况下，坚持要写完那幅字，不愿半途而废吗？我是要让自己永远记住这次人生中的'败笔'。"说完，不禁独自嗟叹道："嗜酒误事啊，嗜酒误事啊！"

从云南回到北京后，汪曾祺把那幅字裱好，挂在书房显眼的位置，以时刻警示自己。而且，往后喝酒，他总会控制酒量。

读罢此文，我不免心里犯疑起来。因为，我近年来看到张长本人的叙说及其他在场者的回忆，却与此文结尾迥异。

张长说："1991年，中国作协组织一些作家来云南参观访问。茅盾文学奖获得者、从未晤面的女作家凌力到昆明后就打听我，向我转告张洁的问候。我知道后马上到宾馆看望他们，凌力正好和汪曾祺在一起聊天。也许汪老和凌力、张洁都合得来，我们也就一见如故，谈得很投机。我当即请凌力和汪老到家中小坐，并嘱家里赶紧准备几样小菜。家里人为临时弄不出更多的菜深感不安，汪老大声说：'有酒就行！'……今天我可得让老头喝个痛快。忙不迭把日本翻译家川口孝夫先生送的一瓶苏格兰威士忌打开，那一天他果然喝得非常尽兴。……那天，他乘酒兴一口气给我留下两幅字。其中一幅是这么写的：'羁旅天南久未还，故乡无此好湖山。长堤柳色浓如许，觅我游踪五十年。'……那天汪老来我家，原先不想到要写字。因为没带图章，留给我的两幅字至今也就只有署名而无印章。我担心别人把他的真迹也当伪作，我说要盖上图章，否则就应了《红楼梦》里的那句话：'假作真时真亦假'了。汪老当即保证，他还要来云南，下次一定补盖。

"1996年，汪老果真又回到'觅我游踪五十年'的昆明。我在他行前的一个晚上到住处拜访，并请他补盖章。老人颤颤巍巍地找了半天图章，没找到，最后说是忘在玉溪了，最终还是没有盖上。在场的高洪波兄提醒我，干脆让汪老回北京给画一幅画吧。汪老欣然应允，使我喜出望外。汪老的画我也喜欢，和他的文风一样，他的画风非常随意、平和。

"本以为老人家岁数大了，未必记得住他的承诺。孰料不久就收到他赠我的画，满满当当一幅紫藤，留白不多，落款仍是"张长兄"，除一方鲜红的图章盖在名字下面，又加盖了两枚闲章：一枚椭圆，阳篆，刀法秀气，镌句云：'人与书俱老'；另一枚方形阴篆，四个字刻得很凝重，曰：'信可乐也'。"（张长《好老头汪曾祺》）

那天作家杨葵也在场。因为杨葵的父亲是汪曾祺在西南联大时的同学，张长想求汪老的字，曾托杨葵邀汪先生到张弓家去作客，杨葵关照张长：汪先生嗜酒，喝高兴了，别说一幅字，有求必应，多备酒即可。在《过得去——文化圈幕后故事大全》（广西师范大学出版社2010版）一书中，杨葵写了那天汪老在张长家酒后写字的事，过程与张长说得差不多。文章的尾声如下：

"张长看着那幅风格奇特的书法作品，夸也不是，嫌弃也不是，十二分尴尬。我见状赶紧打圆场：很珍贵啊！错版啊！你知道嘛，相当于'全国山河一片红'那个错版邮票啊！别人想求还求不到呢！凌力也帮忙打圆场：前些天我们在笔会上，北京文联的韩霭丽求汪老赐画，原来都说他兰花画得好，结果画了一块宣威火腿扔给人家了。"

究竟是张长、杨葵有意回护，为亲者讳呢？还是段文无中生有、着意拔高呢？为进一步澄清真相，笔者于4月7日致信汪老的女儿汪朝女史；全文如下：

"近见《文化艺术报·书刊参考》载《汪曾祺收回败笔书法》一文，

说汪老曾在云南作家张长家写字，因酒喝多字写坏了，坚持拿回这幅字，并把这幅字挂在自己书房里，告诫自己不能嗜酒误事。我曾看过相关文章，过程差不多，但没有取回挂书房自警之说。我写汪老酒事有此一节，恳祈惠示有无此说否？"

汪朝回答是："没有没有，我都没听说过。呵呵！"她还说："外面编的故事可多了，也没法更正。"

后来，我又查了一下"百度"，段奇清的这篇文章，至少在两个地方刊发过：一是 2016 年第一期的《辽宁青年》，题为《"败笔"是一度气度》；二是 2015 年 11 月 23 日的《滨海时报》，题曰《败笔》；两文虽长短不一，标题略异，但基本内容却是相同的。很显然段文是在有意"拔高"汪老耳。

于是，我不禁联想起又一件"拔高"汪老的事，这事还涉及毛泽东主席。1994 年 6 月 9 日《人民政协报》上的一篇文章中，写到了毛主席与汪曾祺亲切会见并交谈的情况，一度时期流传甚广。由于此事乃无中生有，搞得汪老夫子十分不满。他的哲嗣汪朗说：

"在中南海，爸爸偶然见过毛主席一面，是不是这次不清楚，他去过几次中南海，家里人都不知道，当时这都属于机密。他说正在讨论剧本时毛主席走进来，好像要找什么东西。江青介绍说，找了几个人来谈剧本创作，毛主席只说了一句'你们谈，你们谈'，随后就走了。此事爸爸一直没说过，也没有写过。没想到多年之后，一家小报竟然刊登了一篇毛泽东与汪曾祺的文章，说毛主席与爸爸就《沙家浜》的剧本详细交谈过，你一句我一句的还显得很亲热。这连捕风捉影都算不上，纯粹就是瞎掰。爸爸看过后，又好气又好笑，又不愿意跟这种小报和无聊作者较真，才跟我们说及此事。"（汪朗《岁月留痕》在此书的《引子》中，汪老的三位子女都郑重地说："'老头儿'成了名人之后，写他的文章有不少，有些我们看了直纳闷：'这说的谁？这么高大？是不是还有一个汪曾祺？'还有的简直是瞎编故事。'老头儿'在时，对这些故事往往一笑置之，不去计较。可如今，我们做子女的觉得还是该让人知道我们所知道的汪曾祺，这个'老头儿'未见得高大，但是比较真实。"

为弄清楚汪曾祺与毛主席谈戏这件事，当时正在写《汪曾祺传》的作者陆建华曾当面请教了汪曾祺本人。陆建华说：

"汪曾祺对关于他与《沙家浜》的一些不实报道，甚为不满。他对我说：'有些人只见我一面，谈了几句话；有些人我根本没见过，却活灵活现地写我怎样怎样。单写我个人倒也罢了，还写我与江青的交往，写毛主席与我如何如何，这就不是小事了。不澄清事实会贻误后人的。'"（陆建华《听汪曾祺细说〈沙家浜〉……》，刊 1994 年 10 月 30 日《南京日报》）

陆建华这篇文章发表时，汪老还健在，总算在一定范围内起到了澄清事实的作用。后来在出版的《汪曾祺传》中，陆建华特地郑重地把相关的真实情况作了详尽的叙述，来龙去脉写得清清楚楚。《汪曾祺传》的文稿，汪老都一一过目，此书的基本事实是客观的、真实的、可信的。可惜此书的发排之日，竟是汪老的辞世之际，汪老没有看到迟几个月在江苏文艺出版社出版的这本书。

现实告诉人们，有些时候，澄清事实往往比较难；也比较烦，比较慢。汪老所谓败笔事，张长、杨葵文章在前，而段文于后；然而，偏偏却是段文一登再登，有了较大的气场和较多的受众，所以汪朝说"没法更正"，乃出于无可奈何耳！有鉴于此，我才写下此文，寄语作"拔高"文者，请尊重事实，善待他人，也善待自己！

　　平心而论，那两位"拔高"汪老的作者皆好事之徒耳，应当并无恶意，甚至完全是出于好心，但这种"善意的谎言"的"可爱"之处，也正是它的可恨之处。谎言毕竟不是事实，不是真相；是对真相与事实的"异化"与"篡改"。然而，又由于似乎煞有介事，好像真实可信；所以，会容易使人信而不疑，带来了某些负面影响，既不利于汪老，也不利于作者，更不利于读者。此等"善意的谎言"，不足取也！

汪曾祺幽默摭谈

听说一位名人曾说过这样一句话：幽默———一种优美健康的品质。想起汪曾祺先生之幽默，觉得这话确实有点道理。

1991年4月，汪曾祺到云南采风，一路上，他谐语雅谑，脱口而出，十五天的行程欢声笑语不断：

在泼水节上，汪老被浇成了落汤鸡，他开心地说：我被祝福得淋漓尽致。

在登山时崴了脚，汪老无奈，只得拄杖跛行，先生自嘲云：一失足成千古恨。

在喝饮料时，汪老冷不丁地说道：我担心喝下去以后会不会变成果脯？！

同行的女作家凌力、先燕云等打趣地说汪老是酒精、味精、字精、画精；汪老只回敬了两个字——妖精！

河北作家尧山壁说："代表团台上的中心是冯牧（团长），台下的中心却是汪老，幽默机智且妙语如珠，着实让人拥戴。"

此乃实情也。

1994年春，高邮几名在北京读大学的青年相约一起去拜访汪曾祺，他们像见到了家中慈祥的爷爷那样争着向汪曾祺问好，充满敬意地对汪曾祺说："高邮除了秦少游之外，就是您了。"汪曾祺一本正经地说："不对！高邮双黄蛋比我名气大多了，我只能居第三位。"汪先生的幽默，引得小同乡们哈哈大笑，初次见面的拘谨而随之一扫而光。

有一次，浙江的一位文学杂志的女编辑登门去和汪老约稿，还带上了刚九个月的宝贝儿子。汪老属猴，汪老得知此孩子也属猴，一见就说，"是小猴来了吗？那今天就是小猴拜老猴啦！"中午，汪老留饭，给小猴做了蒸鸡蛋羹。汪老喜欢小孩，执意要亲手喂小猴吃蛋羹。不料还没喂上一口，小猴就稀里哗啦尿了汪老一身，那位编辑急得忙不迭地说对不起，汪老却哈哈大笑："好！男子汉大丈夫，想尿就尿！"

还有一次，一位出版社的编辑在电话中向汪老组稿，想请汪老多提供新作品，于是"在电话里壮着胆子说：汪老，出版社出您的选本很多，但收的新作不多，读者们很有些想法。"汪老听了幽默地说："我这亩田，本来就低产，但来收粮的人太多，种田的人又不太会拒绝人，弄得里外不是人。"

作家李春林曾几次感受到汪先生的幽默。他回忆说：一次去的时候，正赶上先生的《胡同文化》一文发表并广受好评。我对先生说起此事，先生说："也有人说不好。"我问是谁，心想可能是某位学者，没想到先生回答："是我的小孙女。她给《胡同文化》划分段落，归纳段落大意，总结中心思想，……结果把这篇文章批得体无完肤，一文不值！"话音未落，主宾都笑了起来。另一次去的时候，先生说起××烟厂求他写一宣传文字，……厂家说为了酬谢先生赐文，将长期特供先生×××牌香烟，可两个月后，×××牌香烟就"断供"了。说到这里，主宾又是一片笑声。

汪老的幽默随处可见，于不经意间随口而出，并非那种刻意的卖萌或夸张的做作。汪老的小女儿汪朝曾说过一个段子，她说："妈那个时候（指在西南联大期间）给人的印象是弱不禁风的病美人。"以至多年后一个老同学对爸说："你原来的夫人叫施松卿。"爸笑答："现在的也是！"爸和妈提起此事就不禁相对大笑。

汪曾祺的幽默也给参加爱荷华国际写作计划的各国作家留下深刻印象。在美国爱荷华期间，汪先生等应请在一家中国餐馆用餐。作为主人代表的是一对黑人夫妇，男的是诗人，在上菜的间隙，这位诗人即席朗诵了三首诗。坐在上座的汪先生听罢起身讲：感谢诗人给我们念了四首诗。大家正在诧异，汪先生把诗人年轻的夫人拉了起来说——第四首在这里！话音方落，全场笑声掌声响成一片。

汪先生之幽默，亦见于画跋中，在一幅马铃薯的画上，他跋云：

  马铃薯无人画者，我亏戴帽子下放张家口劳动，曾到坝上画马铃薯谱一巨册，今原图已不可觅，殊可惜也。曾祺记。

其"亏"字不可不谓妙也，先生之旷达与无奈，含蓄与幽默，俱借此一字出矣。

汪先生有一跋菊花图之文，亦别有意趣："一九八二年十一月，不是七日就是八日，汪曾祺。时女儿汪明在旁瞎出主意。"画上题有诗一首：种菊不安篱，任它恣意长，昨夜落秋霜，随风自俯仰。所谓"瞎出主意"亦正是"不安篱"之故也。汪老曾云：多年父子成兄弟。昔时他初恋时在家写情书，老父亦在旁"瞎出主意"；如今女儿在他作画时也"瞎出主意"，可见他们三代人的父子、父女之间的关系是何等平等、何等融和啊。"瞎出主意"四字，情趣毕出。

有一次汪先生在大连棒槌岛参加笔会，一群女记者围着向他索画，汪老瞥了其中一位特别苗条的女孩一眼，随手画了一幅梅花，梅干长而细瘦，且题款曰："为某某写照"，众人会心一笑，莫不绝倒。我估计，那女孩也会怡然莞尔的。

汪先生不仅在日常生活中是一位幽默大师，有些政治话语也颇具幽默感。被补成"右派分子"了，他说："我当了一回右派，真是三生有幸。要不然，我这人生就更加平淡了。"他进而还说："……我觉得卫生部应该发一个文件，为了保障人民的健康，不要再搞突然袭击式的政治运动。"——因为他一天早上看到一批侮辱性的大字报，血压突然飙升了。这种以调侃的语言议论严肃的"政治斗争"，显示出他幽默有锋芒、有战斗性的一面。汪先生之幽默，可谓是幽默中之上乘也！从中亦可窥汪先生之从容、超脱与智睿，这种有品位、有蕴涵的幽默不仅令人开怀，且给人兼得回味之趣，深思之乐。

尤为令人感佩的是，在生命垂危之际，汪先生依然出语幽默：为了做医疗透视，护士要汪先生脱掉衣服拍片，他老先生居然慢悠悠地说——

"怎么？拍裸体照？"

在死神叩击门扉之时，汪先生还保持着一以贯之的幽默感，保持着平日的自我调侃与自我解嘲，足见先生的乐观豁达和淡定平静矣。

汪先生云："富于幽默感的人大都存有善意，常在微笑中。右派恶人，不懂幽默。"（《谈幽默》）汪先生这句话，来自生活，源于现实，我们这一代人是有体会的。

汪曾祺与美食家

在当代中国作家中，汪曾祺大概是跨界最多、"帽子"最多的一位了。如小说家、散文家、戏剧家、诗人、杂家、书法家、画家等等，还有一个"帽子"——美食家。尽管美食家得名较晚，但影响力不小，知名度甚高。而在这些众多的雅称中，他可能最乐于接受的就是"美食家"这项帽子了。他去世后，诸如美食圣手、美食大师、食林盟主、风雅吃货等等光环也不由分说地带到了他的头上。一些出版社争先恐后地出版他关于美食文化的散文集子，从较早的山东画报出版社的《五味》、北方文艺出版社的《汪曾祺谈吃》、中国文联出版社的《四方食事》、青岛出版社的《家常酒菜》；到新近的中国友谊出版公司《寻味：汪曾祺谈吃》、中国青年出版社的《老味道》、九州出版社的《旅食与文化》、江苏文艺出版社的《做饭》；销量不错，且有的书还一版再版，受到了亿万读者的普遍欢迎和广泛好评。诚如一家出版社的推介词中所说：

"汪曾祺把吃的感受、吃的氛围，怎么个来历说得头头是道，烘托得恰到好处。用真实细腻的语言，表达了无限的生活热情和雅致的韵味，是把口腹之欲和高雅文学拉得最近的人。"所以，虽然各个出版社的书名各异，选取不同；其总源也都是来自汪曾祺的美食文章；但仍然赢得图书市场，获得读者的追捧与青睐，一次又一次地证明了汪曾祺美食文化的魅力与价值以及他在美食文苑中的地位和影响。而以下引述的一些美食家与汪先生的交往及其评论，则从另一角度也证实了上述结论。

汪先生对王世襄之烹调艺术甚为推崇。他说："学人中真正精于烹调的，据我所知，当推北京王世襄。"他还举了一个例子——"听黄永玉说：有一次有几个朋友在一家会餐，规定每人备料去表演一个菜。王世襄来了，提了一捆葱。他做了一个菜：焖葱。结果把所有的菜全盖下去了。"（见《食道旧寻》）在文章结尾处，汪先生又说："学人所做的菜很难说有什么特点，但大都存本味、去增饰，不勾浓芡，少用明油，比较清淡，和馆子菜不同。北京菜有所谓'宫廷菜'（如仿膳）、'官府菜'（如谭家菜、'潘鱼'）。学人做的菜该叫个什么菜呢？叫作'学人菜'，不大好听，我想为之拟一名目，曰'名士菜'，不知王世襄等同志能同意否？"

那王世襄老先生忒有趣，特地就汪曾祺所讲之事及所问之题写了一篇《答汪曾祺先生》的文章，既认乎其真地，又风趣幽默地一一作答。王老先生云："序中说我去朋友家做菜连圆桌面都是自己用自行车驮去的，这是传闻之误，我从未这样干过。记得几年前听吴晓铃兄说起，梨园行某位武生，能把圆桌面像扎靠旗似的绑在背上，骑车到亲友家担任义务厨师，不知怎的，将此韵事转移到下身上。实在不敢掠美，……。"至于"焖葱"之说，王老云："这是言过其言，永玉夫人梅溪就精于烹调。那晚她做的南洋味的烧鸡块就隽美绝伦，至今印象犹深。永玉平日常吃夫人做的菜，自然不及偶尔尝一次我的烧葱来得新鲜，因此，他才会有此言过其实的不公允的评论。"文末，王老爷子还故意"以其人之道还治其人之身"——列举了糟煨冬笋、炖牛舌、油浸鲜蘑、锅塌豆腐、酿柿子椒、清蒸青鱼、海米烧大葱等七个菜，反问汪曾祺"该叫个什么菜"？随后，便坦陈其言："'学人菜'，我不同意。'名士菜'，越发地不敢。他一本正经地宣称，把自己做的菜称之为'杂合菜'，是完全符合的"。（见王世襄《忆往说趣》，生活、读书、新知三联书店2010年版）

汪朗回忆说，老爷子住蒲黄榆时，有个周末上午，王先生突然打来电话问地址，说是要过来一下。进门之后，他打开手里拎的一个布袋子，跟老爷子说："刚才在虹桥市场买菜，看到茄子挺好，多买了几个，骑车送过来，尝个鲜。"那是大夏天，王先生上身一件和尚领背心，下面一条短裤，光脚穿了双凉鞋，和胡同里的老大爷没什么两样。两人没说几句话，王先生就起身走了。蒲黄榆在虹桥市场南边，王先生家在北边，为了送这几个茄子，他老先生一来一去得多骑半个多小时"。（《"老头儿"三杂》）

汪曾祺、王世襄这两位文人美食家，不仅没有某些旧文人的那种文人相轻的陋习，而且有一种文人相亲、文人相惜的美德。97年三、四月间，汪曾祺曾对前来采访他的崔普权说："你该写写王世襄先生，学者中真正精于烹调的，据我所知，当推王世襄啦！"（崔善权《也馋》）王世襄也与采访他的记者说："我跟汪曾祺很熟,我在他们家里做过饭。"他还说:"他很喜欢写东西,沈从文的弟子,得了真传,文笔很好。"

陆文夫是一位与汪曾祺并美的作家、美食家,他的小说《美食家》发表后,美食家一词不仅传遍了文化界、烹饪界,甚至几乎达到了家喻户晓的普遍程度。他们两人是一对知交酒友,陆文夫说:"上世纪八十年代的初期,作家们的活动很多,大家劫后相逢,也欢喜聚会。有时在北京,有时在庐山,有时在无锡,有时在苏州。凡此种场合,汪曾祺总是和我们在一起。"(陆文夫《酒仙汪曾祺》)陆文夫认为:"汪曾祺不仅嗜酒,而且懂菜,他是一个真正的美食家,因为他除了会吃之外还会做。"(同上)

汪曾祺的文化美食对年轻一代美食家颇有影响,更得到他们的敬佩和推崇。

作家陈建功也是一位美食家,尤其对涮羊肉情有独钟,别具心得。汪先生主编《知味集》,特约建功写一篇入集子。建功对此颇为自得,他风趣地说,"曾祺老对我如此错爱,我辈岂有不从之理!"于是便自封"涮庐",还留下了"美食老饕""涮庐庐主"之类的美名。"有一回和曾祺老一道参加一个冷餐会,老人家坐在一个角落里默默地品酒,看见我来了,居然站起身,慢条斯理地踱将过来,指指条桌上的一瓶洋酒道:'建功,你尝尝这酒,这酒有点味道!'这情节让我得意了好一阵子,仿佛一位小沙弥突然被德高望重的长老垂顾,多少豪饮者都未能得到此等殊荣。"

这一老一小"美食家"不仅交流过"吃",还闲聊过"吃"的"工具"。一次,他们谈起烤羊肉串的钎子,陈建功说他曾用过车条,

汪先生亦云："当初我也为这钎子发一阵子愁，最后你猜怎么着？还是用的车条！"可见是英雄所见略同也！（陈建功《老饕絮话》）

作家洪烛曾感叹地说："我和汪曾祺同桌吃过饭，在座的宾客都把他视若一部毛边纸印刷的木刻菜谱，听其用不紧不慢的江浙腔调讲解每一道名菜的做法与典故，这比听他讲小说的做法还要有意思。好吃的不见得擅长烹调，但会做的必定好吃——汪曾祺先生两者俱佳。"（《文人菜谱》）

"不管是鉴赏食物，还是舞文弄墨"，"在这两方，我都曾拜汪曾祺为师。虽然并未举办什么公开正式的拜师仪式。1992年，湖北的《芳草》杂志约我给汪老写一篇印象记，我就前往北京城南的汪宅，和他海阔天空聊了一个下午。一开始谈文学，后来话题就转移了；因为彼此是江苏老乡，就议论起南方的饮食及其与北京风味的比较。"

"活着的文人，老一辈中如汪曾祺，是谙熟食之五味的，而且每每在文字中津津乐道，仿佛为了借助回味无穷再过把瘾，这样的老人注定要长寿的，他谈故乡的野菜，什么荠菜、马齿苋、莼菜、芦蒿、枸杞头，如数家珍，那丝丝缕缕微苦的清香仿佛逗留在唇边。……蒲黄榆的汪宅我去过两回，每回汪曾祺都是挎着菜篮送我下电梯，他顺道去自由市场。汪老的菜篮子工程，重若泰山。"

与汪老对酌，当时，是一种美好的享受；过后，是一段美好的回忆。汪曾祺虽然去世了，洪烛说，"可他送我的几册书中的美食散文，却经常翻读。脑海里总出现这样的画面：老人慢腾腾地把一碟碟小炒，从厨房端到客厅的圆桌上，笑眯眯地招手：'请

坐吧！'

"汪曾祺说自己的性格，受了老师沈从文不少的影响。而我，则受了汪曾祺的影响。我原本写诗的，自从和汪老成为忘年交之后，改写散文了。一下子就从诗化的人生转入散文化的人生。"（洪烛《汪曾祺是我写美食的师傅》）

已出版《食客笔记》《食客游记》《品味云南》《辣味江湖》等书的资深食客要云说：

"这些年，在各地走，很多时候是追寻汪老足迹，为的是体味各地不同风格，让自己加入到其他人群的口味之中，体会之、理解之、喜爱之。"

美食作家曹亚瑟先生认为："汪先生那当然是写美食文章的翘楚了。我们从现在市场上有这么多汪先生美食文章的结集就能看出他这方面文章的受欢迎程度。不敢说当代无出其右者，汪先生也是数一数二的了。"

符中士是一位年轻的美食家，曾应邀为两家报纸的"美食家"专栏、"食文化谈"专栏撰文。1997年，人民文学出版社出版了他的美食散文随笔集《吃的自由》，他自谦说是门外谈食，但识者却认为"作者丰厚的学养，幽默的调侃，独特思辨，无不令人从吃中增长知识、乐享情趣，以及对社会进行思考。"《吃的自由》付排之前，符中士慕名请汪曾祺作序，汪先生欣然命笔，于1996年1月作《吃的自由·序》，盛赞符中士此书"可以说是一本奇书"，还对书中的某些观点和想法加以阐述与发挥，别具卓识。

符中士很喜欢汪先生的美食美文，在《文人菜》一文中，他列举了苏东坡、谭延闿、张大千这三位美食家后，第四位就是说的汪曾祺。他说："汪曾祺先生谈吃的文章，我一篇不漏地读过，但真正了解汪先生的为菜之道，还是有一次与汪先生聊了几个小时的吃。汪先生极谦虚，说他只是爱做做菜，爱琢磨如何能粗菜细作，说不上有什么大名堂。其实像汪老这样的文化修养，只要一'爱'，只要一'琢磨'，炒出几道好菜来，是不成问题的。汪老做的几款拿手菜，全都和他写的文章一样，不事雕琢，有一种返璞归真的韵致。"

他说，"我欣佩汪曾祺老，因为在我眼里，是真正的美食家。""我平生最崇拜的美食家。""汪老走遍天下，不耻陋食、不弃新奇，孜孜不倦，死而后已。说汪老是美食大家，最是恰当。汪老不是坐在鲍翅席筵前品头论足的那种美食家，也不是陆文夫笔下的馋嘴美食家。汪老吃内蒙古的挂浆羊尾，吃太湖边的臭苋杆，吃昆明的壮羊冷片，吃塞外的莜面鱼鱼，吃侗家的牛瘪，吃维族的抓饭。吃得津津有味，各有心得。一些所谓的美食家嘴壮手软，汪老能品更能制之。美国大文豪安格尔携太太到北京，在汪老家里做客。汪老亲自下厨，几个小菜，吃的安格尔大呼痛快。临走时将剩菜打包带回北京饭店，让饭店厨师热了继续享用。何等美食，让大文豪如此倾倒？对汪老来说，不过是随手摆弄的几个家常小菜而已。"

写过《找食儿》的年轻作家人邻也是一位吃主儿，在北京的时候，曾几次去汪府去与汪老闲聊。他称汪老是"一代美文大师"，他把汪先生的美食文章读得很精，悟得也透。那几次闲聊当然少不了是要侃到美食的，至于他们一老一小聊的是什么，人邻没有说，倒是一个细节反映过他们聊得是很随便的、很开心的。在他们谈到"大煮干丝"时，人邻在回忆文章有一段别有意趣：

"这样的大煮干丝，当然是佐茶的妙品。据汪先生讲，那时，最后店家是碟子的数目收钱的。有调皮的学生，随手就将碟子抛在茶馆一边的湖水里。汪先生干过这样的事情没有？记得问过他，他只是一笑。以汪先生的性格。不会多，但一两回乘兴，还是难说的。我看着汪先生笑眯眯的样子，觉得他说起这个的时候很乐。"（《汪曾祺二则》）

诗人石光华，是四川省美食家文化协会的文化顾问，也是一位"吃货""吃主儿"；他对吃笋子特有研究。他说："笋子还有一种吃法，做成泡菜吃。泡笋子确实是真真好吃的东西，那种细脆，那种清爽，不是什么着脆的泡菜就能代替的。……泡笋子还有一个妙处，能灭坛子里的浮花……笋子进坛，有花灭花，无花保盐水，再多的浮花，七八天就全没了……当然，必须是新鲜的竹笋。""在长宁的那一次，我把这法子说给了汪曾祺和林斤澜两位老先生，他俩都是善吃善烹的美食家，都被泡菜生花苦了半辈子。听说了笋子的这个妙处，他俩又惊又喜，叹了一声：'啊！笋子！'"（石光华《我的川菜生活》）；能得到汪老他们的赞叹，石光华引以为傲，颇为得意。

北京电视台《民俗》栏目主讲嘉宾、中华养生研究会理事崔普权曾专门去拜访过汪老，他回忆说："1997年3月下旬，在作家刘绍棠遗体告别的仪式上，我见到了被誉为'文坛美食家'的汪曾祺先生，遂向他提出了拜访要求。汪老应允，一周后，我如约前往，开门的正是汪先生。"那天，汪老和崔普权谈了不少。谈到酒时，他告诉崔："我现在是好汉不提当年勇的时候了，酒量减了一大半,该属于叶公好龙的那个范畴了吧,"崔普权说:"尽管如此,他仍然一天两顿酒。"(崔普权《汪曾祺:文坛上的美食家》)。

上海美食家沈嘉禄在《汪曾祺的土豆一定不很圆》中说:"1994年,沈嘉禄拿着魏志远写给我的地址去蒲黄榆拜访汪老。汪老的家很简朴,高层建筑,却是清水泥地。我们谈了写作,他跟我说想为汉武帝写一部小说。……再转到美食,谈到了土豆,……"

陈晓卿是中央电视台的高级编辑,电视片《舌尖上的中国》总导演,他是安徽人,对汪曾祺的美食文化更是了然于心、十分钦佩。他说:"拍摄《舌尖上的中国》,很大程度上受到了汪曾祺美食文化的影响。"2016 年 9 月,他特地带着摄制组和由知名作家、美食家组成的团队到高邮寻访汪曾祺的"美食"旧踪。一行人参观了汪曾祺故居、汪曾祺文学馆,又专程去了高邮界首镇。在这运河旁的古镇上,他们兴致勃勃地参观了"中华老字号"的界首陈华记茶干食品厂,浏览了汪曾祺笔下曾写过的茶干制作的工艺流程;并饱尝了一顿有维扬风味和汪氏特色的大餐——汪豆腐、红烧小杂鱼、咸菜茨菇汤、双黄蛋、煮干丝……还津津有味地吃了一碗高邮阳春面。陈晓卿说,"在众多的美食作家中,汪曾祺是我最喜爱的一位。"为了表达对汪老的崇敬和对东道主热忱的答谢,陈晓卿向古镇的领导赠送了他的美食文集《至味在人间》。《至味在人间》是广西师范大学于 2016 年出版的,在这本书的后记上,陈晓卿写道:

"我心目中最好的美食文章是汪曾祺留下的,汪先生本身是个作家,美食写得并不多,但每一篇都可以反复读,有味道。汪先生做人有士大夫的特立独行气质，写文章更能把中国文字调动到极致又不做作。最重要的，他只记述美食，不讲道理。"

台湾美食家焦桐也很喜欢汪曾祺。这位焦桐，在台湾有"教父级美食家"之称，为台湾《饮食》杂志创始人，台湾饮食文化协会理事长。他回忆说，1989年他到了北京，"特地去拜访汪曾祺先生。他正在书房作一幅画要送给我。吩咐在客厅稍坐，汪太太端来一盘葡萄待客，很得意地对我说：'台湾没有这种水果吧。'"（见焦桐《密红葡萄》）

焦桐告诉记者，"二十年前，我曾邀请柯灵夫妇，汪曾祺、刘心武、李锐来台访问，有一天就带他们上山泡温泉，喝茶，吃菠萝苦瓜鸡。"（焦桐《菠萝苦瓜鸡》，2012年5月30日《深圳商报》）后来，他又在一篇文章中说：

"在王功走路吃蚵仔炸，吹风看海赏落日，实属生活快事，我欢喜坐在海边看蚵寮：涨潮时蚵农用以休憩、看顾蚵架的所在。海上蚵寮在夕阳余晖中，身影特别美丽。

"表皮已然老化的蚵仔炸，咬开来，蹦出鲜美的牡蛎，颤动着，像被封锁的悸动的青春，忽然忆起1989年初访问北京，汪曾祺先生即兴作了一幅画相赠，落款用沈从文诗句：'解得夕阳无限好，不须惆怅近黄昏。'这几年我慢慢理解，一切虽在永恒的消逝中，犹有不会消逝的精神和记忆，黄昏的外貌还可以激荡着青春的心灵。"（焦桐《台湾味道》）

香港美食文化的佼佼者、电视片《舌尖上的中国》总顾问蔡澜对汪先生亦甚为推崇，他认为"自梁实秋、陆文夫和汪曾祺死后，国内就没有美食大家。"

1991年在故乡高邮，汪曾祺还交结了一位大厨美食家。这位美食家大名叫姜传宏，当时才三十四岁，是北海大酒店的总经理，先前也做过厨师长，是远近闻名的做维扬菜的里手行家。那年，北海大酒店正式开张，县领导诚邀汪老回乡参加大酒店开张庆典，汪老欣然应邀，并携带夫人施松卿一起回家乡。汪老夫妇就下榻在大酒店，一住就是整整一个星期。汪老对大酒店的菜肴十分满意，特别欣赏姜传宏的厨艺，尤其是对传宏研制的"姜氏葱酱肉"倍加赞誉。汪老内行地说，这葱酱肉与苏州的腐乳烧肉异曲同工，高邮用的家乡的黄豆酱，则别有风味。传宏烹调的"鸭血汪豆腐"，汪老亦赞之曰：鲜嫩佳肴，连续几天都要吃它。至于小姜烧制的虎头鲨鱼汤更使汪老赞不绝口，当时就撰写了《虎头鲨歌》，并书赠时为市政协办公室主任杨杰同志。汪老在此期间，饱尝了家乡的特色菜，还在品尝之际与传宏切磋菜艺，纵论美食。他夸奖姜传宏真是个大厨，不仅为北海大酒店题写了店名，还作了《北海谣——题北海大酒店》五言长诗一首，并书写了"调鼎和羹"四个大字的横幅送给传宏。

　　汪曾祺的美食文化对姜传宏有很大的影响。姜传宏后来离开了北海大酒店，自己开了一家"川泓大酒店"，根据汪老的作品里涉及的美食美文，他推出了"汪氏家宴"他还把汪老笑称要申请专利的"塞肉回锅油条"改良成"油条揣斩肉"，大受食客青睐。2001年，川泓大酒店接待了一个台湾代表团，品尝了姜传宏的"汪氏家宴"，后说，这是他们到大陆吃到最正宗的家乡菜。姜传宏现在是国家高级烹饪技师、国家职业技能（中式烹调）专职评委，高邮市烹饪协会的副会长。他认为汪曾祺不仅是文章妙手，也是一位地道的美食家。推广"汪氏家宴"、传承汪先生的美食文化，是同乡的本分、厨师的本分；也寄托了他对汪先生深深的敬意与怀念。

最后，不说美食家了，改一改口味，顺手摘抄几位作家关于汪曾祺美食文化和烹饪艺术的话吧。

金庸说："满口噙香中国味的作家，当推汪曾祺和邓友梅。"

黄永玉在《永恒的湘西和沈从文》中写道：

> 八十年代，表叔住崇文门期间，有一天他病了，我去看他，坐在他的床边，他握着我的手说："多谢你邀我们回湘西，你看，这下就回不去了！"我说："病好了，选一个时候，我们要认真回一次湘西，从洞庭湖或是常德、沅陵找两只木船，按你的文写过的老路子，一个码头一个码头再走一遍，写几十年来新旧的变化，我一路给你写生插图，弄它三两个月。"
>
> 他眼睛闪着光："那么哪个弄菜弄饭呢？"我说可以找个厨子大师傅随行。
>
> "把曾祺叫在一起，这方面他是个里手，不要再叫别人了。"
>
> 之后，表叔的病情加重，直到逝世，随之曾祺也去世了。……如果表叔的身体得到复元，三人身行计划能够实现，可真算得上是最后一个别开生面的"沈从文行为艺术"了。真是可惜！

叶倾城说:"他的书,我反反复复读过不知多少遍。今天一看,实物与他笔下所写,几乎一模一样,我有一种'不出所料'的得意。

"点这个菜,(指臭苋菜梗,笔者注)像朝圣。汪曾祺写吃食的散文,很是影响过我的饮食结构。"(见叶倾城《美食亦要文人捧》)

南京大学的丁帆教授是最早发现和论述汪曾祺美食文化品位的一位学者。1995年,他编选的汪先生的美食散文集《五味集》在台湾出版后,在宝岛引起了较大反响。他在《五味集》的后记中说:

"恐怕在大陆文坛上还没有谁不知道汪曾祺是个品位极高的美食家。他不但熟谙中国式大菜系的特色,同时,更加追求那种不见名谱的'野味'和家常烹饪的品尝与制作。汪氏不但品尝菜肴的品位甚高,同时还能亲自动手,烹调出耐人寻味的不同凡响的别具一格的野味家宴来。此书收入的'美食'散文,都浸润着汪氏对烹饪艺术的独到见解和卓越的审美情趣。……从中你可以吃出文化来,吃出典故来,吃出精气神来,吃出一片人生的奇妙和灿烂来。……

"吃遍天下谁能敌,汪氏品味在前头。如果说汪曾祺在烹调制作上尚不能够得上'特级厨师'水平,但作为美食鉴别的专家,堪称'特级大师。'"(《五味集》)。汪曾祺对此书比较满意,他电话告诉了正在撰写《汪曾祺传》的陆建华,并赠送了一本《五味集》,题款云"建华插架。汪曾祺,一九九六年三月二十九日。"他说,此书总共有三本,手头只余一本了也。

汪先生在《知味集》后记中说:"如何继承和发扬传统,使中国的烹饪艺术走上一条健康的正路,需要造一点舆论。此亦弘扬民族文化之一端。而作家在这方面是可以尽一点力的；多写一点文章。"（《作家谈吃第一集——〈知味集〉后记》）汪先生是把美食文化当成"弘扬民族文化之一端"来写美食美文的，并动员作家为此尽力，这不是哗众取宠或哄抬拔高，而是具有高瞻远瞩的精辟卓见。汪先生和美食家们的心血和辛劳是有价值的，有意义的，是值得人们纪念和传承的。我们应当向他们表示深深的敬意与谢意。

汪曾祺的豆腐情结

在现代作家中,不少人对豆腐情有独钟,曾专文写过豆腐。如梁实秋的《豆腐》,周作人的《天下第一的豆腐》、郭风的《关于豆腐》、林海音的《豆腐颂》、黄苗子的《豆腐》、林斤澜的《豆腐》、忆明珠的《写给豆腐的颂歌》、高晓声的《也给豆腐唱颂歌》……但对豆腐反复咏吟、再三讴歌的,似乎只是汪曾祺先生一人也!

汪先生认为,"豆腐是很好吃的东西,值得编一本专集","关于豆腐的事情,可以编写一部大书",他虽然未能为豆腐编出专集大书,但在散文、小说、诗歌创作中都浓墨重彩地写到了豆腐。可以毫不夸张地说:汪曾祺写豆腐,独步文坛,别树一帜。汪曾祺写过一篇关于豆腐的散文,篇名就叫《豆腐》,文中写到了北豆腐、南豆腐、豆腐脑、豆腐干、豆腐片、豆腐皮、臭豆腐、霉豆腐、豆腐乳、麻婆豆腐……侃侃而谈,娓娓道来。正如舒乙先生所赞叹的:

汪曾祺那些谈论美食的文章,"好看、有趣、雅致、有学问",

是"食文化的范文,篇篇都洋溢着标志中华文化博大精深的那种处处有学问,处处有讲究,处处有掌故的帅劲儿。"

他在《皖南一到》中写道:"豆腐是徽州人嗜吃的家常菜。菜馆和饭店做的毛豆腐都是用油炸出虎皮,浇以碎肉汁,加工过于精细,反不如我在屯溪老街一豆腐坊中所吃的,在平锅上煎熟,佐以葱花辣椒糊,更有风味。"

汪曾祺还在几篇文章中谈到了臭豆腐,笔调幽默而蕴藉深远,意在言外,令人回味,他说,"臭豆腐就贴饼子,熬一锅虾米皮白菜汤,好饭!"他还得意地宣称,"我在美国吃过最臭的'气死'(干酪),洋人多闻之掩鼻,对我说起来实在没有什么,比臭豆腐差远了。"他进而引申云:"甚矣,中国人口味之杂也,敢说堪为世界之冠。"在《吃食与文学》中,他又进而发挥道:"一个文艺工作者、一个作家、一个演员的口味最好杂一点。""口味单调一点……也还不要紧,最要紧的是对生活的兴趣要广一点。"——汪曾祺谈吃,往往旨趣是在吃之外的,谈豆腐亦如此。

当然,在写到豆腐时,汪曾祺最融入情感的是家乡的豆腐,他不止一次地写了高邮的豆腐,高邮界首的"茶干"、高邮周巷的"汪豆腐",他在《故乡的食物·端午的鸭蛋》中写道:"苏北有一道名菜,叫作'朱砂豆腐',就是用高邮鸭蛋黄炒的豆腐。""周巷汪豆腐很有名,我没有到过周巷,周巷汪豆腐好,我想无非是虾子多,油多!"

汪曾祺在小说中,不少地方都有豆腐菜系的倩影。《落魄》《异秉》中的回卤豆腐干、《大淖记事》中的臭豆腐……,《金冬心》中的界首茶干拌荠菜、鲫鱼脑烩豆腐。在《卖眼镜的宝应人》中,写到了豆腐脑。小说中那一位爱侃的东台大名士冯六吉，在大将军年羹尧家当过教师爷，每天必有一碗豆腐脑，后来他告老还乡，想吃豆腐脑，便叫家人买来一碗，一尝，不是那个味了，原来年大将军家的豆腐脑，是用鲫鱼脑做的！

在小说《故人往事·如意楼和得意楼》中，汪先生特别地道地写了干丝——扬州、镇江一带茶馆里吃的干丝。他写干丝的文字很细致：

"干丝是扬州、镇江一带特有的东西。压得很紧的方块豆腐干，用快刀劈成薄片，再切为细丝，即为干丝。干丝有两种。一种是烫干丝。干丝在开水里烫后，加上如秋油、小磨麻油、金钩虾米、姜丝、青蒜末。上桌一拌，香气四溢。一种是煮干丝，乃以鸡汤煮成，加虾米、火腿。"

他把干丝写得这么细，自然是为他这篇小说服务的，是与如意楼的生意很好联系在一起的。《老头儿汪曾祺——我们眼中的父亲》是他儿女们回忆他的一本书，在书中论及《金冬心》时说：事情既然是发生的，自然需要对宴席作些描述，于是爸爸的吃文章，便派上了用场。而没有对生活的细微观察和体会，是写不出来的。

还有一篇小说也是写豆腐店，写于1989年，是《小学同学》中的一篇，题曰《王居》，汪曾祺写道：

王居家是开豆腐店的，豆腐店是不大的买卖。北门外共有三家豆腐店。一家马家豆腐店，一家顾家豆腐店，都穷，房屋残破，用具发黑。顾家豆腐店因为顾老头有一个很风流的女儿而为人所知（关于她，是可以写一篇小说的）。

只有王居家的"王记豆腐店"却显得气象兴旺。磨浆的磨子、卖浆的锅、吊浆的布兜,都干干净净。盛豆腐的木格刷洗得露出木丝。什么东西都好像是新置的。王居的父亲精精神神,母亲也是随时都是光梳头,净洗脸,衣履整齐。王家做出来的豆腐比别家的白、细,百叶薄如高丽纸,豆腐皮无一张破损。"王记"豆腐方干齐整紧细,有韧性,切"干丝"最好,北城几家茶馆、五柳园、小蓬莱、胡小楼,常年到"王记"买豆腐干。因此街邻们议论:小买卖发大财。

1994年,汪曾祺在《收获》第三期上发表了一篇小说,是1994年2月写的,篇名曰《辜家豆腐店的女儿》,不用说,故事的背景自然是豆腐店了,而主人公则是店主人的女儿了,汪曾祺连描写这位女儿都用上了豆腐——"辜家的女儿长得有几分姿色,在螺蛳坝算是一朵花。她长得细皮嫩肉,只是面色微黄,好像用豆腐水洗了脸似的。身上也有点淡淡的豆腥味。"

汪曾祺在1985年所写的桥边小说三篇中有一篇《茶干》,非常细微地写"连万顺"酱园出的茶干,写了茶干的制作过程、特色。小说的末了写道:"一个人监制的一种食品,成了一个地方具有代表性的土产,真也不容易。不过,这种东西没有了,也就没有了。"字里行间,流露了一种由怀旧而带来的遗憾、惆怅与无奈之情。

汪曾祺甚至居然把北京城也喻为豆腐,这种说法,是否独此一家,我不敢论定,但古今罕见却是可以断言的。

在当代作家中,咏豆腐的诗极少,以豆腐入诗的更稀罕。然而汪曾祺却频频以豆腐入诗,并曾作长诗一首颂豆腐。这在当代作家中几乎绝无仅有。"且吃小葱拌豆腐"——这是汪曾祺赠林斤澜诗中的句子。"滋味究如何，麻婆烧豆腐。"——这是汪曾祺作于1996年《偶感》中的末句。"牛牛，牛牛！到家食店去买两块臭豆腐！"——出自汪曾祺新诗《热汤面》……汪曾祺的《豆腐》诗全文如下：

  淮南冶丹砂，偶然成豆腐。
  馨香异兰麝，色白如牛乳。
  迤来二千年，流传遍州府。
  南北滋味别，老嫩随点卤。
  肥鲜宜鱼肉，亦可和菜煮。
  陈婆重麻辣，蜂窝沸砂盐。
  食之好颜色，长幼融脏腑。
  遂令千万民，丰年腹可鼓。
  多谢种豆人，汗滴萁下土。

  诗中所提到的陈婆，是一位四川成都卖烧豆腐的，因为她脸上有几粒麻子，烧的豆腐特别好吃，故人们便称她做的烧豆腐这道菜为麻婆豆腐。这道菜的特色是麻、辣、烫，不仅四川人都爱吃，而且已经香遍神州，走向世界！汪曾祺叹曰："陈麻婆是个值得纪念的人物，中国烹饪史上应为她大书一笔。"
  我以为，汪曾祺的这首豆腐诗堪与古来的任何一首豆腐诗媲美，十八句五言，就把豆腐的源流、豆腐的特质、豆腐的功用，凝练而生动地描写出来了，尤其是结尾二句，更表达了诗人对劳动的尊重，对劳动人民的尊重。汪曾祺还说过："如果没有豆腐，中国人民的生活将会缺一大块。"在论及豆腐的时候，汪曾祺作品反映出来的人民性和人情味是一以贯之的，是自然而然地流露出来的。

汪曾祺曾说，文人很多都爱吃，会吃，吃得很精，不但会吃，而且善于谈吃，"作家中不乏烹调高手，卷袖入厨，嗟咄立办；颜色饶有画意，滋味别生酸咸。"其实，汪老就是作家中一位杰出的美食家，不仅吃得很精，谈得很精，写得更精。有的作家赞叹说，读汪老文章，比吃汪老文章中写的东西更有味道。汪曾祺把豆腐的滋味写得那么有滋有味，除去他的善于观察生活，长于语言艺术之外，他善于烹饪、长于品"味"，是其重要的因素，这大概是文坛的共识吧。洪烛先生云："好吃的不见得擅长烹调，但会做的必定好吃——汪曾祺先生两者俱佳。"汪曾祺先生既是深谙豆腐美味之人，也是善治豆腐菜肴之士，比如他论及的几道豆腐菜之做法就别有见解，读来饶有情致。他说砂锅豆腐这道菜："砂锅豆腐须有好汤，骨头汤或肉汤，小火炖，至豆腐起蜂窝，方好。砂锅鱼头豆腐，用花鲢（即胖头鱼）头，劈为两半，下冬菇、扁尖（腌青笋）、海米，汤精而味厚，非海参鱼翅可及。"在《家常酒菜》一文中谈"松花蛋拌豆腐"云："北豆腐入开水焯过，俟冷，切为小骰子块，与豆腐同拌。老姜在蒜臼中捣烂，加水，滗去渣，淋入。不宜用姜米，亦不加醋。"句句皆里手行话，且简洁精炼，有文言文体之余韵，给人以一种阅读之愉悦。

当然，汪曾祺"美食家"之头衔并非自封的，更不是天生的，而来自于多年的实践与探索，而豆腐菜则是他的最初佳作和保留经典。邓友梅曾说过,"五十年代曾祺做菜还不出名,做的品种也不多。除去夏天拌黄瓜、冬天拌白菜,拿手菜常做的就是'煮干丝'和'酱豆腐肉'。"在生活中,汪曾祺十分喜欢豆腐——喜欢吃豆腐、喜欢做豆腐、喜欢以豆腐招待客人。不过,招待客人的豆腐菜会做得更为精细、更加精彩。热汤面就臭豆腐、小葱拌豆腐、干丝是汪家餐桌上的家常菜,干丝则是"小菜保留节目"中的重点节目之一。这是他的拿手菜,也是他家乡的一道风味菜。一次,美籍华人女作家聂华苓和她的丈夫保罗·安格尔在他家便餐,"吃得非常开心,最后连汤汁都端起来喝了。"客人吃的开心,主人自然得意——汪曾祺不但和友人们谈过此事,还在几篇文章中自我陶醉了一番。甚至到了美国,他请几个留学生吃饭,做的菜中也有"豆腐汤"。他在给夫人的信中还感慨地说:"豆腐比国内的好,白、细、嫩而不易碎。豆腐也是外国的好,真是怪事!"

我与汪先生是同乡,先生居蒲横桥时曾多次趋府拜谒,蒙先生厚爱,也曾品尝过汪老亲手调治之佳肴,小葱拌豆腐,芹菜炒干子则是其中之二也,豆腐、干子,皆留其本色,发其本香,存其本味,色、香、味俱全,使人齿颊生津,别有一番"食"趣。

汪曾祺还对豆花大加赞美,豆花者,即俗称豆腐脑、豆腐涝者也,分布面很广。汪老对四川豆花特别感兴趣,他认为"四川的豆花是很妙的东西"。一次他和几位作家去四川乐山,别人进了大馆子,他却和林斤澜钻进了一家只有穿草鞋的乡下人光顾的小店,一人要了一碗豆花,吃得"很美"。然而,汪曾祺先生还是说家乡的豆腐花好,他不留情面地批评说,北京的豆腐花浇上用羊肉口蘑熬成的卤,或以鸡汤煨成,皆失其豆花本味,不仅不是锦上添花，反而是喧宾夺主了。而他家乡江苏高邮之豆腐花"加秋油、滴醋、一点点麻油，小虾米、榨菜末、药芹（药芹即水芹菜）末、清清爽爽，而多滋味"。此乃美食家之至言也！

1997年2月20日，汪曾祺在为《旅食与文化》题记中写道：

"前几月做了一次'食道照影'，坏了，食道有一小静脉曲张，医生命令不得吃硬东西，怕碰破曲张部分流血，连烙饼也不能吃，吃苹果要搅碎成糜。这可怎么活呢？不过，幸好还有'世界第一'的豆腐，我还能鼓捣出一桌豆腐席来的，不怕！"此时，汪老已七十七岁高龄矣，且身体欠佳；这是汪曾祺先生留给我们的最后一篇有关豆腐的文字了，也是最后一篇有关饮食文化的文章了！

点击作家中的"汪迷"

汪曾祺先生复出文坛后,中国一下子涌现出一大批汪曾祺的粉丝,"汪迷"二字骤然成为一个专用名词并频繁出现于当代中国文坛和各种媒体,如香港作家古剑就说过,"在两岸三地有不少'汪迷',汪曾祺访问台湾时,'汪迷'二字,一再在报端出现。"一个时期,"汪迷"似乎是一个时尚,是一个令人自豪自诩的个体和群体。而"汪学"也应送而生,如同一些显学般的在九州遍地开花。这在当代中国文坛上是罕见的文学现象,少有的文学奇观。汪先生曾认为,小说是作者和读者共同完成的。在某种意义上说,汪先生的作品也是和读者共同完成的,尤其是和"汪迷"们共同完成的,是汪先生成就了一大批"汪迷",而这一大批"汪迷"也成就了汪老,成就了他们心目中的汪老。"汪迷"们的努力和贡献不可低估,尤其是作家中的"汪迷"更功不可没。是他们和汪老一起,造就了汪曾祺及其作品强盛的生命力和长远的影响力。在汪曾祺研究史上,甚至在当代中国文学史上,"汪迷"应当有一席之地，作家中的"汪迷"更应当有一席之地！

苏北，作家圈子里最为活跃的"汪迷"，"汪迷"中最有知名度的作家，现为安徽省金融界的一名干部。20世纪80年代末，汪老告诉我，有一个小青年把他的小说一句句地抄在笔记本上，抄了四大本。又加圈点又加批，汪老在《对读者的感谢》上，特地提到了这件事。后来，我知道了，这个青年就是苏北，大名陈立新，安徽天长人氏，我家乡高邮的近邻。后来，听说汪老还给他们几个年轻人写的小说写了序。由于汪老的关系，我和苏北相识了，联系了，我们的交谈内容几乎都与一个人有关——汪曾祺！2009年5月，苏北寄给我一本书，是《一汪情深——回忆汪曾祺先生》，在书的封面上有这样的文字："我可以说是汪曾祺最认真、最持久、最痴迷的一个"。他多次说过："我对汪先生的喜爱，是发自内心深处的，甚至是狂热的、偏激的、排他的。就像追星的少男少女为贝克汉姆、菲戈，为萧亚轩、周迅、S.H.E疯狂一样，这是没有办法的一件事情。"平心而论，苏北的话并不过分。他是有资格"自吹自擂"的！他拥有汪老的几乎所有版本的著作，他帮长江文艺出版社编辑了《当代才子书·汪曾祺卷》，他倡导和促成了山东画报出版社出版了《你好汪曾祺》，他获得了第三届汪曾祺文学奖金奖，而这本《一汪情深》，也是全国第一本一个人纪念汪曾祺先生的书。而且，他还曾几次跑到高邮，在文游台、东大街、汪曾祺文学馆等处追寻汪先生的遗踪，他还曾在八宝山抬过汪先生的灵柩（他此生还没有抬过别人的灵柩），在汪老去世十周年之际专程去汪曾祺墓前祭奠……更值得称道的是，苏北对汪曾祺文学精神的理解和传承，他说，"我读汪先生读久了，我的生活态度、审美情趣，也在潜移默化地改变"。文学评论家白烨认为："苏北对汪曾祺的崇敬与喜欢，已经渗透于苏北的写作中，并给他的文字和文风以极大的影响。苏北的文字，淡泊、内敛，显然得了汪曾祺先生自然、清奇的神韵。"作家何立伟也曾赞叹道："苏北在文章里写了汪先生许多有趣的细节，使我恍惚中又见到了这位我最喜欢的老作家。汪先生的率性、天真，对生活和对人的真正审美的态度，宛然如在眼前。"我以为，汪迷迷到这个份上，值了，这是对汪先生最好的纪念，这样的迷，最有价值。去年，我又收到了苏北寄来的新著，散文集《那年秋夜》，其中有一篇《我为什么写〈一汪情深：回忆汪曾祺先生〉》，文中的第一句话就是——"这本小书是我十多年的心血"，看了这篇文字，使我对苏北这个"汪迷"的了解更深了一层，对他也更亲近了几分。我想，看过《一汪情深：回忆汪曾祺先生》《那年秋夜》的人，大概都会有这样的感受的。2012年5月，苏北又推出了《忆·读汪曾祺》，书中依然充盈着对汪老的"一汪情深"，在北京召开的首发式上，不少专家、学者和汪迷都交口赞誉，李国涛等人还在上海《文汇读书周报》上刊发专文予以推介，可见，苏北对汪先生的迷，又达到了一个新的层次了。有人说"苏北是在做延续文脉的功课"，看来，苏北的成绩是很不错的，依我看，不但可以打一百分，甚至还应当加分哩。不过，如果在文脉前加上"汪氏"二字，或许，此话就更准确了，更贴切了。

　　王干、费振钟。这两位现在是文坛上响当当的名人了，他们在文学评论方面的才干尤为人们所称道，汪老生前也曾多有赞许。他们未说过自己是铁杆汪迷，这是我说的，我之所以这样说，自然是言之有据的。先说王干,王干迷上汪曾祺的作品是从读了《异秉》开始的,等读到《受戒》《大淖记事》之后,基本上就达到迷的份上了。他说,"因为景慕汪曾祺的小说,一段时间我竟能将他的文字整段整段地说出来。"那时,他正求学于高邮师范。1981年秋,汪曾祺第一次回故乡高邮,当时,王干在兴化,女朋友(即现在的夫人毛津澜是也)打电话告诉他:"你崇拜的汪曾祺要做学术报告。"于是,王干清晨六点便从百里之外的兴化坐了四五个小时的轮船,再转汽车赶到了高邮。终于在下午两点半赶到了汪老要做学术报告的百花书场。王干回忆说,"我当时几乎把他讲的话全部'吃'到肚子里,我像一块海绵吸足了水分。从百花书场出来,我觉得自己有些微醺,被陈年老酿'灌'的。到现在,他说的那些话,我还记得很清楚。""在高邮生活的那些日子里,我晚上经常一个人散步到汪先生少年时代生活过的草巷口,有时一直走到大淖河边。当时小城还保留着很多旧的格局,我在灯火朦胧的夜色中,猜想汪先生当年生活的种种情境,很想也把自己融进去。有一次在他的故居门前,竟痴痴地待到半夜。直到路过的人以疑惑的眼光盯着我,我才赶紧离开。"王干还说过一件趣事:"1983年我第一次到北京,最想见的人便是汪曾祺,便查地图找到北京京剧院,我倒了好几趟车终于找到了京剧院。我以为京剧院也像我们机关一样上班了,可找了半天,才撞到一个人,他说汪曾祺在七楼编剧室上班,我欣喜若狂,爬上七楼,可整个楼层一个人也没有,我又到六楼、五楼、四楼,没有一个人上班。就像今天那些追星族,我在京剧院空等了半天。"

王干从高邮师范毕业后,曾在高邮的党史办公室工作一段时间，那时，我还在高邮文化部门做事，我和王干家靠得很近，不足百米，经常走动。由于太熟了，王干的女儿便把我归入了"旧人"一类，见了面都要称"金伯伯"的，那一段日子，我们见面时，几乎没有不谈到汪曾祺的，而且谈得很投机。记得王干、费振钟和我还曾联名写过关于汪老的文章，谁执笔谁就署名在前面，我执笔写了一篇《汪曾祺的书画艺术》，王干、费振钟执笔写的是什么，现在已记不清了。当时，王干、费振钟合作写了多篇评论汪曾祺作品的文字，有的还在《文学评论丛刊》《读书》这一类有权威性、有影响力的刊物上发表了，汪老认为他们的文字不错，曾不止一次地和我说过，王干有才气。1985年底，他在给我的一封信中，信末有一段附言，文曰："王干等两同志的《淡的魅力》已读，写得很好，请转致谢意。"《淡的魅力》刊发于1985年第12期《读书》，署名为王干、费振钟。1986年秋，汪曾祺又一次回到高邮，王干、费振钟和他见了面，听说汪曾祺曾与他们开玩笑地说：高邮有了你们俩，我可以走了。汪老虽然"走"了，但汪老对他们的影响还在，他们对汪老的痴迷依旧，只不过是换了一个形式而已。汪老在世时，王干多次邀请或陪同汪老出席相关笔会与讲座，也陆续写了一些评论汪老作品的文字。汪老去世后，王干所写的《赤子其人 其子其文》《汪曾祺与生活》等文，他充满感恩的心情说："我能够走上文学评论的道路，也是因为与汪曾祺的不解之缘。""汪曾祺不仅改变了我的文学观念，也影响了我的生活观念。"我想，不迷到那个程度，文学观念是不会改变的，生活观念也是不会受影响的。

现在说说费振钟，费振钟和王干是同学，此后又在江苏省作家协会共事过一段时光。因为当时他们合作写过关于汪曾祺作品的评论，人们自然而然地把他们联系在一起。尽管费振钟后来写有关汪老的文章并不多，但写出来的却出手不凡，分量不轻。他所著的《江南士风与江苏文学》共七章，其第四章是专门谈汪曾祺的，题曰："闲适：第三种写作经验"，此章诸多独到之处，精辟之论，正如王晓明所称誉的那样，费振钟从江南士风、文人文化传统这个角度去阐释汪曾祺等人，"从文化和文学两个层面上，都有与众不同的地方。一本书能在这两个层面有自己的新鲜见解，是不大容易做到的事情。"因为"过去不断有人谈论他们，已经很'熟'了……作过比较多的分析"；可见费振钟之独辟蹊径，别具慧眼矣！此书完成于1993年，列为"二十世纪中国文学与区域文化丛书"之一，并于1995年在湖南教育出版社出版。我还读过他1995年在《扬子晚报》上发表的一篇短文——《看汪先生写字》，文章写的是汪先生为兰亭即兴题联的事。文虽不长，却生动地再现了汪先生写字时的才子风度、潇洒神态，使我至今难忘。

  2010年5月，高邮举办纪念汪曾祺诞辰90周年座谈会，费振钟应邀在会上说：高邮师范读书的时候，就深深地喜欢上了汪曾祺的作品，阅读汪老的作品，对于我的文学观的建立，以及我现在从事文学研究和评论工作影响深远。他还说，"我学得怀念汪曾祺的最好方式就是不停地去阅读他，对于他的汉语审美，化悲苦为快乐的乐观主义，小到他对汉语言标点符号的认识，都将是我们研究的广阔领域。"我认为，费振钟对汪老的迷，已经升华为一种刻骨铭心的爱，一种超凡脱俗的情了！

  顾村言，自由撰稿人、作家。我称他为汪迷，有两个缘由：一、在2002年汪老仙去五周年之际,他写了一篇《清冷与小温》的文章,文章写了他一次在高邮寻访汪曾祺故居的事,平淡的叙述,充盈着对汪先生深沉的挚爱,荡漾着汪曾祺式的清冷与小温,不是汪迷,是写不出这么好的纪念文章来的。二、他承续了汪先生的文学传统和汪先生语言的韵味。我读过一本顾村言的散文集《人间有味》,三四十篇谈吃的文章,"汪味"浓郁,别具清韵。怪不得汪曾祺的知交李陀为此书写的序第一句就是:"谈顾村言的散文,常常让我想起汪曾祺。"李陀还说,"一读之下,不但被深深地吸引,而且有一种特别的感觉,……在这些清丽的文字里我又见到了老头儿(指汪曾祺)的身影,还有他温和的微笑,虽然模模糊糊,可是决不会认错。这个发现让我非常高兴,简直是太高兴了,因为在今天的散文写作里,原来汪曾祺的传统还活着。"我认为,李陀的话是不错的。

　　古剑,香港作家。他说:"汪曾祺是我最喜欢的作家,也是交情很好的作家。我是读《汪曾祺短篇小说选》才'认识'他的。因喜欢他的小说,又因其中一篇触动了我的眼泪,写信告诉同学沙叶新。这本书还借给叶辉看,有年也斯从美国写博士论文,三人聚在一起喝咖啡,又谈起汪曾祺,遂成'汪迷'。"这位"汪迷"后来与被迷的对象成了知交。1985年,汪曾祺随中国作家代表团首次访港,沙叶新介绍古剑与汪曾祺在亚洲酒店见了面,他们长谈了好久,很是投机。随后,施叔青又约汪曾祺、古剑到美国俱乐部喝下午茶,漫无边际地穷聊了一通。此后,古剑与汪老的交往便多了起来。当时,由于台湾有多家出版商都要出汪曾祺的小说,几个人都要当代理人,汪老最终还是确定了古剑为代理人。古剑还热心地为汪老向转载汪曾祺《黄油烙饼》等小说的台湾出版商争取稿费。古剑第一次上北京,特地抽空到汪老家拜访。1995年去北京,又好不容易推了个饭局去看望汪先生,尽管那时汪老身体不好,已不大喝酒了,但汪老还是拿出金牌女儿红,各喝了一小杯。汪老对这位汪迷很有感情,曾先后送过古剑四幅字画。古剑说他一直"珍藏着,一张挂在厅里,一张挂书房里"。

鲍十。说他是汪迷,是他的朋友们封的。他的一位文友称,鲍十"十分推崇汪曾祺。鲍十几乎看遍了汪曾祺的所有作品,有些作品甚反复阅读不知多少遍,他对汪老和汪老的作品的热爱痴迷到了另外一种热度"。对汪老和汪老作品的痴迷,鲍十是认了的。文友说他"痴迷到了另外一种热度",则是喻他对汪曾祺文学品位、文学精神的深刻认识和继承发扬。他的痴迷达到了升华,升华到了一种新的境界。鲍十说,他印象最深的阅读是汪曾祺的作品,他认为,汪曾祺是一个藐视潮流,不随潮流浮沉的,曾经不少红极一时的作家最后会消声于人群中,但汪曾祺一直在。鲍十也是作家,不少读者说他的作品中"有种非常熟悉的汪曾祺的味道",可见鲍十受汪曾祺影响之深,也可见鲍十得汪曾祺神韵之妙,此殊不易也。因为,真正能读懂汪曾祺的人,真正能继承汪曾祺文脉的人,不多也!值得欣慰的是,鲍十还比较年轻,今年才五十出头,已有多部短篇小说、中篇小说和长篇小说问世,现为《广州文艺》社社长、总编辑、广州市作协副主席,正大有可为也!

凸凹。我不认识凸凹,但我从文章中认识了凸凹,许多汪迷也从文章中认识了凸凹,不少评论文章都提到凸凹,那是缘于他《文坛二老·汪曾祺》这篇妙文。妙文中的一段话经常被人们引用,也为"汪迷"们所津津乐道，他说："我爱读汪曾祺到了这般情形：长官不待见我的时候，读两页汪曾祺，便感到人家待见不见有屁用；辣妻欺我的时候，读两页汪曾祺，便心地释然，任性由她。在我的办公桌上，内室的枕畔，便均备一本汪曾祺。汪老的文章是我生命的一部分。"

这篇文章被评为首届汪曾祺文学奖金奖，是当之无愧的。因为，它说出了广大"汪迷"的心声。

《都市文化报·书脉周刊》曾采访过凸凹，在文章的结尾，凸凹向记者陈说：

在中国当代文坛，汪曾祺老先生的文字，是镶嵌到我的生命中去的，他的著作，是我的枕边书，每日耽读与揣摩，从无中辍。"人间送小温"是他的写作之道，也是他的人生品格。所以，我把他作为自己的榜样。因此，我的写作姿态就放低了：写小人物，关注民间情感，把能贡献温暖，也就是"温暖写作"作为自己的创作伦理。

因为小人物与人间的本质最近，积几十年的人生体验，认识到，小人物在现实中是"小"的，但在人性层面却大得无边。首先，小人物有草木品格：兀自生长，不计冷暖。他们坚韧、隐忍、沉静、皮实、忘我，活得本分、自适、自足。这就了不得，如草木虽被磐石挤压，也能钻隙而出，向上生长。其次，小人物有天地性情：被人轻鄙，被人污损，却绝不仓皇失据，他们从容地应对，以失为得，正如天地——人一不如意就骂天，但老天从不怪罪，阳光依旧照进那家的庭院，雨露依旧滋润那家的田园，人一乱性就咒地，但大地从不计较，只要你播下种子，也没心没肺地生长，贡奉出果实。其三，被人照耀，所以他们自己发光，正如萤火虫在暗夜里行走，自身就带着一盏小灯笼。也就是说，良心、悲悯、喜生与善，这些温暖的东西，足可以让他们不迷失自我，也不加害于他人。己心温暖，而世间温暖——这是汪曾祺老先生文章与人生的底色，以前我认为是他的个人修为，能冷眼看风物之后，才知道，那是来自民间，是他替小民说的。正因为此，我感到，温暖的书写是多么的重要啊，它对世道人心有益，这也是大地道德书写的起点和本质。（见2013年1月17日《都市文化报·书脉周刊》B3人物版）

　　杨栋，现为山西沁源县文联主席，早在几十年前，他就是一位"汪迷"，那时，他还在乡下务农，是从《受戒》迷上汪曾祺的。他说，"《受戒》，我读了好几次，有常读常新之感，为了细品真味，我专门买了一本选有此文的《阅读与欣赏》，好多年成为我的'枕头书'。"因汪曾祺说过喜欢《世说新语》和宋人笔记，杨栋专门买了《世说新语》和宋人笔记几十本，想从中体味汪先生的文章神韵，作品轨迹。杨栋几乎是见到汪曾祺的书就买，向出版社邮购，上孔夫子网搜求，想方设法托朋友去买，入藏了近二十种汪曾祺的书，其中还有一种法文版的《受戒》，为什么他要买这本书呢？杨栋坦言道："我不懂外文，还是高价买来的，这就近乎玩书了。但因是汪老的书，看看也是舒服的。"

　　段春娟，几乎所有的"汪迷"手头都有她编的书，可以说，她既是"汪迷"，也是扩大"汪迷"阵容、拓展汪曾祺作品影响的一位有功之臣。在山东画报社任职期间，她主编了汪曾祺作品系列——《汪曾祺谈师友》《汪曾祺说戏》《汪曾祺文与画》《五味——汪曾祺谈吃散文32篇》《人间草木——汪曾祺谈草木虫鱼散文40篇》……这套系列,很受读者的欢迎和"汪迷"的喜爱,有的印了几版,印数达到了数万之多,可谓功德无量矣。

汪曾祺的挚友黄裳先生曾赞出这套系列"是做了一件好事",他风趣地说:"山东画报把曾祺细切零卖了,好在曾祺厚实,可以分排骨、后腿……零卖,而且'作料'加得不错,如《人间草木》……我有曾祺的全集,但少翻动,不如这些'零售'本,方便且有趣。"

还应一提的是,在汪老逝世十周年之际,她还操作出版了《你好汪曾祺》一书。此书选辑了"当年很多人写汪曾祺的文字",为了好而快地出书,她专程赴高邮、南京等地查寻资料,选编文稿,夜以继日地工作,终于赶在五月上旬把书出来了,时正值中国作协在北京召开纪念汪曾祺逝世十周年座谈会,应邀出席会议的高邮代表陈其昌特地带着这本书送给铁凝、林斤澜等作家,得到了不少与会作家和汪迷们的好评。

次年,当得知我和陆建华先生要选编《永远的汪曾祺》(上海远东出版社2008年版)时,她特地寄来了《他是教人幸福呀——读汪曾祺》一文,以表示她对汪老的缅怀之情。所以我断言:段春娟者,亦汪迷也!

顺便与汪迷们沟通一下,段春娟曾发表过《汪曾祺的编剧生涯》等多篇文章,现迁山东经济学院为学报任编辑了。

施行,汪曾祺之友网的创办者。他是上海外国语大学的离休干部,现在已经八十岁了,大概是"汪迷"中最年长的粉丝了。2008年,他老人家创办了汪曾祺之友网,常设栏目有"大淖记事——介绍和发表有关汪曾祺的评论文章""七里茶坊——介绍和发表有关汪曾祺人品、作品的描述""故人往事——介绍和发表汪曾祺老友的回忆文字""文游台——咨询动态""草巷口——编谈交流"等各有特色的十个栏目。网站所提供的免费下载的有关汪曾祺的图片、作品等资料受到了网友的普遍欢迎,成了海内外"汪迷"一个交流的大平台,一个学习的大课堂。由于其信息量大、资料丰富,目前,点击率正冲向十万高峰。据施老讲,他所主编的达35万字的《汪曾祺文学阅读词典》,由中国速印网推出后,受到了"汪迷"们的普遍欢迎,此后施老又花时间进行了修订,已由作家出版社于2012年正式出版发行。

前几年,在高邮举办的纪念汪曾祺的座谈会上,我与施老曾见过一面,后来也通过几次电话。我觉得他是一位精力充沛、活力四射的好老头,虽然是离休干部、大学教授,却是一点不摆架子,不倚老卖老的。

就在这个座谈会上,施行还向汪曾祺故乡的宣传文化部门提了17条建议,其中不乏有创意性和可行性的意见,比如将汪曾祺的精品力作录音刻盘,做汪曾祺故居的三维动画,在高邮入城口竖立"文学大师汪曾祺故乡欢迎您"的公益广告招牌等……施先生是福建长乐人,是汪曾祺夫人施松卿的侄儿,自然对汪曾祺之感情分外亲近、格外诚笃。他做过工人,当过兵,曾为国家核心期刊《外语电化教学》常务副主编,与别人合作主编过《英汉教育技术辞典》。然而,他还出版了散文集《彩霞满天》《人物春秋》、文论集《随想杂谈》,并被推选为世界华文文学家协会副理事长,可见他在文学上也是有所作为的。他坦诚地说,一开始,他对文学也不太感兴趣,姑妈施松卿每次送给他的汪曾祺的作品,他拿回家后就束之高阁,而后来他再读汪曾祺作品时,体验就大不相同了。他认为,汪曾祺身后的影响力远远超过他在世的时候,汪曾祺的影响力会随着时空的推移而越加深入人心。我想,施先生的话是对的。只有汪迷才能说这样的话,所以,我把施先生也列为汪迷,这一点,施先生肯定是会欣然首肯的。

陈其昌,现为汪曾祺研究会秘书长,高邮市文联顾问。在任高邮市文联驻会副主席期间,曾多次接待汪曾祺,是汪老亲属外,第一个向汪老遗体告别的高邮人。1997年5月16日上午10时30分,汪老去世。陈其昌5月14日到北京出差,行程之一是拜访汪老。15日晚才从我处知道汪老病危送至友谊医院抢救。第二天一早,老陈即匆匆往医院赶去探视,但等他几费周折找到病房,才得知汪老"刚走"。老陈失声痛哭,央求管太平间的人破例打开铁门,"面向汪老的遗体,訇然跪下,在太平间的水泥地面上默默地磕了三个头,用家乡祭悼双亲的风俗,'叩拜'汪老在天之灵。"似乎是上天有意安排他代表家乡父老、代表"汪迷"们在向敬爱的老头儿作最后的诀别。以愚之见,称他为代表并不过分。在高邮的汪迷中,他无疑是铁杆型的。他不仅对汪老的作品达到了"透熟"的程度,还对汪老笔下所涉及的高邮人和地名一一钩沉,"考证"一番,这对于人们了解汪老作品的背景、深化理解汪老作品的内涵大有启迪,对认识汪老的人品、文品也不无裨益。他的步履,一次次地迭印在汪家大院、大淖、庵赵庄……他的文字,一篇篇记叙着他和汪老的姐姐巧纹、弟弟海珊、妹妹丽纹、妹婿金家渝等多次长谈……

老陈还有一个突出贡献,那就是他十余年来主编和参与编辑的《珠湖》(高邮市文联主办的文学刊物)、《汪曾祺文学馆馆刊》(汪曾祺研究会会刊),组织和发表了大量关于汪曾祺为人为文的文章,联络和团结了一大批全国各地的"汪迷",老陈功莫大焉!一度时期,从构想、组稿到校对、寄刊,他几乎是一条龙统筹,全流程介入,其间的辛苦劳碌是不难想象的,而经济报酬则微乎其微,约等于零也!当我每次收到《珠湖》《汪曾祺文学馆馆刊》的时候,似乎都能感受到老陈送来的那一缕春风。

出于对汪曾祺的热爱和景仰,老陈对热爱和景仰汪曾祺的"汪迷"也有特别的爱。全国各地来高邮的"汪迷"们,只要是接触过老陈的人,都会深切地感受到他的热忱与周到,这些"汪迷"们记住了汪老,也记住了汪老家乡的铁杆"汪迷"——陈其昌。

谓老陈为铁杆汪迷,还有一层重要原因,就是他对汪曾祺故居归还一事的执着。他是最早听汪老说此事的人,也是最先向市领导提出此事的人,直至汪老去世后,他还在不懈地努力,有人曾劝他何必如此,太得罪人了,而且得罪的是领导,但他却不以为然,仍旧"愤愤不平"地奔走呼号,如此仗义执言、"固执己见",不是汪迷、不是铁杆汪迷能这样做么?!称其昌为铁杆汪迷,名副其实也!

萧维琪。他与汪曾祺有缘,从汪曾祺1981年10月第一次回故乡高邮,到汪曾祺去世前的几个月,他们之间的"忘年交"长达十六年之久。汪老第一次回乡,前往车站迎候汪老的,是萧维琪和陆建华及笔者与汪老的亲属。汪老此次回乡,除探亲外,还有一目的,是要写一篇关于水利的报告文学,这是《人民日报》邀约他写的。正巧当时萧维琪在水利局工作,且对高邮水利建设的今昔十分清楚。他不仅找来了民国当时的《运工专刊》《勘淮笔记》等珍贵资料借给汪老看，还陪汪老到几个公社进行实地勘察，又专门约了县里搞水利的人到汪老住处向汪老介绍自流灌溉的情况；可以说，对汪老后来所写的《故乡水》《他乡寄意》，萧维琪是有所贡献的。此后汪老几次回故乡，萧维琪总是随侍左右，尽心尽力为汪老服务。

1986年10月，汪老第二次回乡，时间很短，仅有27日、28日两天，是从扬州到高邮的。这次汪老回乡有一个任务，就是谈谈他对新编《高邮县志》的评审意见，他是顾问。这个事情也是萧维琪联系和操办的。这时，萧维琪已调到县志办工作了。28日上午，汪老与《高邮县志》的相关人员进行了座谈，除了就厚今薄古、谋篇布局、彰显特色等方面谈了精辟的见解外，还牵涉了文学方面的话题。会后，又与萧维琪私下谈了一些细节方面的看法。

为高邮新落成的北海大酒店剪彩和为市文联"春蚕杯"征文颁奖，促成了汪老第三次回乡。萧维琪是"春蚕杯"征文的评委，自然更要参与其中的活动了。在"春蚕杯"的颁奖大会期间，汪老被众星捧月，陷入一群群"汪迷"的包围之中，汪老禁不住向萧维琪"呼救求援"了。他对萧维琪说："我实在忙不过来，你为我排个名单吧！"于是，维琪随即把众人引开，倚在会议室的阳台的栏杆上拟了十个人的名单交于汪老，汪老就照着名单一张张地写，萧维琪"挡驾有术""护驾有功"，汪老也就轻松一些了。

那一次回乡，汪老夫妇还一起乘船畅游了高邮湖，随行的高邮李春迎为他们夫妇拍摄了好几张照片，有一张照片二老的神态特别好，春风满面，笑容可掬，萧维琪见了脱口而出地赞叹道：

高邮湖上老鸳鸯！众人听了同声夸好，怂恿汪老在照片反面写下这七个字，并署了名字和日期，汪夫人在旁嗔笑着说：尽干风流事。这句话和照片流传很广，李春迎、萧维琪都是有功人也！

自萧维琪认识汪老后，他如有机会去北京，是一定要去拜望汪老的。其间，还发生了两件趣事：一次汪老留他于家中便餐，席中有一道菜是炒苦瓜，萧老兄从来没有见过，更没有吃过，便问：这是什么？汪老于是解释一番，并且就此写了一篇《苦瓜是瓜吗？》的散文，引发了汪老一番有关文学创作的问题，汪老强调说，我希望评论家、作家——特别是老作家，口味要杂一点，不要偏食。不要对自己没有看惯的作品轻易地否定、排斥。不要像我的那位同乡一样，问道："这个东西能吃？为什么要吃这种东西？"提出"这样的作品能写？为什么要写这样的作品？"还有一件趣事是，由于我和萧维琪是同乡同学，又都干过文物工作，有时汪老竟把我们两人混淆了。有一次，汪老写信给我，居然把我的姓名写成了萧维琪，害得他隔了一天又给我写了一信。

由于萧维琪的热忱和执着，汪老还应请为高邮文游台撰写了一副抱柱长联：

拾级重登，念崇台杰阁，几番兴废，千载风云归梦里；
凭栏四望，问绿野平湖，何日腾飞，万家哀乐到心头。

这副长联如今镌刻在文游台上，原稿就是萧维琪如护珍宝一样从北京带回高邮的。而汪老在1997年4月所书的最后的墨宝——四尺宽"沁园春·香港回归颂"（陈春啸撰），也是萧维琪电话邀约汪老挥毫的。

萧维琪最后一次到汪老家是 1997 年 1 月，是与家乡的东墩乡的刘俊书记一起去的。这位刘书记现在是扬州市的文联主席了，他也很喜爱汪老的作品，当时邀约一些在京的高邮人聚会，萧维琪与汪老约好了，他们便一道去福建会馆前街去接汪老。席间，萧维琪就坐在汪老旁，看汪老虽显老态，但仍神清气爽，谈笑风生，哪里想到仅隔几个月，汪老便驾鹤西游了。得知汪老去世，萧维琪很快写了一篇情深意切的悼念文字《思念到永远》，于 5 月 25 日在《扬子晚报》发表。汪老书赠的一首七绝，萧维琪至今珍藏着，如同他悼念汪老的文章题目那样，他将珍藏到永远。

夏涛，汪老的小老乡也。1992 年，他在北京鲁迅文学院进修时，曾聆听过汪老的讲课，至今还保存着当时的听课笔记，珍藏着汪老签名本《汪曾祺自选集》《晚饭花集》这两本书。作为"汪迷"，夏涛继陈其昌之后，对汪曾祺关于家乡作品研究的开掘是别具一帜，颇有见地的。

2007 年 5 月，扬州电视台《绿杨茶馆》节目组在高邮拍摄介绍汪曾祺的系列节目，他曾协助摄制组工作，随同摄制组到汪曾祺作品中出现的高邮那些地方进行拍摄和采访。此后，他又一次次地进行了更为深入和细致的调查——一种近于追根寻源的多方打探和寻访，他先后与汪海珊（汪老的胞弟）、大英子长子张俊生、铁桥和尚的徒弟广如法师等多人短叙长谈，掌握了不少鲜为人知的有关汪曾祺老家、汪曾祺与小英子往来的情况，发掘了一些有关《受戒》背景和人物原型的第一手资料，并发表了《关于汪曾祺经典小说〈受戒〉的访谈》，这对读者了解《受戒》中的人物、风俗、地理是十分有益的。夏涛还发表过了一篇《漫谈汪曾祺和他的故居》的文章,文章详细地写到了汪曾祺故居的过去和现状,还介绍了寻访汪曾祺故居的一些作家之当时情景,其中有上海著名作家王安忆、顾村言、浙江作协副主席刘文起、中国文学馆副馆长吴福祥、中国社科院文研所评论家季红真、诗人冯光辉,还有美国学者戴伊、仲晋奎、香港大学文学院卢美雷教授等,文章在 2009 年第一期《翠苑》发表后引起了一定的反响。

陆建华,现为汪曾祺研究会会长,这个名字已为众多的汪迷所熟知。正如建华的朋友吴周文等人所说的那样,"老陆是一个事为先生(指汪老)所虑、情为先生所注、乐为先生所喜、忧为先生所愁的人,是一个热心肠、敢作为、有责任长期痴迷于汪曾祺的超级粉丝。"

陆建华之迷,体现在他长期对汪老的不遗余力的宣传和研究上。评论家江曾培说,陆建华是对汪曾祺进行系统评介和研究的第一个、拓荒者,是宣传评介汪曾祺最富贡献的人,由于得到陆建华等人的推动和支持,汪曾祺及其作品的影响,不仅在空间上迅速得以扩大,而且在时间上能很好地绵延相传,显示其强大的生命力。我认为,这并非是虚夸谬奖,言过其实,只要看一看我为建华先生列的一个简表,人们也许就会理解和认同这位评论家的话了。

1981 年　开始陆续发表一系列关于评介和宣传汪曾祺的文章和通讯。筹划和参与了接待汪曾祺回到离故乡四十二年的高邮。

1982 年　论文《动人的风俗画——漫评汪曾祺的三篇小说》在《中国文学》英法文版第 1 期、英文版第 2 期发表,这是最早的、有分量和影响的用外文向世界文坛介绍汪曾祺作品的文字。

1983年　联系与敦促汪老为《钟山》等文学杂志写小说。

1985年　整理汪曾祺创作年表。

1993年　主编《汪曾祺文集》(五卷本)由江苏文艺出版社出版。文集120万字，第一次为读者展现了汪曾祺近半个世纪的文学成果。

1994年　策划拍摄了电视文学片《梦故乡》上下集。江苏电视台首播，中央电视台、浙江电视台、上海东方电视台等转播，这是第一部、也是唯一的一部记述汪曾祺创作与生活的电视专题片。

1997年　因《芦荡火种》署名权案为汪老仗义执言。撰写的《汪曾祺传》由江苏文艺出版社出版。汪老提供了若干原始资料和阅看了全部文稿，这是第一本关于汪老的传记。在报刊连续发表多篇回忆和悼念汪老的文章。

2000年　倡议和参与了高邮筹建"汪曾祺文学馆"和汪曾祺研究会，并被推举为汪曾祺研究会会长。倡议和筹办了第一期《汪曾祺文学馆馆刊》，向汪曾祺文学馆捐款5000元。

2001年　散文集《家乡雪》由江苏文艺出版社出版，内收关于汪曾祺的散文计13篇。

2005年　撰写的《汪曾祺的春夏秋冬》由河南人民出版社出版，此书全面和生动地写出了一个真实的汪曾祺。主编的《汪曾祺作品精选》由长江文艺出版社出版。

2007年　协助段春娟编辑《你好汪曾祺》(山东画报出版社2007年版)，以纪念汪老去世十周年。组织和主持了第一届汪曾祺文学奖。

2008年　与金实秋共同编辑出版了《永远的汪曾祺》(上海

远东出版社 2008 年版）

  2011 年　撰写的《私信中的汪曾祺——汪曾祺致陆建华三十八封信解读》由上海文艺出版社出版，为读者提供了一种特殊的汪曾祺传记，对汪曾祺研究和当代文学史有不一般的史料价值和阅读价值。

  2014 年　《汪曾祺与〈沙家浜〉》于河南人民出版社出版。此书客观真实而又生动细腻地描述了汪曾祺与《沙家浜》的来龙去脉，其精彩的细节、幕后的内幕、变幻的时局，读了令人感慨万千。

  这里，有必要介绍一下几个细节。比如，建华当时编文集其实是有不少困难的。首先就是汪老的态度起初并不积极，汪老认为自己"还不到出文集的'份'"。再次是资料收集之难。汪曾祺于《文集自序》中也谈到过这个过程，他说："我的这位朋友是个急脾气，他想做的事一定要做到，而且抓得很紧。在他的不断催促下，我也不禁意动。"仅从 1993 年 5 月 3 日到 7 月 22 日一个多月，汪老就给陆建华写了 5 封信，还互通了几次电话，所谈的都是关于编辑、出版《汪曾祺文集》的事。由于汪先生是个只管生孩子，不管带孩子的事的人，他对自己发表的作品并不注意保存，有的甚至一时都记不清了、找不到了；于是陆建华就得自己一遍遍地去找，而那时他是没有电脑的，可想见其时工作之烦琐和艰巨。记得那次我去北京，汪老将好不容易找来的 1963 年版的《羊舍的夜晚》托我交给陆建华。当时，汪老只说了一句话：就只有这一本。看着这本已用塑料纸包封的薄薄的小册子，我却深深地感觉得到它的分量。我郑重其事地说：这是海内孤本，我在书在，汪老请放心！在那一段时间里，陆建华几乎是将所有的业余时间用在了文集上，小说卷48篇、散文卷62篇、文论卷55篇、戏曲剧本卷8个剧本，共一百二十万字，按卷按目次全部找全、贴齐、编辑、校对，忙得不亦乐乎，连夫人、上大学的孩子都一齐上阵帮忙助产，他的房间里摆满了稿子和清样，来个人也难以立脚……正如汪老夫人施松卿在给陆建华的信中所言："在你一催再催之下，曾祺已动起来了，开始编那四部文集。……要不是你一再来信，他的惰性还会那里起作用。所以，主要动力还是来自你，对吗？"当这一套文集印出来之后，建华当面送给汪老，汪老禁不住激动地对建华说："建华，谢谢你。"

再说一下《梦故乡》，这是建华倡议和筹划的。那时，他在江苏省委宣传部任文艺处处长，他与江苏电视台著名导演景国真两人一拍即合，这部由景国真撰稿的纪实专题片在全国文学界、电视界产生了较大的影响，尤其是深深地感动了汪曾祺。

还有两个细节是，《汪曾祺传》是汪老在世时就基本定稿了。一个星期天的下午，老陆兴冲冲地骑了自行车到我家来，头上冒着汗，手上捧的是他上午刚打印装订好的一本《汪曾祺传》，油墨味正浓，糨糊水未干，他的兴奋之情深深地感染了我，至今脑海中有时还会"回放"出当时的情景。1997年5月17日那天，我和建华、朱葵一同到扬州参加一个好友儿子的婚宴，由于早就约好，非去不可。老陆在车上沉默不语，一扫往日的谈笑风生，他在思考着悼念汪老的文章，一下车等主人来接时，他就趴在宾馆的接待的吧台上写了，还联系约见了最后与汪老采访的《扬州日报》记者高蓓，隔了两三天，《服务导报》《扬子晚报》就发表了他写的悼念文章。汪老追悼会时，他又特地请假赶赴北京，并和我共同献上了两副挽联：

> 星沉甓社家乡水，
> 梦断菰蒲晚饭花。

> 晚翠艺坛，独领风骚大淖事；
> 文坛异秉，千秋绝唱沙家浜。

除汪曾祺研究会会长的头衔外，建华先生还有一个民间的头衔，全称是汪曾祺资料馆馆长，这个头衔不是官方指派的，是汪迷们给他戴上这顶桂冠的。陆馆长不仅拥有数十本各种版本（包括外文版、台湾版）的汪曾祺作品集，还编有几百种汪曾祺研究资料，这些资料是他几十年来在互联网上下载后，从各种报刊上复印下来后再整理装订成册的，每册都是厚厚的一大本。现在已经有了十几本，这在全国是罕见的，也许是唯一的。藏品中的镇馆之宝是信，是汪老给他的三十八封信。王干曾说，"建华的资料工作在我们所见到的同行当中是几无可比的。"此话一点不假，但我还要补充一句，那就是，建华的资料公开公用，在我们所见的同行当中也是几无可比的。与一些所谓藏家不同，建华之藏重在用，更在于给别人用，乐于给别人用。他自己的用固然不须多言，我且简言一下乐于给别人用，把建华乐于与他人分享资料的事与大家分享一下。2007年，为纪念汪老去世十周年，山东画报出版社编辑段春娟为了尽快编出《你好汪曾祺》，专程去南京到了建华先生的家，段春娟在本书《编后记》中说，在陆建华先生家，"陆先生嫌客厅光线不足，把十几本资料全搬到阳台上让我翻阅，并将看好的复印下来。那天阳光灿烂，光线透过窗玻璃射进来，阳台上特别温暖，我在那里足足待了一上午。"东华大学教授柯玲要撰评论汪曾祺的专著，不少资料都是陆建华特供的。当年王干在高邮，也是常常去陆先生处翻阅借看相关资料的。而我，为了写有关汪曾祺的文章，更是陆馆长家的常客。我主编的《永远的汪曾祺》选了七十七篇文章，有三分之一以上的文章来自"馆长"那里，至于在《汪曾祺诗联品读》中引用的资料，那就更多了，换句话说，如没有陆氏汪曾祺资料馆所提供的资料，我编写这两本书就底气不足，即使勉强出了，也会失之贫弱和轻浅。

这里，要特别说一说建华 2011 年出版的新著《私信中的汪曾祺》。从 1981 年 7 月 17 日到 1997 年 3 月 18 日，汪老前后共给建华写了 38 封信，其跨度为 16 年。这 38 封信，汪老和建华谈到了他回家乡的事，谈到了他关于他小说的事，谈到了创作《汉武帝》的事，谈到了他要求归还祖居房子的事，谈到了出《汪曾祺文集》的事，谈到了《沙家浜》名誉案的事……涉及汪曾祺创作经历和日常生活方面诸多有争议的话题。为公开报道所少见，这些信，是汪老当时境遇和情感的真实记录和坦诚流露，可以说是深入了解研究汪曾祺的极为珍贵的第一手资料。陆建华围绕对这 38 封信的回顾和阐述，就书信往来的背景、原委，以及相关的方方面面的外延进行了全方位的诠释、描述与整合，以翔实丰富的资料和真切生动的文笔再现了汪曾祺与多年冷寂到走向一朝辉煌的全过程，追溯了这位好老头的人格品藻和喜怒哀乐，在某种程度上，可视为一部对汪老创作历程的编年史,是一部别样的汪曾祺传记。毫不夸张地说,这本书,是作者近年来汪曾祺研究的新的里程碑,也是学术界汪曾祺研究的一个重大成果,其史料价值和学术价值是弥足珍贵的。识者认为,"陆先生解读的文字与汪老的私信之间相互辉映,形成了一般文学研究所难以企及的丰富、复杂和真实性。而对于读者,写信与读信者双方心理引力场的叠加则产生了更强烈的辐射力,使读者感受到了特殊的公信力和巨大的心理冲击力。"

然而,木秀于林,风必摧之,由于陆建华与汪曾祺的交谊太"铁"了,陆建华宣传、研究汪曾祺的贡献也太"铁"了,以至免不了招惹和诱使有些人很不理解,猜疑不已。然而,值得称道的是,建华对此虽有所感觉,有所感慨,但却能坦然以对,虚怀以待。更难能可贵的是,在这种情境下,他仍然始终毫无保留地尽己所能,做与汪老有关的事。有一位记者曾问过陆建华这一切为什么?在《关于〈私信中的汪曾祺〉写作的札记及其他》中,陆建华用了两千余字作了回答,如概括起来说,其实只有两句话:我是高邮人!我热爱和敬重汪老的为人为文!如用柯玲教授的话说,那就是"陆建华坚持不懈,跟踪宣传汪老,研究汪老三十年,凭的是一颗真心,注的是一腔真情","也许陆建华自己并没有意识到在他专心为汪老刻写纪念碑的同时,无意中自己的名字早已与汪老、汪研合为一体了。"

本来还可以再写一些人,但是行文太长了。不过,有几个问题是有必要说明一下的:

一、汪迷的界定。是不是汪迷,没有什么标准或定义,自称汪迷的，自然有一定的道理，而没有说自己是汪迷的，也未必不是汪曾祺的粉丝。比如，有人认为张爱玲也是个汪迷，因为她那么喜爱汪曾祺的小说，一篇《八千岁》居然看了好几遍。然而，我未见张爱玲自己说她是汪迷。再如，安徽有一位文学青年，说他痴迷汪曾祺可比苏北，甚至超过了他，但是人们并不视他为"汪迷"，他感到有点郁闷。至于是不是铁杆汪迷，我以为倒是应有一些说法的，那就是在迷的态度上和程度上要超过一般的粉丝，要够得上铁的份，够上铁的格。这个格，在于他对汪先生的作品不仅仅是一般阅读、欣赏、收藏和评论，而是对汪老作品有一个较高水准、较高层次的理解、感悟和认知，与汪老有某种心有灵犀、拈花一笑式的精神对接和思想交融。

二、汪迷的选定。由于我的精力和目光很有限，我只能写一些我比较熟悉、比较了解的人。于是，扫描的范围则非常有限，点击的层面也不够宽广。好者这不是评选什么先进人物、精英人才，无须组织部门的选拔审核，这只是我一个人的排行榜而已，希望汪迷们能够理解。至于对上述汪迷们的介绍，则更是本人的一家之言了。

后　记

　　从1985年11月20日《扬州市报》刊载《汪曾祺的书画艺术》，到2016年12月7日《东方早报》发表《〈汪曾祺全集〉遗珠——略说汪曾祺为成汉飚、杜月涛、高马得写的序文》；我所写的关于汪曾祺的文章几乎都收在这本集子里了。

　　文章大约可分为四类：一、回忆，即与汪先生交往的一些回忆及怀念；二、补说，即当时未见有人论述或很少有文涉及的；三、争鸣，即其时与他人见解不一、看法相异的。四、资料，即采撷于书刊报网中的相关资讯，可供学界参考、研究的。文章大部分已在报刊上公开发表过，其中部分亦见之于2013年出版的《补说汪曾祺》。由于零散结集，文中偶有雷同之处，似不宜删除，请读者鉴谅。由于学识所限，书中不免有欠妥失当之处，校对亦或有讹误未能勘出；敬请诸君一并教正。

　　汪曾祺的作品是一个富矿，是一笔宝贵的精神财富，有待于人们进一步发现和开掘，弘扬与传承。我愿意与同好为此而"一汪情深",尽力尽心!

金实秋

【附录】

《永远的汪曾祺》后记

陆建华 金实秋

纪念汪曾祺先生逝世十一周年,我俩应上海远东出版社之约请,编选了这本怀念追思汪曾祺先生的散文集。

这是一个说来容易其实难以做好的工作,难就难在可供编选的文章太多。从我们所掌握的资料来看,不少人在获悉汪曾祺先生去世噩耗后的当天,就强忍悲痛着手写悼念文章;而从汪曾祺先生辞世的第二天即5月17日开始到这一年的年末,据不完全的统计,海内外报刊发表的悼念与追思汪曾祺先生的文章竟超过百篇。写这些文章的作者涉及社会的许多阶层,其中有文艺界的名人,有得到过汪老亲切教诲而终生难忘的青年作家、业余作者,还有数量众多的热爱汪老作品的普通读者——他们当中一些人甚至都没有见过汪曾祺先生的面,但同样以饱含真情的笔墨写下感人肺腑的文章。一个作家逝世了,竟引得这么多人同声哀悼,这已经是当今文坛少见的现象了；更引人注目的是，在汪曾祺先生过世的十年中，海内外报刊上、互联网上有关怀念与追思汪曾祺先生的文章一直没有停止过，不仅数以千计，量大惊人，而且文章的情感质量以及传达出的信息量也是弥足珍贵。正是这许多文章，从不同的侧面塑造出一个有血有肉的、神采奕奕的、过目难忘的、并且已成为人们共识的"可爱的好老头"汪曾祺先生的美好形象。汪曾祺先生在《云致秋行状》的结尾曾写过这样的话："一个人死了，还会有人想起他，就算不错！"我们当然可以把这句话移用来献给汪老，但又觉得分量太轻太轻。汪曾祺先生去世10年来，人们一直想念着他，其中的深情厚谊，绝不是"不错"两个字所能概括得了的！

或许，由我们两人来编选这本怀念汪曾祺先生的书，难度比其他人要更大一些，原因在于我俩与汪老是同乡。汪老是我们的乡贤，更是我们的良师益友。因为太熟悉，面对那么多缅怀汪老的佳作，不少人写了四五篇文章，有的甚至写了十来篇，我们常常陷入浓浓的乡情中难以自拔，觉得哪一篇都写得情真意切，纯朴感人，我们真难说出选这篇、不选那篇的充足理由。但一本书的容量总是有限的，我们因此甚费踌躇。几经斟酌，明确了三点想法：

首先，本书所选入的怀念汪曾祺先生的散文，除少量为有关作者专为本书而写，系第一次公开发表外，绝大多数是汪曾祺先生逝世后的十一年中已在海内外报刊上发表过的；其次，在总量上以77篇为限，以纪念汪曾祺先生享年77岁；第三，所选文章按发表的时间顺序排列，以表示十一年来人们对汪曾祺先生的绵绵不绝的哀思。

本书的编选，得到许多朋友的热情帮助和大力支持。我们要特别向给予本书全力支持的中国书籍出版社、汪曾祺文学馆和汪曾祺先生的子女表示诚挚的谢意，正是在他们的支持与鼓励之下，本书才得以顺利出版。

还有一点需要说明的是，在着手编选本书时，我们就主动与相关作者联系，但仍有部分作者至今未找到准确的通讯地址，故而未能联系上，在此深表歉意，请作者见到本书后及时与出版社联系，以便按国家相关规定支付稿酬和赠送样书。

本书编定于2008年春。当此送旧迎新之际，我们格外怀念已离开我们十一年的汪曾祺先生，谨以此书作为一束鲜花，敬献于他的灵前。我们深信，汪曾祺先生和他的作品将永远活在广大读者的心中。

2008年春于金陵

《汪曾祺诗联品读》序

陆建华

汪曾祺先生以小说、散文名于世。写诗，于他只能算偶一为之。新时期到来后，他于花甲之年重出文坛，以《受戒》《大淖记事》等经典之作迅速为文学界和广大读者所接受、所喜爱，并很快确立了他在当代文坛不可替代的独具异禀的地位，但单独发表诗歌的情况屈指可数，其诗作所产生的影响似也不及他的小说、散文那样深入人心，和获得广泛的论同。正因如此，1993年9月，我在与江苏文艺出版社商定编辑出版《汪曾祺文集》时，金实秋就曾颇有远见地建议在文集内收入汪老的诗联，虽然这个建议很好，当时我却多少觉得，诗联在汪曾祺先生的整个文学创作中，一时难与他的小说、散文和戏剧相提并论，不免有所犹豫，汪曾祺先生自己也不甚赞同，此事就这样放下来了。

但从那以后，实秋君一直记着辑佚汪曾祺先生诗联的事，不仅记着，而且一个人长时间不声不响地做着踏实具体的收集整理工作，就在我们差不多忘了此事的时候，现在，实秋把这本意义非常的、很不一般的《汪曾祺诗联品读》贡献于我们的面前，令人意外、更令人惊喜。

这便是实秋值得称赞的执着和可贵之处了。

毫无疑问，没有一种近乎痴迷的执着的敬业精神，所谓辑佚汪曾祺先生的诗作便只能是一句空话。此事之难处在于收集整理颇费功夫。迄今为止，我们见得汪曾祺先生诗歌最多的一次，是1998年8月由北京师范大学出版社出版的、由汪曾祺先生的子女亲自提供资料并直接参与编定的《汪曾祺全集》，在这部全集的第八卷中，收入汪曾祺先生的包括新诗、旧体诗和散文诗在内的各体诗歌共88首，单凭这些诗作另立成书似嫌不足。而今，《汪曾祺诗联品读》中收入诗歌近200首、联40余副，其数量的激增之多、文学价值的意义之大是不言而喻和显而易见的。我于此要特别指出的是，新增的部分，几乎每一首诗、每一副联，都是实秋劳心费神收集得来，他为此所花费的时间之多，用心之深令我等知情者甚为感佩。盖因汪曾祺先生是性情中人，他之作诗、撰联，很多时间是兴之至所至、率意而成。他的许多诗作隐藏在他的散文之中，他常常在其文思如万斛泉源不择地而出之时，灵感突至，鬼使神差般赋诗一首，于是，诗文互见，越发美不胜收。更多的时候，他在与好友雅集唱和时，应邀为风景名胜地题字时，面对热情的友人、包括素不相识的可爱的读者求画索字时，总是欣然题诗题联……试看他为众多友人量身制作的嵌字联，虽短短两句，却无不显示着真诚、真情、智慧与才气！虽为即兴之作，但很少敷衍应付的世俗。为收集到尽可能多的汪曾祺先生的诗联，实秋不仅一再精读汪曾祺先生的作品，不放过一首诗作，他还从大量记述与怀念汪曾祺先生的散文中，仔细找寻，哪怕仅仅是一两诗句，也定然摘抄备存。需知这些文章中有的是发表在偏僻之地的报刊上，但实秋只要得到线索，必不遗余力想尽一切办法得之而后快。本书收入的汪曾祺先生书的诗和联句，其中竟有五分之二为《汪曾祺全集》所未载，最终却为实秋一一寻得，殊属非易。汪曾祺先生生前究竟为多少人作过字画？有多少人珍藏着汪曾祺先生的字画？这是一个难以统计的数字，它们原本像一颗颗珍珠散落在民间，现在，由于实秋尽其所能挖掘收拢来，虽不能穷尽，但已足够成就一番璀璨夺目动人心弦的景象，加深人们对汪曾祺先生人品和文品的了解，功莫大焉。

我称《汪曾祺诗联品读》是一本"意义非常的、很不一般的"书，首先是因为此书让我们从诗联角度进一步加深了对汪曾祺先生的了解和认识。人们赞誉汪曾祺先生是集"国粹"于一身的"诗书画三绝"皆可称道的"中国最后一个文人"，但长期以来，我们大多仅止于了解与阅读他的小说、散文和戏剧，而作为文学大家的汪曾祺，缺少了诗联作品是不完整的，事实上，从某种角度看，汪曾祺先生的人品与文品在其诗联中显现得更坦诚、更真实。尤为重要的是，汪曾祺先生的诗联与他的其他作品一样具有不容忽略的文学价值和社会认识价值，我们不仅可从他的诗联中读懂汪曾祺先生的为人，也一样可从他的诗联中触摸到时代的脉搏。这样看来，说《汪曾祺诗联品读》的问世，很可能进一步推动汪曾祺研究的深入和发展，应该不是夸大之辞。

在已经收集到的汪曾祺先生的诗联中，旧体诗占有很大的比重，这与他自幼饱读诗书、在浓厚的传统文化熏陶中长大有密切关系。旧体诗因其对格律的特殊要求，不仅难写，也不如自由体新诗好读，所以毛泽东说："诗当然应以新诗为主体，旧诗可以写一些，但是不宜在青年中提倡，因为这种题材束缚思想，又不易学。"但汪曾祺先生的旧体诗不但写得好，也很少令读者有阅读上的障碍。与那种常见的"诗前序言一大片，诗后注释几十行，天苍苍，地茫茫，风吹草低见八行"的今人写的旧体诗不同，汪曾祺先生的旧体诗很少有古怪生僻的字词，非到万不得已情况不用典，这就在今人写的浩如烟海的旧体诗中，显得独具风采。如："山中一夜雨，空翠湿人衣。鸣泉声愈壮，何处子规啼？"（《宿洪椿坪夜雨早发》）；又如："莲花池外少行人，野店苔痕一寸深。浊酒一杯天过午，木香花湿雨沉沉。"（《昆明的雨》）幽深的意境美，不落痕迹的锤字炼句功夫，加之明白如话，朗朗上口的民歌风，使其诗作既具有鲜明的中国古典诗词的特殊韵味，在风格上也与他的小说、散文一样平中见奇，淡而有味！似这样易读、易懂的旧体诗，是很容易地为一般读者所接受的。

我称《汪曾祺诗联品读》是一本"意义非常的、很不一般的"书，还因为实秋不仅在汪曾祺先生的诗联的收集整理上花费了很多精力，他更在品读上下了很大功夫。他不但认真修正了一些书刊所发表的汪曾祺先生诗联校对中的差错，改正了有些文章在汪曾祺先生墨迹上的误释，对不同资料中出现的同一诗联进行仔细互校，并几乎对汪曾祺先生的每一诗联，都从典故、成句、本事、背景及相关事人等诸多方面加以简洁而精当的笺注，他还注意密切联系写作背景，把汪曾祺先生的诗联与其小说、散文、诗画联系起来，与他人论及汪曾祺先生的各类文章联系起来，进行严谨的、实事求是的品读。这样的品读，需要的不止是精力，更重要的是眼力；这样的品读，对读者说来，就成了理解与欣赏汪曾祺先生诗联真谛的向导，引导人们从"淡"的表象中咂出"味"，那种蕴藉深厚、越品越觉得芳香浓郁的"味"！

1989年，漫画家丁聪为汪曾祺先生画了漫画头像，《三月风》杂志在发表前请汪曾祺为漫画头像配诗，于是有了《自题小像》："近事模糊往事真，双眸犹幸未全昏。衰年变法谈何易，唱罢莲花又一春。"实秋解读说："汪老这首诗，乍读好像一般，并无深意，细品才觉得很含蓄，也很激烈。全诗前两句似乎是写作者年届七十岁时的一种'老态'，其实是反衬作者对批评者的一种反批评。"

何以见得？实秋引汪曾祺先生在其他文章中的原话，作进一步的解读——

"远事真"者——"我写作强调真实"，"我只能写我所熟悉的平平常常的人和事"；

"未全昏"者——"我只能用平平常常的思想感情去了解他们，平平常常的方法表现他们"；

而"谈何易"者，其潜台词则是——"你不能改变我！"

至于"唱罢莲花又一村"实秋引汪曾祺先生写于《自题小像》后的《却老》一文解读得越发清楚明白："变法，是我想过的。怎么变，写那首诗（指《自题小像》）时还没有比较清晰的想法。现在比较清楚了：我得回过头来，在作品里融入更多的现实主义。"

就这样，一首看似平常的四句诗，经实秋一番简洁的品读，既抓住了原诗的精髓，更品出了味，寥寥数语，意味无穷。

我与实秋均为高邮人，都是汪曾祺先生的"小同乡"，我们曾不止一次一同拜访过汪老，当面聆听他的教诲，因此，我们不仅为家乡出现汪曾祺先生这样的文学大家咸与荣焉，在学习、宣传汪曾祺先生的人品和文品方面，尽自己的绵薄之力，更是我俩的共同心愿。实秋之所以殚思极虑、不遗余力地收集整理汪曾祺先生的诗联，我在读了书稿之后欣然作序向广大读者推荐，都是出于同一目的。实秋为编著《汪曾祺诗联品读》一书已经做出很大努力，如果能在"精选"和"精品"两个方面能再下些功夫，即，对已经收集到的汪曾祺先生的诗联进行适当的取舍，而不是见之必收；在对具体诗联品读时，不满足于停留在字句的读懂读通，而能从思想层面和文学意蕴上作更深入的探求，本书的质量定会有更大的提高。此外，本书的编排体例似也有商榷之处，目前的编排不尽准确合理，反不如按诗和联两大部分，依写作时间先后排列，更让读者一目了然。这些想法，仅是个人的一孔之见，未必妥切，和盘托出供实秋参考吧。

汪曾祺先生早在 20 世纪四十年代就在文坛崭露头角，但直到他年届花甲之时才迎来他个人的创作辉煌期，才真正为读者所了解，并为当代文坛确认。这是中国当代文学史上堪称奇观的一个耐人寻味的个例。说到底，是改革开放新时代为他创造了可以实现文学梦想和追求的千载难逢的良机。他一生写了近 300 万字的作品，其中 90% 的文字写于他 60 岁复出文坛之后；在他 1997 年 5 月辞世以后到 2008 年初的 11 年间，国内多家出版社又新出汪曾祺先生的书 36 种 44 册，并且，这一出版势头还在继续。当此之时，金实秋的《汪曾祺诗联品读》正式出版与读者见面，是对汪曾祺先生的最好的纪念，想来广大喜爱汪曾祺先生作品的读者，也定会感到由衷喜悦与欢迎的。

2008 年初冬，于金陵百步坡寓所

《补说汪曾祺》序

叶橹

金实秋是我在高邮生活期间的老朋友,也是我内心里一直都非常尊重的好友之一。每每忆当年在高邮的虽然经济上贫穷但精神生活却不乏情趣的"穷快活"的日子,脑际里经常浮现的一些人,其中便总有着他的"显像"。后来由于我们先后调离高邮,交往虽然很少,但不时仍有电话或书信交流,而他每每有新作出版,也都寄赠予我。这次他有新著《补说汪曾祺》出版,要我为他写一篇文字,不仅义不容辞,也实在是对我的抬举。

我的一直视金实秋为内心尊重的好友之一,与我对自学成才的人一贯敬佩的心理有关。我知道他的父亲是一位学问渊博的人,但他本人却因"上山下乡"而失去了进入高等学府的机会。我认识他时他已是高邮文化馆的工作人员,但他的文识和书法,在我的印象中,绝不是一般的大学毕业生可望其项背的。我是一个从炼狱中滚爬出来的人,在高邮被"落实政策"而到师范学校任教,有他和陆建华这样一些朋友经常在一起交流,自然是一种精神营养的补充和丰富。所以我难忘高邮生活期间的老友和好友,更难忘他们在不知不觉间给我的鼓励和帮助。

金实秋把他有关汪曾祺的一些印象的文字集结为"补说"自然是因为已经有了许多关于汪老的"正说"的文字。汪曾祺注定会成为文学史上要"正说"的作家,然而人们不应当仅仅从"正史"中知道一位大作家的成就和贡献,还应当在许多日常生活细节和为人为文的品格中了解他的精神风貌,从这个意义上说,金实秋的这些"补说"的文字,不但不是"赘余"的闲文,而是为人们研究汪曾祺这样的大作家不可或缺的可贵史料。

我虽然在高邮时同汪老有"两面之识",一次是1981年,一次是1985年,后来因调离高邮而没有能更多地与他接触。但是从高邮不时传来汪老活动的信息,总是不断地加深我对他的作品的阅读印象。读了金实秋这些"补说"的文字,不禁使我再次回忆起1997年在四川宜宾举行的"五粮液笔会"上见到汪曾祺的印象。我是同邵燕祥到汪老的房间去看他的,见面时不禁吓了我一跳,他的脸部是猪肝色,与黑人肤色几无区别,交谈后出来,我对邵燕祥说:"汪老的脸色太难看,恐不是好现象。"他则答曰:"大概是酒喝多了的缘故。"整个笔会期间,只要是休会,总是看见他在人群的围绕中挥毫泼墨,我同邵燕祥对此均感叹不已;汪老实在是太随意挥洒了。由于会议主办者对汪老的特殊照顾,专门安排了几位美女陪同并为他服务,而汪老亦常常在美女的围绕中容光焕发。一位安徽老作家的夫人竟对此表示了强烈的不满,在此亦可印证金实秋在《琐忆汪老》中提及的他为女孩写字的趣事："在夫子庙状元楼笔会，有的干部、当官的没有能要到他的字，而一个女服务员与他磨蹭一下，反而能立马挥毫。"这些看似逸闻趣事的枝末微节，透示出汪老内心深处对女性的温馨柔情，可以成为人们研究其作品中女性人物形象的一种参照。

金实秋笔下的汪老，不仅是一位平易近人、处事淡然的长者，更是一位严谨为文、思考缜密的作家。他前后为之纠结20余年的《汉武帝》的"始构终弃"的过程，充分表现了汪老的明智与自知之明。任何一个作家，哪怕是伟大的作家，其写作都是有所选择有所放弃的，贸然地去写那些不熟悉无把握的题材，或许会给人们留下一部败笔之作。有写作动机而最终放弃的不只是汪曾祺，还有鲁迅的不写"长征"的题材、茅盾的放弃写"镇反"的作品。从另一方面说，这无疑是作家回避了另一种"遗憾"的明智之举。金实秋之所以如此详细地把汪老对《汉武帝》从钟情到舍弃的过程记录下来，其深意也许不只是对汪曾祺这个案的解读吧。

由于金实秋是收集研究楹联的专家，他的这些编著也大都赐赠与我，所以对他所写的汪老为其书写楹联并为之作序的有关文字，特别地令我感动心仪。那封有关戏台楹联的信，照我看来，实在是一篇真知灼见的"宣言"。且读下面这些文字：

"你必须自认为比这所有的对联作者在历史、生活、戏曲、词章的修养上都要高得多，你是用一种'俯瞰'的态度来看这些对联的，只是从历史的、民俗的角度，才重视这些对联。你自己应该显示出：从文学的角度看，此种作品，才华都甚平庸，没有什么了不起，"这真是一段掷地有声而理直气壮的金玉良言，它的意义和价值，绝不是仅限于对待戏台楹联，而是可以作为我们研究和判断一切古今文学现象所应予秉持的汪老的"墨宝"，写到这里，我不禁要为他深深祝福了。但愿他能坚持这种信念一直写作下去。

　　说句老实话，我在读了金实秋有关汪老为人写序的文字之后，是在一种犹豫彷徨的心态下写这篇所谓的序文的。我自忖同汪老的学识和胆识，有天地之距离，做学问常常不求甚解大而化之，本无资格写此序文，但出于对老友和好友的感情和尊重，只能"滥竽充数"一回了。我真的有点害怕汪老的在天之灵那双明睿的眼睛看着我，鼻唇间的表情是一种"适当的微笑"。那么，就请汪老原谅罢！

2013 年 2 月 27 日于扬州

明月清风一囊诗
——《汪曾祺诗联品读》后记

我很喜欢汪曾祺的诗，读他的诗如读他的小说、散文一样，是一种享受、一种愉悦。我相信许多人是有同感的。早在陆建华先生编《汪曾祺文集》之际，我曾建议把汪老的诗联也收进去（包括书信，我认为汪先生写的信别有意趣）；建华说，要听汪先生的意见。于是，我遂向汪老面陈此意。然而汪先生沉吟曰：再说吧。

汪先生去世一年后，《汪曾祺全集》出版了。全集收录了不少汪老的诗，这是一件大好事。也许是匆促之故吧，不少我曾见过的汪老诗联未能辑入，且还有个别字词上的讹误，我不免感到惋惜和遗憾。2006年底，汪曾祺研究会开会，商讨纪念汪曾祺逝世十周年相关事宜，会上我提出了辑佚和赏析汪曾祺诗联的构想，并承担了成书的工作。我当然知道这本书的分量和难度，我不是做这件事的合适人选；之所以甘冒风险、自讨苦吃；一是出自对汪老的怀念，二是缘于对汪老诗联的喜爱，三是我觉得汪老的诗有阅读价值，有的诗可以流传下去、值得流传下去。我认为，汪曾祺本质上是一位诗人。他的小说、散文，甚至他的戏剧、书信，充盈着诗的语言、诗的意境；诗是他作品的灵魂。令人困惑的是中国号称诗的国度，但如今似乎是好诗太少了，纯粹意义上的诗人太少了，挚爱诗的人也太少了；诗人远远没有小说家、散文家那样受到社会的尊重、关注甚至追捧；有几位诗人可以与小说家、散文家媲美、抗衡呢？有几首诗能声震文坛并名传后世呢？这不能不说是诗的悲哀。当然，我并不是说汪曾祺的诗达到了什么高度，字字珠玑、篇篇绝唱；我只是说，他的诗有品位，可回味；有的诗句，也许会被人们记住，被时间留住，而不是"人一走，茶就凉"。为此，我主要做了这样四个方面的工作：

一、辑佚，即搜寻、辑录《汪曾祺全集》外的汪老诗联作品。作品辑下自列资料，1.汪老子女惠示；2.汪先生的书画；3.各类书报刊物；4.网络资讯提供；共得集外诗47首联32副，为《汪曾祺全集》所载诗联的五分之二。不少诗联和书画是第一次公开出版面世。

二、校勘，对汪曾祺的诗联进行考订，首先修正有的书刊所载的汪曾祺诗联校对中的差错；其次，改正有些文章的汪曾祺墨迹上的误释；同时，对不同资料中出现的同一诗联进行互校。

三、笺注，对诗联中的典故、成句、本事、背景及相关事人略加注释，并尽可能地查找出诗联的发表时间及原载书刊。

四、串读，把汪曾祺的诗联与汪曾祺的小说、散文、书画联系起来，把汪曾祺的诗联与他人论及汪曾祺的各类文章联系起来读。

某种程度上，上述四个方面的工作，只是为读者掌握、了解和领悟汪曾祺诗联艺术做了一点"铺垫"和"提示"而已；至于书中若有悖于汪老诗联之本意和错解误读等不当之处，则恳请诸君不吝赐教，以免以讹传讹，误人子弟！拜托了！拜托了！

本来，此书打算是与《永远的汪曾祺》同时出版，以纪念汪老逝世十一周年的。由于笔者一度时期身体欠佳，加之撰写中途插入他事而延宕了，谨以此作为纪念汪老逝世十二周年我所奉上的一瓣心香吧！

2009 年 3 月于南京夫子庙畔